AF576086

Enrique Sánchez Lores

El Ajedrez de Nuestro Señor

"El Ajedrez de Nuestro Señor" es una novela de ficción. Nombres, personajes, lugares e incidentes son o bien producto de la imaginación del autor o son utilizados de manera ficticia. Cualquier parecido con personas reales, vivas o muertas, eventos o lugares es pura coincidencia.

ISBN: 978-607-29-5875-3

El diseño de portada pertenece a:
Paola Gamiño Quintero © 2024.

Apoyo editorial:
Ricardo Acevedo Lores

Para Maru Vázquez,
por creer tanto en este personaje.

El Ajedrez de Nuestro Señor

PARTE I

Lo que no te mata te hiere de gravedad y te deja tan apaleado, que luego aceptas cualquier maltrato y te dices a ti mismo que te fortalece.

Friederich Nietzsche

Capítulo I

LO QUE ESTOY SINTIENDO NO es como el frío normal de invierno, es un frío de muerte, un frío que llama al miedo. ¿Por qué el cuerpo no me responde? ¿Por qué, a pesar de este frío que me envuelve, puedo decir que estoy ardiendo en mis propios ácidos?

Tenía poco más de treinta y cinco años, un profesional de la salud mental con títulos de esos que ahora en este mundo no parecen valer nada, excepto para quien los ganó con años de esfuerzo y dedicación. Llamaban a la psicoterapia "pseudociencia" y odiaban la farmacoterapia como si fuera un complot para destruir a la humanidad. Claro que ninguno de los críticos de mis disciplinas profesionales estaba dispuesto a hacer el esfuerzo necesario para conocerlas a fondo, ni siquiera para saber de qué iban en el menor de los aspectos. Nunca nadie pensaba lo que me costó cada uno de esos títulos, las luchas constantes con un padre que no soltaba ni un billete ni una sonrisa. Prejuicios, sólo prejuicios.

Odio a la gente prejuiciosa, que es mayormente toda.

Mi padre insistía con que debía estudiar administración o finanzas, no creía en los problemas de la mente. Ante mi insistencia por seguir mi propio camino, se negó a darme un centavo, así que entré a trabajar por mi cuenta y pude pagar mi formación en la Universidad Nacional, una universidad pública que no me generaba muchos gastos. Mis calificaciones sobresalientes en la licenciatura me convirtieron en el héroe del mandamás de la carrera y fue gracias a eso que recibí apoyo institucional para el estudio de la maestría y el doctorado. Mi padre estaba furioso y le salía humo hasta por los ojos. Nunca dejó de fastidiarme por mi profesión, jamás soltó el tema hasta que un día se murió y se acabaron mis deficiencias económicas para siempre.

Y mi vida funcionó ciertamente bien hasta ese día, cuando recibí la invitación del secretario del alcalde de una ciudad del sur. Me pidió que explorara los trastornos psicológicos de algunos sujetos que caían en crisis luego de meterse al mar. Los sujetos, que al parecer estaban perfectamente sanos, al salir del agua aseguraban que el mar estaba vivo y buscaba dañarlos intencionalmente, acabar con su vida, cosas del estilo. Por ello me dio un extraño placer llamar a ese sitio "el mar ideal para locos de muerte".

Lo primero que hice al llegar fue conocer aquella playa. Luego de ver esas olas enormes, me entrevisté de forma muy breve con los sujetos que habían sobrevivido su entrada en esas aguas. Tal como me informó el secretario del alcalde, ellos decían que las olas los golpeaban a propósito, decían que estaban vivas, que ese mar era el brazo de la tierra, que el planeta se estaba defendiendo. Al narrarlo se ponían nerviosos y temblaban de pies a cabeza, uno de ellos hasta rompió en llanto. Una tierra sensible que atacaba de forma deliberada…

El secretario del alcalde había leído algunos de mis artículos y me explicó que yo era el último intento por convencer a su jefe de no aplicar un tratamiento nuevo, el tratamiento puesto sobre la mesa por un tal doctor Jonathan Campos. Dicho tratamiento, llamado "terapia reflexiva", consistía en meter a los sujetos en una pequeña piscina en la que el agua estaba mezclada con una sustancia que adormecía los músculos como lo hace la lidocaína con las mucosas. Cada paciente tenía su propio espacio, de modo que otros no pudieran servir de distracción. Los pacientes se quedaban parados al centro de la pequeña alberca, con los pies tocando el fondo, pero incapaces de moverse. En este estado no podían hacer otra cosa que pensar y pensar mientras las horas pasaban, insistentes y sin pausa, como ejército nacionalista marchando frente al caudillo en turno.

Sin nada más que hacer en esas horas y sin distracción alguna, los pacientes caían en profundas reflexiones que llevaban a la curación de sus síntomas… o ese pedazo de necedad era la que proponía el hombre que la había inventado, el tal doctor Campos. Al escuchar tan ridícula idea, lo primero que vino a mi mente fue el profundo deseo de ver sus credenciales profesionales; seguramente sería odontólogo, masajista o alguna otra cosa alejada de la salud mental y sus complejidades.

Mayor fue mi sorpresa al enterarme que Campos estaba por abrir un centro para aplicar la terapia reflexiva en la capital y que ya tenía un lugar listo en aquellas costas del sur. El secretario del alcalde me aseguró que no sabía qué ganaba su jefe en todo este asunto de apoyar a Campos en lugar de buscar la aplicación de tratamientos más tradicionales, pero sí creía que ese apoyo iba mucho más allá de un interés genuino en el campo de la salud mental.

—Usted es una autoridad en este asunto —me dijo—. Analice las ideas propuestas por Campos, siga trabajando con los sobrevivientes, ponga en tela de juicio los diagnósticos. Quizá podamos detener al demente.

Luego de eso, me dijo que los medios de comunicación se le estaban viniendo encima al alcalde. ¿Tres muertos y tres hombres que decían, ante los micrófonos, que el mar estaba vivo? ¡Intolerable! Había que hacer algo con aquellos que estaban dispuestos a salir corriendo en todas direcciones gritando que la madre tierra se estaba vengando de sus habitantes.

Aquellos tres sujetos que habían sobrevivido al mar dejaron de estar disponibles un día después de mi llegada, pues habían ingresado a la clínica de Campos y no pude verlos más. Le pedí al secretario del alcalde que me permitieran entrevistarlos dentro de las instalaciones del centro éste, pero Campos se negó. Argumentó que mi presencia interrumpiría el proceso de la terapia reflexiva y una entrevista clínica se desaconsejaba profundamente.

Descontento por haber hecho aquel viaje para no llegar a nada, e inconforme por la elección del tratamiento de las pequeñas piscinas por sobre la comprobada eficacia de la psicoterapia tradicional, fui a conocer al doctor Campos. Pensé que quizá me permitiría hablar con los pacientes si hacía mi petición en persona. Me pasaron a su oficina y la respuesta fue un no definitivo, así que le dejé clara mi protesta y crítica hacia las pequeñas albercas que se había inventado.

Me aseguró, con la calma y sensatez de un perezoso colgado de gruesas ramas, que la terapia reflexiva seguramente encontraría muchos detractores antes de ser aceptada como los otros tratamientos más establecidos, pero igual de vituperados en el tiempo de su origen.

Sólo el recordarlo me llena de furia.

Todo un siglo de teoría y práctica terapéutica lanzados por la borda. El nuevo tratamiento éste no serviría de nada, nunca. ¿Qué podía sacar el alcalde de todo esto? ¡Tonto, tonto y mil veces tonto!

Si no podía hacerle una entrevista más profunda a los sobrevivientes, al menos podía pedirle a otras personas que entraran en esas aguas y, con la información que me devolvieran, construir un caso no sólo contra la estúpida idea de la tierra literalmente atacando a los seres humanos con los puños de oleaje, sino un reporte completo de aquello que estaba realmente originando los síntomas que se presentaron en los otros tres. Ya de pasada, dejar claro lo ineficiente e inútil de la terapia reflexiva.

Sí, me había tomado personal todo ese asunto.

La psicoterapia ha soportado décadas de insultos y menosprecio, en parte, por todos esos tratamientos ridículos que se ponen a su nivel sin merecerlo ni un poco. Incluso el mismo psicoanálisis ha contado con psicoanalistas que han escrito en blancas hojas las necedades más grandes de la humanidad. Hasta de ellos mismos la profesión ha tenido que defenderse. Ahora Campos venía a ofrecer otro más de esos caminos alternativos sin sentido. La gente común y corriente no sabe discriminar las diferentes teorías ni los distintos tratamientos y a mí me tocaría recibir algunos de los golpes dirigidos hacia Campos. Muchos me dirían charlatán...

Como lo hizo mi padre.

Como lo hizo mi padre tantas veces.

Pues contraté a dos hermanos, los hermanos Urriaga, que estaban dispuestos a entrar en esas aguas a pesar de que media ciudad ya se había creído el cuento de las olas que mataban con intención. No fue barato, pero no me importaba, no sólo tenía el dinero, sino que aún sin tenerlo lo hubiera conseguido para que el alcalde dejara de tomar decisiones poco inteligentes, así como las de los idiotas y los cretinos.

Llevaba ya como una semana en el sur cuando el primero de los dos hermanos entró a probar el mar ideal para locos de muerte. Pensé que no habría problema. Todo iría bien.

En ocasiones nos encanta engañarnos.

En ocasiones está bien, el corazón merece paz de vez en cuando.

Pues el primero de estos fulanos entró al mar y, hasta ahí, todo iba bien. Poco después empezó a no poder quedarse de pie. A pesar de que el agua apenas le llegaba por debajo de las rodillas, el tipo caía y caía. Las olas empezaron a pasarle por encima, todas ellas, grandes y pequeñas. Estaba yo buscándolo entre la espuma cuando una ola enorme lo cubrió y ya no lo vi más.

El hermano del hermano perdido me echó la culpa de los hechos ante nuestros ojos. Me señaló con el dedo, como si hubiera sido yo la mente maestra detrás de la desaparición. El tipo se lanzó al agua, pero no halló a su hermano. Me increpó y me gritó a la cara con ojos furiosos, me dijo que si quería hacer experimentos pendejos fuera yo quien me metiera a esas aguas terribles.

Yo, que no tenía miedo alguno de una playa con olas furiosas, acepté el reto.

Ahora no sólo tenía que demostrar que la tierra no estaba llevando a cabo una agresión directa contra los seres humanos y que el tratamiento del tal Campos era una necedad, también tenía que demostrar mi inocencia ante una desaparición de la que no tenía culpa alguna. Lo peor de todo es que, por alguna razón, esa demostración incluía el meterme a esa playa como si fuera uno de los pacientes. Me había convertido en el sujeto al que había venido a tratar.

El Urriaga que no había desaparecido me dijo que él también entraría. Lo haríamos juntos. Pero no ese día, sino al siguiente. Ese día él buscaría a su hermano y se haría de todo el apoyo posible para encontrarlo. Yo acepté y, todavía, bondadoso como era en esos días más felices, le ofrecí todo el apoyo económico que necesitara. Ni siquiera respondió, me dio la espalda y cuchicheó agresiones cuya intención capté, pero cuyas palabras no llegaron claras a mis oídos. En su momento no le di importancia y me fui a dormir.

El día siguiente estaría lleno de sorpresas.

Cuando salió el sol me vestí y fui a donde nos quedamos de ver Urriaga y yo para entrar a las aguas del mar ideal para locos de muerte. Caminábamos sobre la arena suave cuando vimos a la distancia al hermano de Urriaga tirado en la arena, con las olas aún acariciándole las plantas de los pies. Un día antes, supe después, lo buscó en balsas por todos lados, pero ni el menor rastro. Un día después, ahí estaba. Qué triste fue cuando Urriaga abrazó a su hermano y lloró y las lágrimas empaparon el cadáver.

El Urriaga que quedaba vivo comenzó a gritar al cielo "¿por qué, Dios, por qué hiciste eso?" Después de gritar se volvía a abrazar al frío cuerpo sin vida. Sus ojos eran de fuego, llamas y lumbre. Ahora no era yo culpable de una desaparición, sino de una muerte. Sí, el Urriaga muerto había aceptado el riesgo, había cobrado por ello, conocía el peligro… ¿Por qué tenía que ser mi culpa? Era lo típico en mi vida: yo era culpable de todo lo que no era perfecto. Mi padre me lo dejó muy claro, hasta el aceite que ensuciaba la estufa al saltar del sartén parecía culpa mía. No había forma de escapar de la culpa, del juicio, del señalamiento injusto. Por más que me sucedía, no dejaba de ponerme triste.

Estaba harto de estar tan triste todo el tiempo.

Entre varios sacaron de la playa el cadáver y Urriaga el vivo desapareció del radar y nuestro reto no llegó a nada… de momento. Regresé a mi cuarto de hotel con el cerebro atascado de miedo, tristeza, confusión e impotencia. De mis dos pacientes de prueba, uno estaba muerto y el otro me odiaba hasta lo más profundo de su ser. No tenía absolutamente ningún dato clínico de valor, no podía explicar lo que las personas vivían al entrar en esas aguas asesinas y, por ende, no podía emitir diagnósticos o explicaciones ni proponer líneas de tratamiento

En ese momento sonó el teléfono. Era el mismísimo Campos. La alcaldía le había pasado mi hotel y número de habitación. Se disculpó por el atrevimiento y me invitó a desayunar. Al momento me sentí preocupado, asustado e intranquilo, pues en nuestro primer encuentro lo enteré de mi desagrado a su sistema, su pensar, su técnica y todo lo que representaba. No es normal que alguien que se sabe tan rechazado invite a desayunar a su rechazante. Aun así, porque en ocasiones el protocolo ocasiona en nuestra mente comportamientos de lo más imbéciles, acepté la invitación.

Llegué a su centro terapéutico y él mismo me recibió en la puerta. Me guio por un pasillo hasta llegar a un pequeño comedor y vaya que el desayuno que me ofreció era todo un deleite: huevos fritos, jamón, tocino y jugo de naranja recién exprimido.

—Perdone que sea directo, pero quisiera saber para qué me invitó —dije antes de siquiera levantar el tenedor que descansaba junto a ese plato humeante y delicioso.

—Supe del reto con tus colaboradores.

—Ellos conocían el riesgo —aseguré mientras separaba la clara de la yema—. Ahora el mayor me culpa de la muerte.

Él me miró de forma extraña, sin entender que hay personas (no creo ser el único) que dejan lo mejor para el final. Como yo prefiero la clara que la yema, decidí comerme primero esta última.

—Pues sí, fuiste tú quien los puso en esa situación.

—¿De verdad me llamó para hablar de eso?

Campos sonrió.

—No, Gregorio, no. En realidad quería pedirte que desistieras. Es bien sabido que estás aquí para meterme el pie. No crees en la terapia reflexiva, eso es muy respetable, pero no es razón para que quieras fastidiarme. Mucha gente no cree en el psicoanálisis, pero no tienes a colegas afuera de tu consultorio queriendo que cierres y te dediques a la jardinería.

—Su tratamiento está fuera de toda norma.

—Entiendo que no tengo los títulos que tú tienes —volvió a sonreír—, pero tengo experiencia práctica y, disculpa, pero todos tus papeles enmarcados no pueden superar eso. Antes de aquí utilicé el tratamiento en mi país natal.

—¿Y los resultados cuáles fueron?

Campos se llevó una copa con jugo de naranja a los labios.

—Satisfactorios —dijo después de unos segundos.

Quise esbozar una sonrisa falsa para seguir el mismo juego de mentiras y patrañas, pero ni eso pude, mi interior influía en mi exterior como con todos los seres humanos, excepto los hipócritas y los actores, que son lo mismo.

Después de unos segundos de silencio en que los dos masticamos nuestro desayuno, miró el reloj.

—Son ya las doce. Disculpa, Gregorio, tengo que irme. Buen provecho.

Se puso de pie y, antes de salir, sujetando el respaldo de su silla y sin quitar la maldita sonrisa, dijo:

—Piensa en lo que hablamos. En este mundo caben todas las teorías, a unos pacientes les ayuda un tratamiento, a otros pacientes les ayuda otro —y agregó, ya sin el menor atisbo de sonrisa—: te vendría bien dejarme trabajar en paz.

Salió y me quedé allí unos minutos más. Luego, me limpié la boca y salí.

No había nadie que detuviera mi camino, me acompañara a la puerta o alguna de esas cosas, así que comencé a caminar por los pasillos y, caminando con intención, llegué a la zona prohibida para personas no autorizadas, el lugar donde estaban las piscinas.

¡Que olor tan desagradable! ¡Vinagre! Penetrante, nauseabundo. Pude ver entonces algo que no me había platicado nadie, ni Campos ni el secretario del alcalde, una escena impactante. Los pacientes vomitaban y quedaban sucios, rojos y sin expresión, con lágrimas en el rostro y salivando constantemente, flotando cada uno en una piscina particular, sucia y maloliente. Los ojos comenzaron a picarme y estuve a punto de vomitar.

No pude aguantar más. Salí de ahí tan rápido como pude. En el camino me crucé con un par de batas blancas, pero no levanté la mirada siquiera, hasta hoy no sé si eran médicos, enfermeros, hombres o mujeres. Un minuto después estaba en la puerta principal junto a una placa de cobre que decía "Centro de Cuidado Psicológico Nueva Vida".

El corazón me pulsaba en el cuello. Tomé un taxi y llegué a mi habitación de hotel. Me senté en la pequeña mesita junto a la cama y comencé a escribir lo que vi. Las manos todavía me temblaban.

Ojos enrojecidos, vómito, el agua sucia… el aroma, Dios mío, el terrible aroma.

Ya no era suficiente desacreditar el tratamiento, quería reportar todo este asunto a una autoridad, la descripción de Campos distaba mucho de lo que sucedía en realidad. El inocente líquido que suponía ser sólo un anestésico externo hacía mucho más que adormecer las extremidades. La falta de higiene, el aroma, la crueldad… eso no podía seguir así. El centro psicológico "Nueva Vida" tenía que cerrar y Campos tenía que responder ante la ley por ese tratamiento desgraciado.

Capítulo II

ABRÍ MIS OJOS CUANDO YA la luz del sol lo bañaba todo. Me le quedé viendo muy fijo y atento a todo lo que había escrito el día anterior. Releí todas mis letras y entonces me di cuenta que el innecesario documento no era más que un proceso de abreacción. Y se notaba, porque estaba lleno de los detalles más desagradables de las piscinas de "Nueva Vida" y mis reacciones físicas y emocionales resultantes. ¿Lo que vi serviría para que las autoridades, de menos, entraran en el centro psicológico a revisar la veracidad de mis acusaciones?

Por si cualquier cosa, doblé las hojas y las metí en la bolsa delantera de la camisa. Bajé al lobby del hotel y pregunté dónde quedaba la oficina de policía más cercana y hasta entonces me percaté de lo odioso que era estar en una ciudad desconocida. Pero también caí en cuenta que casi nunca había salido de la capital de mi corrupto país y que la mayoría de mi vida la había pasado ahí metido.

Hice una nota mental: salir más, conocer otros países, quizá.

Salí del hotel y no había en la callejuela tránsito alguno. El centro "Nueva Vida", así como el mar ideal para locos de muerte, se encontraban en un lugar al que podría considerar, ahora que lo recuerdo muerto de frío, como una maldita costa con más calor que gente, más bicicletas que autos y más palmeras que taxis.

Me disponía a caminar hacia la oficina de policía más cercana cuando se detuvo a mi lado un automóvil de esos que parecen camioneta por fuera, pero por dentro son tan pequeños e incómodos como un carro mediano. La ventana bajó y entonces vi a una mujer delgada, de nariz respingada y unos ojos cafés que me recordaron, por unos segundos, a mi madre.

—Doctor Sankiesh —dijo ella—, vengo del Centro Psicológico "Nueva Vida". Me pide el doctor Campos que nos acompañe.

No voy a mentir. En ese momento el corazón se me volvió a ir al cuello, justo como me había sucedido cuando mis ojos vieron las piscinas, los vómitos y todo eso asqueroso y desagradable del día anterior. ¿Pero saben qué es lo peor? Que a pesar de que mi cuerpo entero me gritaba que dijera que no, que caminara hacia el lado opuesto o que gritara como un desquiciado pidiendo ayuda hasta que esa camioneta infernal siguiera su camino, lo que hice fue cosa diferente. Asentí, como doctor educado, y entré a la camioneta esa.

Maldito el ser humano que, por cortesía, es capaz de poner su salud mental, física o espiritual en riesgo. Era la segunda vez en dos días. Ya decía Aristóteles algo así como que el ser humano teme demasiado dar de sí una mala opinión.

Dentro de la camioneta, sentado detrás de la chica que parecía una doctora o enfermera (bien podía ser una empleada cualquiera, pero las batas blancas confunden hasta al mejor intencionado), estaba un tipo corpulento y mal encarado, también vestido con bata, pero ese sí no pasó ante mis ojos como médico, sino como uno de esos mastodontes que se paran afuera de los clubes nocturnos y deciden, como agentes migratorios, quién tiene y quién no derecho a pasar y divertirse de manera insana y superficial.

—Buenos días —le dije y el fulano apenas asintió como toda respuesta.

Yo mismo cerré la puerta del vehículo, a pesar de que todo mi cuerpo me pedía correr. "Escucha al cuerpo", dijo el buen Jacques en alguno de sus seminarios… bueno, así no, lo dijo en francés, pero yo sólo leí sus obras traducidas, aunque como si no lo hubiese hecho, porque luego de eso seguí sentadito en el automóvil, muy bien portado, sin escuchar al maldito cuerpo, atascado de una terrible sensación de que algo pésimo estaba por sucederme. La camioneta avanzó un rato y terminó estacionada delante de la puerta principal de "Nueva Vida", con su placa esa de cobre que lo identificaba.

Entré a la oficina del tipo éste y ahí estaba él, con su misma maldita sonrisa de siempre. Yo no pude devolverle lo mismo, lo que vi un día antes no me dio permiso.

—Perdóname la manera que tengo de hacer las cosas, en ocasiones puedo ser bastante poco ortodoxo —dijo Campos—. Pero bueno, te noto desmejorado… como pálido.

Quería soltarle dos puñetazos. Me habría gustado. Pero no me atreví. En lugar de eso, apenas atiné a decir:

—Pasé mala noche.

Se sentó detrás de su escritorio, demasiado grande para alguien de su calaña.

—¿Qué pensaste de lo que hablamos ayer?

—¿Eso de dejarlo trabajar en paz?

Asintió.

Mi mente se debatió entre decirle todo lo que vi el día anterior, gritarle a la cara lo cerdo que era, decirle lo mucho que estaba haciendo en contra de la salud mental. Ah, unas horas antes le había dicho que su tratamiento no servía y que su base teórica hacía agua por todos lados. Ahora la cosa era diferente, ahora pensaba que el tipo era un criminal, un perverso con técnicas que merecían contarse entre las peores torturas de la inquisición isabelina.

Sonó el teléfono.

Campos contestó. No pude hacer nada sino escuchar entera la llamada. "No, no", decía, "él se lo ha buscado, con sus chingaderas a otro lado… Tú déjame que yo sé qué hago… Sí, justo eso, yo no voy a hacer menos…".

Dicho esto colgó y me miró otra vez.

—Perdona, Gregorio —se disculpó—, pero mi hijo... bueno, qué te digo, no entiende nada. Si sigue así voy a tener que ingresarlo aquí, nada mejor que eso para liberar la cabeza.

Entonces fue cuando exploté. Que enorme error fue ese.

—Entiendo que no tenga miramientos por el sufrimiento de todos aquellos a los que usted no parece considerar como seres humanos —le dije con un gesto que debió ser tan terrible que le hizo desaparecer la sonrisa de forma inmediata—, ¿pero a su hijo?

Se me quedó mirando unos segundos.

—Varios de mis colaboradores te vieron salir ayer y supuse que quizá se te había ocurrido hacer algo muy estúpido. No te importó mi amable petición, ¿verdad? No entendiste que entre gitanos no nos leemos las manos.

—No me hable como si fuéramos lo mismo.

—Llevo muchos años construyendo la teoría de la reflexión mental y un ortodoxo tradicionalista como tú no va a decirme cómo buscar alternativas que…

—Es usted un imbécil —le dije a la cara tan fea que tenía—. Esto no es una alternativa, esto es un sistema de tortura. Me encargaré de que este lugar sea cerrado para siempre.

El pasillo que separaba la oficina de Campos de la puerta principal me pareció de lo más largo. Las piernas me flaqueaban. Salí finalmente de ahí y respiré el aire caliente y salado de la costa.

Apenas alcancé a dar dos pasos más cuando un dolor intenso en el centro de la espalda me hizo caer al piso de rodillas. Me di la media vuelta y vi, sobre mí, al Urriaga que seguía vivo, con algún tipo de arma larga en la mano que los rayos del sol no me permitieron ver del todo.

—Hijo de puta.

Apareció a su lado el mastodonte que venía en la camioneta que por dentro parecía más bien un carro mediano y me levantó de un tirón, como si fuera yo una piñata vacía. Me zangoloteó y de un revés me dejó tumbado en el piso, con la cabeza dándome vueltas. Me volvió a levantar y la luz del sol me pegó de lleno en los ojos. Escuché la voz de Campos decir algo que no pude discernir antes de que el mastodonte me soltara otro puñetazo.

Todo se oscureció de golpe.

Capítulo III

DESPERTÉ. Y HUBIERA PREFERIDO NO DESPERTAR, ya que vi frente a mí a Campos y, al instante, sentí que una aguja larga penetraba a través de mi nariz y llegaba hasta mi cerebro y me separaba toda la materia gris con su filo terrible y lacerante. El asco fue indescriptible y sufrí de convulsas arcadas hasta que vomité un líquido café verdoso que se mezcló con el agua hasta dejar una mancha parda a la altura de mi pecho.

Sí, estaba yo metido en una de las terribles piscinas.

Recordarlo todavía me lastima y me inspira lágrimas de las más dolorosas. Estaba completamente desnudo, con los pies tocando el fondo, aunque no sentía ese piso, ni tampoco el agua rodeando mi cuerpo. Tampoco sentía si el agua estaba fría o caliente, pero el olor que despedía me hacía arder los ojos y la cabeza me daba vueltas. Campos se puso en cuclillas y se me quedó mirando.

—Te quedarás aquí hasta que demuestres mejoría. Reflexiona, Gregorio, ahí está la cura. No pienses en nada más, no interpretes, no juegues con tu inconsciente, eso es perder el tiempo.

Yo no podía hablar, el asco y las náuseas no lo permitían. Campos se dio media vuelta y ya no lo vi más.

No me percaté de todo lo malo de esto hasta estar ahí. El líquido, mezclado con el agua, irritaba la piel y ese penetrante aroma a vinagre no desaparecía ni mi mente era capaz de obviarlo. Comencé a escupir todo tipo de líquidos y cosas sin forma. El primer vómito estaba pegado a mi costado, pero ya no había espacio para preocuparme en el malestar de mi consciencia.

Intenté moverme y los músculos apenas respondían y con un dolor que penetraba hasta los huesos, como si estuviera intentando caminar luego de mantener las piernas en una misma posición durante horas.

Lo único que provocó el intento fue una pérdida de equilibrio que llenó mi rostro de esa agua terrible. La piel del rostro empezó a quemarme como si me hubiera salpicado agua hirviendo. Intenté llevarme las manos a la cara, pero no pude mover los brazos, al menos no lo suficiente. Intenté gritar de dolor, pero de mi garganta escapaban apenas unos débiles quejidos. La lengua estaba completamente hinchada y adormecida. El agua que me entró por la nariz me causó la más terrible sensación de asfixia y ardor. Los ojos me pulsaban de dolor. Los cerré, pero no ayudó de mucho.

Cuando los abrí, me encontré al mastodonte sentado frente a mí en una silla de plástico blanco. No traía mascarilla ni nada que lo protegiera de la peste química de ese lugar maldito. Se me quedó viendo con un gesto serio en el que nada pude leer, pero inclinó la cabeza, interesado, como mirando un nuevo espécimen. Luego se levantó y dejó la silla vacía.

Eso no era un tratamiento, era un castigo. Me querían mantener ahí para que no hablara, para que no corriera con la policía. Mientras tanto, podían decir de las puertas hacia afuera que yo necesitaba tratamiento, que estaba ahí metido porque era un paciente más. Urriaga seguramente le diría a quien fuera lo mucho que necesitaba yo el internamiento y, al igual que los otros pobres diablos en esas piscinas infernales, quedaría olvidado para todos los de afuera.

Pensé entonces en mi novia, Gloria. En mi madre y en mis pacientes. Todos ellos sabían que estaría de viaje en esa calurosa ciudad del sur. Todos estaban informados de mi trabajo clínico con las supuestas víctimas del mar ideal para locos de muerte, locura y locura. Sabían que mi ausencia era corta, dos semanas a lo mucho. Campos no podría tenerme mucho tiempo ahí, tarde o temprano alguien vendría a preguntar y yo estaría libre.

Pero el tiempo pasó y llevaba yo unos tres o cuatro días ahí (más o menos) sin noticias, sin que nadie viniera, sin que pudiera yo saber qué ocurría en el pasillo que estaba a mi espalda, detrás de una puerta que no alcanzaba a ver. Lo peor es que me daban de comer a la fuerza. Fue al día siguiente de mi forzado ingreso que me jalaron a la orilla de la pequeña alberca con una especie de pinza al extremo de un tubo y, sin que pudiera yo defenderme, me metieron la comida a la fuerza. Ese mastodonte maldito lo lograba con poquísimo esfuerzo. Si no fui competencia para él en mis cinco sentidos, menos desnudo y sin poder moverme.

Cada vez que me sacaban para darme de comer sentía mis extremidades volver un poco a la vida. Intenté mover despacio los dedos de las manos y de los pies para hacer consciencia de cuánto tiempo requería mi cuerpo fuera de esas aguas infernales para recuperar el control. Sí, la fuga era un sueño lejano, pero en circunstancias como aquellas era la esperanza lo único que me mantenía lejos de buscar cómo hundirme en esas aguas y terminar con todo de una vez por todas.

Nunca supe bien qué me daban de comer. Parecía res, aunque no podía asegurarlo. Venía partido en cuadritos muy pequeños que no necesitaba masticar. Mi sentido del gusto estaba completamente ausente, así que para mí bien podían ser pedazos de plástico. De todos modos, la mayoría de todo ello terminaba mezclándose con esas aguas terribles en cuanto el mastodonte me regresaba a mi lugar.

Y, al menos en esos cuatro días que llevaba ahí, el agua ya estaba parda con todas las vomitadas que nadie había hecho el menor esfuerzo por limpiar. El dolor de los ojos era insoportable y la garganta me ardía sin parar. Tragar saliva ocasionaba intensas palpitaciones a la altura de la manzana de Adán y no había forma de amainar el dolor, pues las manos, el último baluarte de alivio ante el dolor insoportable, descansaban a mis costados en esa agua que sostenía mi sufrimiento.

Fue al quinto día de estar ahí metido que por fin sentí la lengua de tamaño normal y, aunque tragar saliva seguía siendo una tortura, pude hablar con una voz débil que parecía más un murmullo.

—Alguien, alguien —dije y pensé que sólo yo era capaz de oírme. Pero no, escuché movimiento a mis espaldas y, de repente, el mastodonte colocó frente a mi piscina la silla y se dejó caer en ella.

—¿Qué quieres?—preguntó con enfado.

—Necesito hablar con alguien —terminé por decir, con trabajos.

—No puedes hablar con nadie.

—Quiero avisar que estoy bien, sólo eso.

—No —dijo, tajante.

¿Dónde estaba Gloria? ¿Por qué ninguno de mis pacientes se había alarmado? ¿Por qué no sabía nada de mi madre?

—¿Por qué no? —le pregunté. Tonto de mí, supuse que el tipo podría darme una respuesta humana, pero lo que hizo fue ponerse de pie y tomar aquellas pinzas. Me jaló hacia la orilla. Cuando estaba a punto de tocar con el cuerpo el concreto que marcaba el límite de la piscina, me empujó la cara con la suela de su zapato blanco.

Zapato de enfermero.

Mi cabello se hundió en el agua, llenándose de vomitada y pedazos de comida de días pasados.

—Reflexiona —dijo, en tono sensato y prudente.

La espalda, los hombros y el cuero cabelludo estaban en llamas. No dije nada más, no podía, la garganta me quemaba sin piedad. No pude abrir los ojos, pero escuché el sonido de sus zapatos alejándose.

Zapatos de enfermero.

Capítulo IV

NADIE VINO A MI AUXILIO, o no me había enterado de que nadie hubiese venido. No hubo escándalos, ni mis seres queridos entraron intempestivamente por la puerta. Los días siguieron marchando como soldados disciplinados. Aprendí a amar las noches y detestar los días. El frío de la noche curaba un poco mi piel y mis hombros, mientras que todo el sufrimiento se potenciaba con la presencia del calor infernal de las mañanas.

Ya tenía yo aproximadamente dos semanas flotando en toda esa mierda cuando el mastodonte, que en algún punto me enteré que llevaba por apellido "Rodríguez", entró y se sentó en su silla acostumbrada. No dije nada, había aprendido a no cruzar con él palabra, lo mejor que podía hacer en su presencia era fingir que estaba reflexionando.

Al parecer eso le gustaba.

Probablemente Rodríguez pensaba que su vida era más miserable que la mía, estando ahí, soportando tal vista y tal ambiente. Que él pudiera aguantar esos aromas sin vomitar me habló de una vida entera en presencia de líquidos similares a esos o peor, de una completa desconexión de la realidad que a ambos nos rodeaba.

—Sankiesh —llamó mi atención y yo abrí los ojos—. Hoy vendrá a verte el señor Campos.

Durante tanto tiempo Rodríguez había sido la única presencia humana en mi vida, así que no pude sino sentir un poco de esperanza. La visita de Campos significaba algo. Quizá me dejaría ir. Quizá diría que estaba yo curado. Quizá quería hacer conmigo alguna especie de trato y claro que estaba dispuesto a cumplir con todo lo que exigiera para dejarme salir de ahí. O quizá Gloria había logrado mi alta de ese sistema de pesadilla.

Vi a Campos entrar acompañado de otro joven fuerte, aunque no tan corpulento como el enfermero Rodríguez. Hizo una señal y el enfermero me sacó de la piscina y me sentó en una silla nueva que salió de quién sabe dónde. Luego, movió su silla acostumbrada para que descansara frente a la mía. Campos se sentó.

—¿Cómo te sientes? —preguntó como si fuera importante en su vida el juramento de Hipócrates.

Comencé a mover los dedos de las manos y pies. La sensibilidad volvió a mis extremidades poco a poco, acompañada de un dolor vibrante que sentía hasta el tuétano. Aunque la garganta me dolía tanto como el primer día, alcancé a decir, con un hilo de voz:

—Me duele el cuerpo. Me duele la garganta. No aguanto los ojos.

—Vamos a limpiar tu depósito, eso te va a hacer sentir mejor.

No sabía que tenía que decir algo, ni quería abrir la boca siquiera. Pero el malvado enfermero me dijo con un tono que tenía toda la cara de ser una amenaza aunque las palabras no lo dejaran tan claro a simple vista:

—No te quedes en silencio —dijo.

—Gracias —dije y bajé la cabeza, pues la humillación de agradecer a Torquemada no me permitió mantenerla en alto.

—¿Has reflexionado? —preguntó Campos.

¿Qué podía decirle? Mi mente saltaba de pensamientos terribles sobre cómo causar mi propia muerte a pensamientos esperanzadores sobre cómo podía escapar de aquel lugar. Una voz en mi interior insistía que le dijera que prefería morir que volver a esas aguas. Pensé en rogar por mi vida, jurar que jamás iría a la policía, prometer que dejaría la ciudad para nunca más volver. Pero en lugar de todo eso, dije:

—No hago otra cosa.

La respuesta pareció ser la favorita de Campos, que asintió con una sonrisa más grande que toda su fea cara.

—¿Qué has reflexionado?

Sabía lo que quería escuchar, así que se lo dije lo más rápido que el dolor de garganta me lo permitió, como un chico bueno que se había curado y que merecía ser liberado de esa pesadilla.

—Que no entendía su tratamiento. Lo juzgué mal.

Esperaba de Campos otra sonrisa, pero en lugar de eso llegó un gesto de inconformidad. Negó con la cabeza.

—Gregorio… cuando un paciente te dice en la segunda sesión que el tratamiento le ha mostrado la realidad, que se ha dado cuenta de muchas cosas y que su vida ha cambiado desde que iniciaron sus encuentros… ¿qué piensas?

—Es imposible —contesté.

—Mentiras —dijo—. Te están adulando sin razón. Son mentiras y las identificas como mentiras.

No dije nada, me quedé mirando el piso.

—En tu caso, mentiras para ya no estar aquí. ¿O me equivoco?

Mis propias palabras me habían arrebatado la libertad.

—No quiero que me digas lo que quiero escuchar, Gregorio. Quiero que reflexiones —dijo y luego se puso de pie—. Reflexiona.

Se dio media vuelta y le dio instrucciones al enfermero Rodríguez. El otro chico fuerte se quedó de pie junto a él, escuchando el intercambio. Luego, los tres salieron del lugar. Yo me quedé sentado en aquella silla, desnudo. Por fin pude mirar el lugar completo. El espacio era muy pequeño. En la pared de la derecha estaba colgado el tubo con las pinzas que Rodríguez utilizaba para sacarme. Debajo, otras tres sillas, además de aquella en la que estaba y la otra que había usado Campos. Fuera de eso, lo demás eran paredes desnudas.

La puerta del lugar se abrió y entró la chica de los ojos cafés, aquella que venía el fatídico día en la camioneta que por dentro era más bien como un carro mediano. Estaba exactamente igual que aquella vez, vestía una bata blanca, como si fuera una doctora o una enfermera. A pesar de mi terrible situación y del dolor que me invadía, sentí una extraña sensación de vergüenza cuando me miró desnudo. Ella no tardó, sin embargo, en cubrir mi desnudez con una sábana ligera cuya presencia sentí en cada centímetro de mi cuerpo.

—Doctor Sankiesh —fue la primera persona de aquel lugar que me llamaba de esa forma—. Utilizaremos un equipo especial para limpiar su depósito. No tardaremos.

Dos tipos vestidos con bata blanca entraron al lugar con una especie de aspiradora industrial. Metieron una gruesa manguera que en un par de minutos había dejado la piscina completamente seca. Luego, manipularon un par de botones en el aparato y la misma manguera llenó de nuevo todo aquel boquete con agua cristalina. Otra vez podía verse el fondo y otra vez mi cabeza empezó a dar vueltas al oler el líquido infernal en su versión más pura.

Cuando los tipos vestidos con bata blanca salieron y cerraron la puerta a sus espaldas, yo comencé a llorar. Sabía que Rodríguez aparecería en cualquier momento y que volvería a vivir desde cero todo el dolor, la humillación y la angustia. Las lágrimas me ardían en los ojos y en el rostro. La impotencia se me atoraba en la garganta y me robaba la respiración. Hubiera querido gritar con todas mis fuerzas, pero sólo emití tonos de respiración graves y dolientes. La doctora enfermera se acercó y se puso en cuclillas frente a mí. Me miró a los ojos y me acarició la cabeza. No había sentido yo cariño desde mi ingreso y aquella muestra de afecto casi me causa un desmayo.

—Te ayudaré a esconderte —me dijo—. ¿Puedes moverte?

—Sí —aunque cada movimiento me generaba punzadas de dolor, era soportable.

Me ayudó a levantarme y rodeó mi cintura con la sábana. Los dos caminamos muy lento hacia la puerta. Algo me decía que al estar del otro lado ya habría escapado, no sé por qué. Fugarme de ahí se había convertido en mi sueño dorado y ese sueño estaba a mi alcance por primera vez en lo que parecía una eternidad. Ella estuvo a punto de abrir la puerta, pero le hice una mueca para que me dejara hacerlo a mí y así sentir cómo yo mismo alcanzaba la libertad. Qué eterno me pareció el giro de la maldita cosa, pero llegó el momento en el que escuché el "clic" y la puerta se abrió sin mucho esfuerzo.

Temí y temí mucho que detrás de ella estuvieran Campos o el enfermero Rodríguez, pero estaba un pasillo vacío y la doctora enfermera me ayudó a cruzar el umbral. Yo ya podía moverme mucho mejor, así que juntos dimos vuelta en el muro que separaba el área de las piscinas de todo lo demás, de todo lo que se veía inocente y bonito. Ella fue muy precavida y esperó que cualquier chismoso hubiera dejado el siguiente pasillo antes de continuar nuestro camino.

Así, poco a poco, llegamos al exterior. Miré la placa de cobre que decía

"Nueva Vida" y sentí muchísimo miedo. Las piernas empezaron a temblarme. La doctora enfermera me sentó en el pasto, en un resquicio entre dos muros, y pidió que la esperara. Esperé.

Esperé y esperé, hasta que llegó luego con ropa y la puso sobre mis piernas. Antes de irse, me dio un beso en la mejilla y me dijo: "suerte".

Esa ropa me quedaba demasiado grande, pero logré vestirme sin mucha dificultad. La tela sobre la piel me lastimaba, pero no estaba dispuesto a detenerme por ello. Con cautela, salí del resquicio entre los muros y caminé lo más rápido que pude hacia el lado contrario del centro "Nueva Vida". Por un momento me cruzó por la mente volver sobre mis pasos para rescatar a los otros que estaban sufriendo la misma pesadilla.

Elegí dejarlos atrás, fuera del centro podría hacer por ellos mucho más de lo que podía hacer en ese momento si decidía regresar. Así que seguí caminando hacia adelante, pero algo me hizo volver la vista. No debí, pero me giré de todos modos y, aunque no me convertí en una estatua de sal, vi cómo Rodríguez y el otro muchacho fuerte salían del centro con los ojos llenos de ira.

Detrás de ellos salió Campos, mirando hacia todos lados. Y atrás de él salió la doctora enfermera y también miró hacia todos lados. Me sentí a salvo al ver que ella estaba presente entre esos tres hombres malvados, seguramente para confundirlos, para distraerlos.

Mi mirada se encontró con la suya.

Extendió su brazo y señaló hacia mí.

¿Por qué?

Ella me había salvado, me había sacado de ahí, se había arriesgado por dejarme salir, me consiguió ropa, me puso en el camino de la libertad y… y ahora le decía a los hombres terribles dónde estaba yo y cuál era mi sendero. Comencé a caminar más rápido, aunque los muslos me dolieran. Rodríguez y el otro me siguieron. Me esforcé por correr más rápido, pero el cuerpo se negó a obedecer los deseos de la mente.

Logré cruzar la calle de acceso al centro "Nueva Vida" y penetré en la selva, en donde pude esconderme de los malditos que me perseguían. Entre las gruesas hojas pude verlos cruzar la calle vacía e internarse también en la maleza. Me dejé caer sobre la tierra y respiré con fuerza. El paso del aire por la tráquea dolía, pero las punzadas en los músculos de piernas y brazos seguían disminuyendo.

¡Que cansado estaba! Cerré los ojos y me puse a pensar en mi casa, ¡ah, cómo extrañaba mi casa! Por alguna razón mi memoria se centró en un detalle: mi célebre colección de doscientas gorras.

Recordé también a Gloria.

Extrañaba a Gloria.

Abrí los ojos cuando escuché las voces de Rodríguez y del otro. Estaban cerca. Me levanté y volví a caminar lo más rápido posible. Los sentía detrás de mí, pero no podía hacer más que avanzar y avanzar, seguir hacia adelante y esperar que la naturaleza me ocultara lo suficiente para que me dejaran en paz y se regresaran al infierno al que pertenecían.

Me volví a detener cuando mis piernas no dieron más de sí. Me dejé caer sobre la tierra y cerré los ojos, esperando que todo pasara. El silencio me envolvió y, por primera vez en mucho tiempo, sentí paz.

¿En cuánto tiempo? ¿Cuántos días había estado ahí?

Una fuerza me levantó del piso de un tirón.

Rodríguez me sujetó de los brazos y gritó: "ya lo tengo". Llegó entonces el otro muchacho fuerte y me propinó varios puñetazos en los costados. Yo caí doblado sobre el piso. Poco trabajo le costó a Rodríguez levantarme como un costal de papas y echarme sobre su hombro.

Unos minutos después estaba de nuevo junto a la piscina, sentado en la silla de la que la doctora enfermera me había rescatado. Todavía sentía punzadas en los costados.

Frente a mí estaba Campos.

—¿Reflexionaste tu escape antes de intentarlo?

Su tono de interés genuino me hubiera hecho vomitar de haber sido diferentes las circunstancias. No dije nada.

Suspiró.

—No has aprendido nada —dijo Campos—. Deberás quedarte más tiempo del que tenía planeado.

—¡No! —grité con todas las fuerzas que mi cuerpo permitía, que no eran muchas.

—Decía Sócrates que una vida sin reflexión no vale la pena ser vivida —luego, volteó hacia el muchacho fuerte y le dijo—: vámonos.

¡Auxilio, auxilio, no me tiren al agua, Dios, ayuda, ayuda!

Pero Dios no escuchó mis ruegos. De nuevo me quitaron la ropa y me lanzaron al agua, a esa agua nueva, a esa agua limpia. No hay palabras para describir el sentimiento impotente de tener la libertad y perderla en tan poco tiempo. Qué espeluznante era todo, como perder a alguien muy querido, soñar que se está con él y luego despertar para darte cuenta de la asquerosa realidad.

¿Por qué Nuestro Señor me entregaba tanto dolor? Esto no lo gritaba, lo sentía por dentro. Por fuera había sólo lágrimas.

Volví a sentir ese dolor y ardor de la primera vez. Ya no quería vivir, prefería morir antes que volver a estar ahí, dolido y abandonado. Intenté meter la cabeza en el agua, ahogarme, pero de poco sirvió, los músculos me ardían y el movimiento fue imposible. De nuevo sentí esa navaja que me partía el cerebro en dos y vomité. Mis ojos, ardiendo, se cerraron con fuerza para huir de esa terrible realidad que no me abandonaría hasta terminar con el último baluarte de mi cordura.

Capítulo V

HASTA ESTE MOMENTO HE ESTADO NARRANDO dolores terribles y humillaciones de lo más desagradables, pero jamás, en mi dolor de esa piel adormecida y ojos en llamas, habría imaginado lo que seguiría después de mi reingreso a ese centro de pesadilla.

Todo había transcurrido como siempre. El mismo padecimiento de siempre, la misma angustia, los mismos dolores de ojos y cabeza. Eso no se iba nunca, pero tampoco lograba acostumbrarme. Todos los días afligían como el primero.

Ahí estaba yo, flotando en esa agua llena de vomitadas y líquidos poco amables, cuando llegaron el otro muchacho fuerte y el enfermero Rodríguez. Me miraron unos segundos, el muchacho fuerte con una mirada extraña, como quien analiza un producto que está a punto de comprar. Rodríguez sólo miraba al otro mirándome.

—Sí, no veo por qué no —dijo finalmente el muchacho fuerte.

Rodríguez asintió y desapareció de mi vista. Regresó unos segundos después con aquel artilugio con que me había sacado del agua en otras ocasiones. Me acercó a la orilla y luego, de un jalón, me sacó y me dejó sentado en aquella silla blanca, desnudo y sufriendo los aguijonazos del aire.

El joven sacó de su pantalón la cartera y contó unos billetes. Se los extendió a Rodríguez, que los guardó pronto en una de las bolsas de la bata blanca.

—Mi papá no se entera de esto —amenazó el joven fuerte y Rodríguez asintió.

¡Era hijo de Campos! Ahora todo tenía mucho más sentido. El hijo aquel a quién había pensado meter a una piscina.

El hijo de Campos se bajó los jeans y la ropa interior. Yo, torpe, inocente y lastimado como estaba, apenas me di cuenta de sus intenciones, pero ah, ya era tarde. Rodríguez me volteó y me colocó con las rodillas sobre la silla. Yo intenté luchar, pero no tenía caso. Parecía que todos los vicios y los pecados mundanos se encontraban en ese maldito lugar tan blanco y con esa sucia y desagradable apariencia de higiene fingida. No podía pensar, no quería pensar.

Rodríguez me sostenía por los hombros y sus dedos se sentían como garras rasgando mi piel. Sentí la presencia de Campos hijo, pero mis ojos sólo podían ver los zapatos de Rodríguez.

Zapatos de enfermero.

Sentí las manos de Campos hijo en mis glúteos y, en dos segundos, un inmenso golpe invadió mi cuerpo. Sentí mi piel desgarrarse y el dolor extenderse por toda la piel vulnerable hasta llegar a mi garganta. El cuerpo parecía habérseme partido en dos cuando me penetró de golpe. Quise gritar, pedir auxilio, quise tan sólo vociferar y desahogar mi dolor, mi miedo, mi odio y mi impotencia. Pero de mis labios sólo escapó un hilo de voz que parecía más bien la última exhalación de un roedor alcanzado por una ratonera. Intenté mover los dedos, que ya estaban recuperando la sensibilidad, pero las manotas de Rodríguez, como las de un orangután, me sostenían y apretaban sin piedad.

Sentí a campos entrar y salir con insistencia. Escuché sus gemidos y su prisa. Sus uñas se encajaron en mis muslos más y más mientras la velocidad de sus estocadas aumentaba. Yo sólo quería salir huyendo de ese dolor agudo, ese ardor que parecía extenderse por todo el cuerpo. Para cuando Campos hijo dio dos pasos atrás, los glúteos me pulsaban y sentía el ano ardiendo en fuego. Los hombros, enrojecidos, estaban a punto de explotar. Rodríguez finalmente me soltó y yo caí de lado al piso con un golpe seco. Fue en ese momento justo que entró al lugar la doctora enfermera.

—Te llama… —estaba diciendo, pero se interrumpió al ver la escena. Fingió demencia y continuó—: te llama el doctor.

El malvado enfermero asintió y salió de ahí a paso veloz. Campos hijo me miró unos segundos y salió del lugar también.

Repentinamente me vi solo. Solo y con un cuerpo que ya podía moverse, aunque de forma errática. Me puse de pie y caí de nuevo apenas di un par de pasos. Detrás de mí, de entre las piernas escurría un hilo de sangre, y cada movimiento era doloroso y extenuante. Comencé a llorar. Me quedé ahí, llorando en el piso por un rato, aunque no tengo claro cuánto. Lo intenté de nuevo, me levanté y, lentamente, caminé hacia la puerta y me quedé ahí, de pie, durante un tiempo que me pareció eterno. El ano me ardía y las piernas insistían con dejarme caer de nuevo.

Cuando Rodríguez estuvo de vuelta, aproveché su confusión y aquella mirada de sorpresa al no verme en donde me había dejado. Un empujón bastó para hacerlo perder el equilibrio. Aunque mi plan era solamente tirarlo, terminó dándose con la cabeza en la orilla de concreto y luego se hundió debajo del agua llena de mis vomitadas. Una reacción rápida lo llevó a exigir el oxígeno de la superficie, pero después de eso sus brazos comenzaron a ponerse en huelga y le fue difícil alcanzar el borde. Sin más que ver ahí, me di la media vuelta y salí caminando lo más rápido posible, todo desnudo y con dolores que aguijoneaban mi cuerpo entero. Mi ser entero daba alaridos, pero mis piernas no dejaban de moverse, el miedo a volver era más fuerte que ese dolor que apenas me permitía caminar. No sabía cuál era el siguiente paso, pero no estaba pensando, no era un ser humano, era una sombra, una nube negra que sólo buscaba huir. Mentiría si digo que vi con claridad todo aquello a mi alrededor. No. Nada de eso, el dolor adormecía mis sentidos, pero no podía (no quería) dejar de moverme.

Seguí con precaución el mismo camino por el que la doctora enfermera me había sacado la primera vez. Estuve a punto de cruzarme con un par de mujeres en bata blanca, pero entré en la primera puerta que encontré abierta para ocultarme. Era una especie de consultorio, con una silla simple, un diván y una camilla pequeña. Junto a la puerta había tres batas blancas en un perchero. Descolgué una y me la puse.

En poco tiempo me encontraba afuera, otra vez a un lado de esa maldita placa de cobre. En esta ocasión llegué más rápido a la selva que estaba del otro lado de la carretera y, en esta ocasión, no volví la vista atrás.

Caminé y caminé y caminé por entre las palmeras hasta que decidí regresar al camino de pavimento, pero en diagonal hacia delante. No sé cuánto tiempo caminé, pero el atardecer y la noche me cayeron encima. El ano y los muslos me ardían y cada paso me dolía hasta la cadera, con las plantas de los pies como si viniera caminando sobre clavos al rojo vivo. Pero el miedo es mucho más elocuente que el dolor.

No podía saber qué hora era, pero salí de nuevo a la carretera. No alcanzaba a ver el centro "Nueva Vida" a la distancia, lo había dejado bien atrás. Por primera vez pude respirar hondo, muy hondo, hasta sentir mi pecho llenarse de aire.

Caminé unos minutos más a un costado de la carretera hasta que, de pronto, unas luces fortísimas iluminaron mi espalda. Me volví y vi venir a un carro… No era aquella cosa horrible con la que me habían llevado al centro la primera ocasión. El auto redujo la velocidad cuando se encontró a mi lado.

—Ayuda, por favor —rogué al tipo que lo conducía y no sé qué gesto tendría yo puesto, pero el hombre se orilló y me ayudó a subir al asiento del copiloto.

—¡Hombre de Dios! ¿Qué le ha pasado?

Yo no dije nada, el sueño me golpeó de lleno en el rostro en cuanto me hallé sentado. Intenté responder, pero el hombre se convirtió en tres o cuatro figuras que danzaban ante mi fatigada mirada. Escuché el motor encenderse.

Sufrí mucho tiempo, estaba enfermo, cansado y maltrecho. Hubiera esperado que el tipo, al encontrarme a media carretera, con una bata blanca como mi única vestimenta, se me viniera encima mostrando los dientes y con los ojos inyectados de sangre. Pero no, sencillamente siguió conduciendo. De nuevo intenté hablar, responder cualquier cosa, pero no me fue posible, caí dormido sin saber ni en qué momento.

Desperté en un pequeño cuarto de hotel. El aire acondicionado y el fresco olor a sábanas limpias me llenaron de esperanza en dos segundos. En el buró de la derecha había un pants nuevo, todavía en su bolsa de plástico, y un par de billetes, el único rastro que ese hombre había dejado de su paso por mi vida. Caminé hacia la ventana y corrí la cortina. Frente a mí, una carretera de sólo dos carriles, uno de ida y otro de vuelta.

¿Dónde estaba?

Me di un baño. El dolor entre mis piernas pulsaba sin piedad, pero descubrí, echado en el piso de esa regadera de dos por dos, que mi piel se sentía más cómoda con el agua helada. Me vestí con ese pants nuevo y dejé la bata blanca tirada en el piso. Me metí en la bolsa del pantalón los billetes y bajé a la recepción un escalón a la vez. Cada paso ardía. Cada paso me tomaba una eternidad.

El lugar tenía cara de un hotel de paso. El viejo que atendía me saludó muy amablemente, pero luego me dijo, sin borrar la sonrisa, que el hombre que me trajo había pagado una sola noche y que estaba ya muy cerca de vencer mi habitación.

—Ya me voy —sentencié—. ¿Qué pueblo es éste?

—¿Pueblo? —el viejo negó con la cabeza—. Es más bien una parada. Mi hotel, un baño, dos que tres restaurancitos y dos tiendas de conveniencia. El pueblo más cercano está como a veinte minutos de aquí.

Miré hacia la puerta, lleno de miedo. Me imaginé a Rodríguez y al hijo de Campos asomándose con ojos furiosos y los puños listos para estrellarse sobre mí.

—¿Quiere que le llame un taxi? —el viejo interrumpió mis pensamientos—. Le va a salir caro.

Asentí y el tipo levantó el teléfono. Una vez que pidió el servicio, me invitó a desayunar en alguno de los restaurantes junto a la carretera, pero tenía más miedo que hambre, necesitaba alejarme del sur lo antes posible.

Salí del hotel. Intenté sentarme en la banqueta, pero el dolor me dobló y caí medio acostado. Con trabajo me levanté y me quedé de pie, apenas recargado en el muro junto a la puerta. De nuevo llené mis pulmones de aire fresco. Miré hacia ambos lados de la carretera, temiendo ver esa camioneta que por dentro era más bien como un carro mediano.

Finalmente llegó el taxi. El conductor se bajó y me miró con duda cuando vio que no tenía equipaje, portafolios, o alguna cosa que pudiera guardar en la cajuela. Luego me revisó de pies a cabeza e hizo un gesto que pude leer a la perfección.

—Tengo dinero en casa —le dije.

Sin más, asintió y me abrió la puerta de atrás. Cuando el taxi comenzó a avanzar me sentí más seguro.

Maldito sea por siempre el sur.

PARTE II

No existe hombre tan extraviado como aquel que se pierde en los vastos e intrincados corredores de su propia mente solitaria, donde nadie le puede alcanzar y nadie puede salvar

Isaac Asimov

Capítulo I

AL FIN, HOGAR DULCE HOGAR. Que hermoso era todo. El aroma, las texturas, los olores... por primera vez me di cuenta de lo valioso que era aquello, lo más simple. Caí vilmente en el dicho de que nadie sabe lo que tiene hasta que lo ve perdido. Pero yo logré recuperarlo a tiempo.

Luego de una siesta de horas y horas que yo ni siquiera planeaba, levanté el teléfono y le llamé a Gloria. Es raro, antes de mi viaje al sur mi corazón estaba en el trabajo, en el consultorio. Mi relación de pareja me parecía poco importante. Ninguno de los dos quería casarse y vivir cada uno en su casa fue un trato que siempre me había parecido de lo más sensato...

Hasta que el encierro en esas piscinas horrendas llegó a mi vida.

Entonces Gloria se mudó a mi cabeza. No dejaba de visitar mis recuerdos y mis deseos. Mientras mi cuerpo inmóvil flotaba en esa agua infernal, mis pensamientos se refugiaban en sus brazos y su mirada. Por ello en cuanto desperté llegué al teléfono de un salto. Me temblaban las manos mientras esperaba escucharla. Los segundos entre el descuelgue y su voz me parecieron eternos, pero llenos de una dicha que no tengo palabras para describir.

—¿Hola?

Le dije que era yo.

Antes de que ella pudiera decir cualquier cosa le repetí muchas veces que la había extrañado y que la necesitaba. Mi voz se quebró y, aunque intenté contenerme, mis lágrimas la empaparon a través de la línea. No tardó mucho en colgar y salir hacia mi casa. No vivíamos tan cerca como nos hubiese gustado (lo cual en el pasado me parecía muy práctico), así que me vi forzado a soportar una larga espera y aguantar la ansiedad que le acompañaba.

Tocó el timbre y, apenas abrí la puerta, caí de lleno en sus brazos.

Gloria era historiadora y lo suyo era tener la nariz metida hasta el fondo de los libros, no andar entre personas, mucho menos escucharlas y entender sus tristezas. Sé que para ella yo no era una persona cualquiera, pero alguien que acostumbra a conocer más de los muertos que de los vivos difícilmente sabe qué hacer cuando se enfrenta con un adulto de mi tamaño convirtiendo sus ojos en fuentes de Trevi.

Pues lo hizo bien. Primero se mantuvo en silencio un rato muy largo, escuchando, acompañando. Yo hablé y hablé mucho y le conté con tanto detalle como recordé todo aquello del mar ideal para locos de muerte. Hablé del hermano muerto, del tratamiento infernal de Campos, del dolor de las piscinas malditas, de mi primer intento de escape, de la traición, del miedo, de la violación, de la sangre, del segundo escape, del hombre que me tendió la mano, del hotel de paso y del sueño que me dominó en cuanto llegué a casa.

Cuando finalmente puse el punto final a mi historia, lloré por el hombre que me había ayudado. Ni siquiera podía recordarlo, si me cruzaba con él en la calle ese mismo día no habría podido reconocerlo. En mi creció una fuerte impotencia al querer encontrarlo, agradecerle, darle dinero, no lo sé… ¿qué se hace en esos casos?

Primero, Gloria me dijo que ese hombre no buscaba recompensa por ayudarme, que seguramente se había sentido satisfecho con sus actos. Luego de eso, me dijo también que ya era tiempo de acusar a Campos y a toda su gente.

"Nueva Vida" había llamado a mi madre y ella a su vez llamó a Gloria. Según Campos, algo que él desconocía había sucedido durante mi viaje al sur y la terapia reflexiva me había acobijado durante un quiebre psicótico.

—¿Por qué nadie fue a verme? —pregunté, pues me pareció bastante desgraciado que, sabiéndome metido ahí, no pasaran a verme, como suelen hacer las familias de aquellos sujetos que por razones horribles terminan internados en una clínica psiquiátrica. Mi cautiverio se hubiera acortado con alguna visita y muchas de las cosas terribles habrían quedado en el tintero.

—Campos nos pidió que no te visitáramos. Le dijo a tu madre que entorpecería el tratamiento, que no te permitiría avanzar y que una estancia sin visitas sería mucho más corta. No estuve de acuerdo y también lo llamé, pero me dijo algo muy similar. Tu madre dijo que eso era lo mejor y me convenció de que esperáramos. Yo le avisé a tus pacientes… me hice pasar por tu asistente.

—Mis pacientes saben que no tengo asistente.

—Ya les explicarás el asunto.

Me quedé en silencio unos segundos. Mi mente se debatía entre el coraje hacia mis seres queridos y mi odio hacia Campos y todos sus compinches. Mi madre y mi novia se quedaron firmes como soldados obedientes tras la llamada de un fulano que no era para ellas más que una voz desconocida del otro lado del auricular. Pero ese fulano, ese maldito, tuvo el poco corazón de declararme psicótico, de decirles no sé qué tantas cosas en nombre de la salud mental.

—¿Quiebre psicótico? No sabe de qué habla.

Gloría no dejaba de disculparse y de disculpar a mi madre por haber escuchado, ambas, las mentiras que les sirvieron directo a la oreja por la línea telefónica.

—Debimos estar ahí para ti —dijo.

Sí, tenía razón. Debieron estar.

Aunque… a la vez no. Una vez pasado mi coraje inicial me di cuenta que, al declararme psicótico, el maldito convirtió mis posibles quejas en delirios de una mente enferma. El malvado de Campos las engañó a las dos con el uso de un par de términos médicos dichos con tono profesional, sensato y prudente.

Lo que no terminaba de entender era cuál era el plan del demente. Estaba claro que no quería que yo hablara de lo que había visto, pero ¿planeaba tenerme en las piscinas toda la vida? ¿Planeaba que terminara teniéndole tanto miedo que me quedara callado para siempre? ¿O es que verdaderamente, en el fondo de su corazón, creía que su sistema funcionaba y buscaba que yo cambiara mis pensamientos a través de la reflexión? Mientras más pensaba en ello más me llenaba de furia. Mi corazón no resistía los recuerdos.

Mientras Gloria se disculpaba (llena de furia por todo lo que me sucedió), mientras me aconsejaba el camino que debía yo tomar, mientras se dejaba ir por discursos de justicia y castigo, yo me perdí en la mirada de Rodríguez, en el hijo de Campos desabotonándose los pantalones, en la doctora enfermera señalando mi posición, en el dolor de cabeza, el ardor de garganta, el vómito, la peste y las humillaciones. Y aunque recordarlo me apena, tengo que aceptar que no escuché con atención nada de lo que Gloria tenía que decir, porque yo mismo iba trotando por los senderos de mi pensamiento, que estaban llenos de lugares oscuros y sangrientos. Antes de las piscinas no había albergado ese tipo de contenidos en mis neuronas, así que yo mismo me sorprendí (y me asusté un poco, a decir verdad) cuando todo mi sistema me exigía causar dolor en el otro y en el Otro.

—Tengo un amigo que es abogado —dijo Gloria finalmente y me sacó de cualquier lugar en donde estuviera—. No podemos quedarnos como si nada.

Asentí y la abracé. No quería seguir teniendo esa conversación y mi abrazo sirvió para detenerla. No quería siquiera pensar en un proceso legal, sólo quería alejarme del miedo y el sufrimiento de "Nueva Vida".

Al día siguiente fui a la Isla Universitaria para ver cómo estaban las cosas, no quería que la facultad completa creyera que estaba recluido en un psiquiátrico ni nada por el estilo. El director de la carrera me recibió con una sonrisa y yo no quise dar muchos detalles, sólo dije que estaba de vuelta y que todo bien, que el diagnóstico había sido equivocado, no había sido un quiebre psicótico en lo absoluto. Me explicó que mi ausencia lo llevó a contratar a alguien más y que ese semestre no tendría nada para mí. A decir verdad no me afectó ni un poco, pues mi mente estaba en otras cosas y enseñar no era una de ellas. Sin embargo, no me dejó irme sin decirme lo mucho que se alegraba de tenerme de vuelta y jurarme por el Dios de todas las religiones que estaría de regreso en las aulas para el siguiente periodo.

Mientras manejaba de regreso a casa, pensé en la conversación con Gloria sobre tomar medidas legales. La verdad es que me moría de miedo. El proceso tendría consecuencias que no veía venir y que me asustaban hasta ponerme a temblar las piernas.

—Sé que tienes miedo —me dijo Gloria esa noche—, pero no puedes…

—Quedarme como si nada —la cité.

—No quiero presionarte.

La abracé con fuerza. Unos segundos después, ella echó su cabeza hacia atrás y me sonrió, comprensiva.

—Si quieres yo hablo con mi amigo.

—No —le dije—, yo lo hago. Pásame su teléfono.

Me dijo que no me iba a presionar pero, detrás de esa sonrisa, me estaba presionando. No quería que creyera que era un cobarde. Ya había sido suficiente humillación como para todavía vivir pensando que ella, en el fondo de su corazón, me considerara el tipo que no hizo nada, que se dejó pisotear sin siquiera levantar la mano. Cuando me entregó la tarjeta de su amigo me volvieron a temblar las piernas. Y me temblaron todavía más cuando, sentado en la orilla de mi cama, marqué desde el teléfono del buró.

Al siguiente día pasé a verlo a su oficina. Era un lugar elegante y minimalista, en el piso dieciocho de un edificio del centro. En la recepción había una placa plateada en la que se leía "Rego, Ortuño y Asociados".

Malditas placas.

Al escuchar mi nombre, la recepcionista me llevó a la sala de juntas con la mesa más larga del universo. En las paredes había documentos antiguos enmarcados, las constituciones de varias naciones y cosas del estilo. La señorita no tardó en desaparecer y volver al poco con un vaso de agua tibia. Me dijo alguna cosa amable de esas que se usan para excusarse y se esfumó. Luego de algunos minutos me puse a curiosear y, en la pared del fondo, encontré una mesa con cinco libros que hacían las veces de figuritas decorativas. Tomé el del centro porque su título era el único que no tenía nada que ver con las leyes y el derecho: "Peones Divinos" se llamaba. Estuve esperando al abogado tanto tiempo, que pude leer toda la introducción, en donde el autor, un filósofo japonés de apellido Sakurai, defendía el libre albedrío como el bien máximo de la humanidad y el mayor regalo de Dios. Aseguraba que, de no existir la libertad, no seríamos más que piezas en un tablero de ajedrez espiritual en el que Dios no tiene más oponente que él mismo.

El trabajo con la mente humana me llevó a tener la poco popular opinión de que el libre albedrío no existe, no como nos lo pintan. Al menos que alguien me quiera convencer de que la gente siente ansiedad por gusto, que hay quienes consideran la depresión como un hermoso pasatiempo, o que las parejas infelices y destructivas que atascan el planeta están secretamente encantadas con la relación. Mi consultorio se llenaba semana a semana de mujeres que le tenían miedo a su esposo agresivo y golpeador. Si el libre albedrío es tan hermoso y divino, ¿por qué no simplemente esas mujeres guardaban sus cosas en una maleta y se iban? ¿Qué las detenía? Lo mismo que detiene a un hombre inseguro de acercarse a una mujer hermosa sin que le tiemblen las piernas: procesos mentales. Procesos mentales de los que somos esclavos. Procesos mentales diseñados por Dios en su intento por hacer funcionar el avanzado intelecto de su creación. Del producto favorito de su creación.

Quizá por eso decidí dedicarme a la salud mental. Incluso sin ser consciente de ello, lo que siempre quise en realidad fue luchar contra ese diseño fraudulento de Dios. Ese diseño que generaba, por sí mismo, mucho del sufrimiento humano. Luchar semana a semana en sesiones de cincuenta minutos, insistir, picar piedra, revisar el pasado de los pacientes, acompañarlos en su presente. Intentar. Todo con la única intención de vencer los designios de mi madre...

De Dios.

Pero este japonés aseguraba que, sin el libre albedrío, Dios estaba jugando consigo mismo. La idea me pareció ridícula, ¿por qué Dios querría ser su propio oponente? No tenía sentido. Sólo quería fastidiarnos, no había otra explicación. El mundo era un ajedrez en donde él no movía a las piezas, sólo miraba divertido a ambos bandos haciéndose pedazos. Desde el inicio de los tiempos le dio a los seres humanos las herramientas mentales y físicas para destruirse los unos a los otros. O peor, construyó el cerebro de tal forma que, con apenas una breve experiencia dolorosa durante la infancia temprana o la adolescencia, uno es capaz de destruirse a sí mismo. Sólo había que ver los casos de…

—Perdona la tardanza, ya sabes cómo se pueden poner las cosas.

Humberto Rego apareció y me pidió con una enorme sonrisa que lo siguiera hasta su oficina. El sitio brillaba como si diario le pasaran esos aerosoles que huelen a limón y dejan la madera reluciente. Rego, de unos cuarenta y cinco años, me escuchó del otro lado de un escritorio tan grande que sentí por momentos que estábamos en habitaciones diferentes. Yo hablé y hablé de todo lo sucedido: de la petición para que fuera a la costa sur, del sujeto que quería cambiar la opinión del alcalde, de los dos hermanos y la muerte de uno de ellos, de Campos, su tratamiento y los maltratos. De la doctora enfermera, de Rodríguez y del hijo de Campos. El dolor, la traición, la humillación.

Cuando le tocó el turno, comenzó a hablarme de costos y depósitos bancarios. A mí eso me importó poco, pues la empresa que me dejó mi padre me generaba el suficiente dinero para pagarle al abogado sin sufrir en lo mínimo asuntos de billetes, cheques y chequeras. Lo que me pareció llamativo, por decir poco, es que hablara de dinero antes de calmarme, motivarme o hacerme sentir seguro. Cuando yo trataba a un paciente, siempre primero hablaba de su dolor, de cómo se sentía, de qué lo traía a mi consultorio. El dinero era lo último. Aquí, en cambio, el dinero fue lo primero.

Su segundo tema fue la muerte del hermano de Urriaga. A su decir, yo no era responsable legal de su muerte y era un asunto que no debía preocuparnos. Si el Urriaga que quedó vivo hacía otra cosa en mi contra, ya se vería en su momento.

Luego de eso, habló y habló de cosas que recordar me duele y que terminaban todas juntas en que Campos se vería metido en un problemón. Rego me dijo que mordería el polvo, que se le lanzaría a la yugular y que le sacaría mucho dinero. ¡Pero yo no quería que le sacara dinero! ¿A mí eso qué me importaba? Yo quería que lo metieran a la cárcel, que "Nueva Vida" cerrara y que su hijo y el enfermero Rodríguez también pagaran las consecuencias de sus actos; quería libres a los otros pacientes y que la terapia reflexiva no se volviera a aplicar nunca, en ningún lado. Entonces Rego reculó y dijo que sí, que claro, que también sería cruel en la búsqueda de un castigo ejemplar.

Luego de algunas semanas de llenar papeles y ver a Rego muchas veces para que me informara qué pasaba aquí y allá, me dijo que el juicio empezaría en breve. Para mí todo sucedió muy rápido, por un lado… y muy lento, por el otro. El proceso legal de inicio tomó semanas y, sin embargo, no recuerdo que pasó esos días. Las sesiones en mi consultorio me pasaron por encima de la cabeza. Le expliqué a mis pacientes de forma muy breve las razones de mi ausencia y trabajé con ellos todo lo que sintieron cuando recibieron las llamadas de Gloria, "mi asistente". No le mentí a ninguno, pero limité la narración de mi experiencia hasta dejarlos tranquilos. Como no tenía nada que hacer, las horas en mi casa trascurrían conmigo frente al televisor sin siquiera poner atención a lo que sucedía en pantalla. Gloria venía a casa de vez en cuando o yo iba a la suya, pero sólo nos plantábamos frente a la televisión sin hacer mucho. Noticiarios, series, películas… daba lo mismo. Tenía miedo, estaba asustado. Por un lado quería ese juicio, por el otro no quería nada, no quería volver a verlos, no quería hacerlos enfadar. Sólo…

Sólo quería dejar de estar tan triste todo el tiempo.

Pero el tiempo pasó, el hoy fotocopia del ayer. Las semanas volaron y llegó el día en que empezó el juicio. Me vestí con un saco negro, una corbata gris y una camisa blanca, quería verme serio, pero sin llamar mucho la atención. Campos llegó vestido con un traje azul cielo, camisa blanca, pantalón blanco y zapatos blancos también. Lo primero que pensé fue en un ángel. En la muerte. En Satanás.

Luego llegaron el hijo de Campos y Rodríguez. Atrás de todos estos ridículos venía un tipo bajo y calvo con un traje café de esos que tienen delgadas líneas negras. A pesar de su poca estatura, era bien parecido, ojos azules y nariz respingada. Los cuatro se sentaron en la mesita frente al juez. Yo me senté junto a Rego en mi propia mesita. No había nadie en la sala excepto los ya dichos. Y con Nadie no me refiero a Odiseo, sino a que estaba vacío, no había público alguno en ese juicio que, se supone, permitía la entrada de todo aquel que quisiera verlo. Al parecer nadie quería verlo.

El juez vestía con traje, camisa y corbata negros, todo negro, era el color de la sobriedad y la justicia en mi país. Junto a él, su secretaria, que tomaba notas rápido, rápido.

Se leyeron los nombres de Campos y sus compinches y fue así como me enteré que el hijo de Campos se llamaba Jonathan, igual que su padre. Se leyeron los títulos y la experiencia del abogado de los desgraciados y luego mi nombre y el de Rego y sus estudios. Todos estaban llenos de títulos y todos habían viajado por el mundo, subido a los montes y bajado de las montañas. Un montón de abogados aplaudiendo a otros abogados en un besadero de traseros como no he visto en ningún otro lado.

Luego el juez hizo una lectura lenta, pesada y desquiciante de la acusación que mi abogado había ingresado y todo aquello que yo dije. De la forma más sosa y fría, el juez leyó mi acusación y habló del tratamiento de Campos y de cómo resultaba peligroso en más de un sentido. Habló del dolor de cabeza y de las extremidades adormecidas e hizo una descripción por demás somera del maltrato, los golpes, la persecución y el abuso físico y mental, de la forma en que me mantuvieron ahí en contra de mi voluntad y el modo en que le mintieron a mi madre y a mi novia para que no pusieran un pie en "Nueva Vida".

En silencio recé, pedí a Dios que me moviera de forma correcta en ese juicio, que sacara a esos malvados de mi vida y que los castigara. Observé a Campos y a sus muchachos. ¡Que odio sentí por ellos! Tenía ganas de correr hacia el juez y gritarle a la cara: "¡señoría, señoría, castigue a estos tres hombres por todo lo que me hicieron!" Sólo quería que los castigara sin que ellos pudieran vengarse, los quería fuera de mi vida, quería tener la certeza de que no volverían, de que ya no serían parte de mi historia. Las noches estaban llenas de sus rostros, de sus puños, de sus dientes retorcidos. Visitaban mis pesadillas con constancia. Ya no quería eso. No quería que el corazón pegara de brincos cada vez que el teléfono sonaba y mi mente me susurraba que quizá era uno de ellos del otro lado del cable.

Le tenía mucho miedo a su venganza.

Una vez que estuve a punto de morir de aburrimiento, el juez dijo que, leídos los documentos y puestas sobre la mesa las acusaciones y las respuestas, el juicio entraría en receso hasta el día siguiente. Ambas partes presentaríamos evidencias y anunciaríamos testigos y todas esas cosas. Mientras esto decía aquel hombre poderoso, yo sólo me preguntaba por qué todo esto estaba en juicio, los crímenes de Campos eran obvios, sólo tenían que mandar a alguien al sur a ver las malditas instalaciones infernales. Pero no, al parecer la justicia necesitaba deshilachar lo que no era necesario y analizar a fondo lo que con una mirada apenas superficial gritaba culpabilidad por todos lados.

Llegué a casa ya entrada la tarde y me sentí más solo que nunca. Gloria me alcanzó un par de horas después y le hablé de todo lo que había pasado y del miedo que me daba todo el proceso. Tan sólo el olor de ese juzgado me ponía los pelos de punta.

Algo no estaba bien.

Cuando el sistema está tan listo para permitir que la realidad de los hechos se mida a partir de qué tan convincentes son los argumentos de dos hombres de ley, y no de la realidad por sí misma, cualquier persona con un juicio medianamente decente debe asustarse, porque nunca la medida de la verdad debe ser la caprichosa percepción del hombre.

Capítulo II

MI ANSIEDAD ME LLEVÓ AL juzgado muy temprano. La sala del juicio estuvo completamente vacía para mí durante media hora, hasta que poco a poco comenzaron a llegar los implicados. Campos, Jonathan, Rodríguez, su abogado, mi abogado, el juez, la secretaria que escribe rápido, rápido y, finalmente, haciendo una dramática entrada triunfal, el juez, otra vez todo de negro, desde la corbata hasta los zapatos.

Sin mayor preámbulo, el más importante de todos aquellos habló y dijo que había revisado los documentos entregados por ambos abogados. "Nueva Vida" tenía todos los permisos, sellos y aplausos necesarios de las instituciones competentes para existir, así que por ahí no había problema alguno. Lo que seguía, entonces, era validar mis acusaciones sobre el maltrato a los pacientes.

—Si consideramos las afirmaciones del documento acusatorio —dijo el Juez—, entonces el centro de cuidado psicológico "Nueva Vida" no está operando como lo aseguran los manuales internos que fueron ingresados.

—En nuestro documento de respuesta, señoría, proponemos a usted una visita al centro de cuidado psicológico para corroborar el funcionamiento de nuestras instalaciones, si usted no tiene inconveniente —dijo Knight, el abogado de Campos. Aunque hablaba con buen español, se le escapaba un acento extranjero que no terminé de identificar.

El juez asintió. Dijo que conformaría una comisión para que visitaran el centro en las costas del sur. Knight miró a Campos con una sonrisa y éste le respondió con un ligero movimiento de cabeza, apenas perceptible excepto para el ojo que, lleno de miedo, busca en todos lados algo que entregue un poco de estabilidad al corazón.

La impotencia y el coraje me invadieron. El juez enviaría a una maldita comisión para verificar que todo estuviera funcionando como los manuales de Campos decían que estaba funcionando. La visita, designada con anticipación por la corte, tendría a Campos y su abogado listos para que la comisión saliera de ahí llena de sonrisas, aplausos y abrazos. La conclusión jamás sería que todo eso era un circo armado, la vida no funciona con tan buen sentido común. No. La conclusión sería que yo era un mentiroso y que mi lengua estaba llena de patrañas nada más porque sí.

Así se lo dije a Rego. Le pedí que hiciera algo, que se quejara, que pusiera sobre la mesa nuestro desacuerdo. Algo se podía hacer... ¿no? Digo... ¿era yo el único que veía como obvio el plan de Campos y su abogado malvado?

—Por el momento vamos a tener que aceptar la revisión de la comisión y esperar sus resultados —dijo el abogado ante mi gesto sombrío e inverosímil.

—¿Por qué? —le pregunté. Era obvio que una comisión sería inútil. Sólo le pedía que pusiera sobre la mesa que la comisión se encontraría con un escenario armado para manipular sus opiniones. No pedía más. No sé… pedir que llegaran sin avisar o algo. Pero Rego desestimó mi petición, me dijo que no nos convenía en ese momento y hasta me rogó que escuchara su consejo profesional.

—No estoy para decirte lo que te gusta, Gregorio, sino lo que es conveniente —me aseguró.

La comisión seguiría adelante. Ni yo ni Rego, ni tampoco Knight o Campos teníamos permiso de acompañar a los visitantes. Llegarían al centro dentro de los siguientes quince días. Knight se quejó un poco cuando el juez exigió que los acusados se quedaran en la capital hasta que el reporte de la comisión fuera anexado a los documentos del caso, pero logró poco y creo que fue puro teatro.

Quería hablar con el juez yo mismo, señalar lo tonto que debía ser si creía que la comisión se enfrentaría con la verdad de los hechos y no con un teatro planeado para que la comisión llegara a las conclusiones que a Campos le convenían. Rego insistió con que no era viable y que no podíamos poner en duda las decisiones del juez. Si él, abogado, no podía imponer una queja, mucho menos podría hacerlo yo.

¿Pero por qué diablos Knight sí se había quejado? De acuerdo, el juez desestimó su queja, pero se quejó al menos. Rego y yo, en cambio, nos quedamos sentaditos, muy monos, muy educados.

El juez terminó la sesión y aseguró que el juicio continuaría en veinte días a partir de esa fecha. Yo marqué en mi calendario el día en que debíamos regresar y Rego se levantó muy orgulloso, como si hubiera hecho un trabajo sobresaliente cuando que, en realidad, no hizo nada que no fuera poner el trasero en la silla y escuchar sin mover un dedo. Cuando caminábamos hacia la salida de todo aquel enorme edificio de juzgados y oficinas, me dijo que todo saldría bien.

—¿Cómo va a salir bien? —le dije, malencarado— Si la comisión regresa con un reporte que diga que todo en la clínica de Campos funciona como debe...

—A ver, Gregorio —me interrumpió con un tono que me hizo sentir como un niño chiquito que no entiende las cosas—. Aunque la comisión se encuentre con un teatro, esa visita no exonera el maltrato, el abuso, ni la privación de la libertad de las que fuiste víctima.

—Eso yo, ¿pero los otros pacientes? ¡Hay más gente allá adentro! Esa gente estaba ahí antes que yo y seguramente sigue ahí.

—Necesitamos pensar en tu caso y dejar de intentar defender a otros.

Ya no dije más, sólo sentí una frustración que me cerraba la garganta. Desde nuestra primera cita le dije al fulano que parte importante de la acusación contra

Campos era liberar a esos tipos que estaban sufriendo lo mismo que yo había sufrido. ¡Ni pensar de qué tantas vejaciones habrían sido víctimas! Mientras tanto, Rego, sonriendo y cargando su costoso portafolios de piel, caminaba hacia la salida como si fuera el presidente fundador de ese juzgado.

Regresé a mi casa y me encontré con un mensaje de mi madre en la contestadora. Quería visitarme y me preguntaba si Rodrigo y ella podían visitarme. Rodrigo era su novio, un fulano de setenta años que había vendido su compañía y ahora gozaba de una cartera gorda y pesada. No pude negarme. Eso sí, del juicio no mencionó ni una palabra.

Hasta me sorprendí de que me sorprendiera.

Era complicado tener a mi madre en casa sin apoyo, así que llamé a Gloria y la invité a quedarse el fin de semana de la dichosa visita. Se río cuando le hablé del plan y me dijo que estaría ahí, que jamás me dejaría solo en una batalla de ese calibre. Antes me hubiera reído. Juntos nos habríamos burlado de todo ese asunto, pero ese día sólo quería colgar y dejar de escucharla. Fingí una risilla apagada y colgué el teléfono. Me di cuenta de que no quería ver a mi madre ni a su novio, que no quería hablar de ninguno de los temas que ella repetía hasta el cansancio y que tampoco deseaba hablar del juicio, algo que seguro tocaría brevemente cuando terminara de hablar de sí misma.

Pero un reloj que tiene batería, cuerda o un péndulo que funcione no se detiene y el momento llegó. Mi madre estuvo en casa, puntual, caminando dos pasos frente a Rodrigo, lo suficiente para sentir que iba a su lado pero asegurándose de que él viniera un poco atrás. Siempre adelante, siempre en espera del aplauso y las caravanas.

En su juventud fue actriz. Actriz en el pasado, actriz toda la vida.

Pasaron a la sala luego de los incómodos saludos. Gloria ya estaba ahí y se puso a platicar con mi mamá mientras Rodrigo se paseaba por la sala y por los pasillos mirando los muebles, el color de las paredes y las fotografías o cuadros con que se iba topando. Tenía el pelo plateado, largo hasta los hombros quizá, pero atado en una cola de caballo. Traía un saco azul cielo que me recordó a Campos el primer día del juicio. Se me revolvió el estómago.

Finalmente se topó con mi armario lleno de cachuchas. Lo abrió (como si fuera su casa) y emitió una exhalación de sorpresa y agrado.

—Buena colección que tienes aquí, ¿eh?

Esa colección siempre me había hecho sentir orgulloso, así que no pude evitar ponerme de pie a su lado y admirarla al mismo tiempo.

—Muchas las hice yo —aseguré y él me miró con sorpresa, de forma inquisitiva—. No es tan complicado cuando tienes práctica, pero al principio fue complicado.

Tomé una de mis gorras lisas, color negro, y se la entregué. Él la miró y le dio varias vueltas, examinándola con cuidado.

—Esa fue de las últimas que hice. Me gustan más que las que he comprado.

—¡Claro! —dijo y sentí en su tono las ganas de agradarme—. Nada comprado se asemeja a lo que hace uno con sus propias manos.

Asentí. Era verdad. En mi colección tenía gorras de todas las ciudades que había visitado en mi vida, pero le tenía más afecto a las que había fabricado en mi sencilla máquina de coser. Mi colección era bastante grande, tenía una por cada momento especial, por cada memoria que valiera la pena conservar en tela y plástico. Yo, el único que podía leer esa colección, sabía que era un diario de los momentos importantes de mi vida, felices o infelices.

—¿Ya no haces?

—Hace mucho que no. Tengo mi máquina guardada y un montón de material, pero ya no tengo tanto tiempo como antes, hacerlas es tardado.

—¡Podrías hacerme una! —dijo con una sonrisa, pero me quedé serio y en silencio, así que tuvo que volver a poner la cara plana y los ojos de regreso en la colección.

—Pareces un cachuchero —dijo de repente, como para romper el momento incómodo que él mismo había construido.

Era un comentario común, típico de todos los que veían esa cantidad de gorras juntas, mas nunca me había generado más que hartazgo y molestia, pues no es lo mismo una colección apasionada que el necesario inventario de una tienda. Sin embargo, ese día sentí algo diferente, algo atractivo, algo que hasta después entendería, como si el comentario me estuviera hablando al oído con un lenguaje secreto.

—¿Cómo se dice cachuchero en inglés? —no sé de dónde me vino la pregunta. Quizá pensé en Knight, un extranjero. Aunque me doliera aceptarlo, estaba haciendo mucho mejor trabajo que Rego. Mi propio pensamiento me angustió, pues no hay nada peor que no saber de leyes lo suficiente para estar seguro de si tu abogado te está llevando a buen puerto o su balsa está haciendo agua por todos lados.

—No sé —respondió—. ¿Caper?

—¿Caper?

—Es que "cap" es cachucha, "hat" es sombrero y "hatter" es sombrerero.

—Entonces Caper es un cachuchero —aseguré.

—Pues no sé, supongo.

Mientras Rodrigo regresaba con Gloria y con mi madre, alcancé de un librero un diccionario de inglés y español y no encontré que "caper" fuera un cachuchero, pero sí una alcaparra, el movimiento de un caballo y también un lío.

Un lío... molestia, escándalo, confusión, enredo.

Cuando regresé a donde estaban todos, Gloria ya los estaba poniendo al tanto de cómo iba el juicio. Mi madre escuchaba con atención medianamente honesta y Rodrigo con atención completamente fingida. Cuando la historia terminó, el fulano dijo, con una voz llena de gallos que asesinó poco después con unos cuantos carraspeos:

—Necesitas testigos que apoyen tu versión. La comisión va a encontrar todo prístino, como si el mismo Dios lo hubiese lavado. Necesitas a alguien de allá adentro que diga que las cosas no son así todos los días.

—Ay, hijo, tu abogado es un pendejo —agregó mi madre.

Gloria hizo un gesto de inconformidad. Yo estaba a punto de defender a Rego (más por despreocuparme que por pensar que sus acciones eran defendibles), cuando me vino a la mente la traidora doctora enfermera. Podría hacerle una visita y ver qué tan dispuesta estaba a hablar en mi favor. El problema es que no podía buscarla en "Nueva Vida" ya que el juez nos había prohibido siquiera oler cerca de esas instalaciones hasta que terminara el trabajo de la comisión.

Cuando mencioné en voz alta a la doctora enfermera, Rodrigo se ofreció a llamar a "Nueva Vida" para preguntar por ella. Pero yo no conocía su nombre y mencionar el mío, aunque fuera por simple referencia, podía meterme en un problema. Pero necio como ser humano y con muchas ganas de caerme bien, Rodrigo no dejó de intentarlo. Se hizo el tonto en una llamada telefónica en donde, con argucias, se enteró de que todo el personal de apoyo había sido reemplazado, pero que no podrían darle más información al respecto.

Mi mente se quedó en blanco un largo rato. ¿Dónde encontraría ahora a esa mujer? La necesitaba. Sólo ella podía decir la verdad.

Luego de que Rodrigo comunicara lo poco que le habían dicho, mi madre negó con la cabeza y empezó a hablar de un amigo suyo, abogado, que había sido de los mejores del país. Falleció unos años atrás, pero en vida era un gran amigo y un profesional intachable. Caminando por los senderos de sus recuerdos del pasado, mi juicio quedó en el olvido y no se volvió a mencionar en toda la tarde, que estuvo llena los planes que mi madre y Rodrigo tenían para todo: viajes, casa, autos y hasta un jacuzzi más grande para su casa. Yo intenté desconectarme de todo aquello y sólo me despedí cuando llegó el momento.

Llegó inevitablemente el día siguiente y, muy temprano, recibí una llamada de Enrique Villegas, el tipo que se encargaba del negocio de mi padre cuando yo, que odiaba a profundidad todo el asunto, prefería estar metido en mi consultorio atendiendo pacientes. Esas llamadas eran constantes, pues el tipo me reportaba como robot todo lo que, a su pensar, era importante reportarme. De vez en cuando tenía que ir a la maldita empresa en persona para lidiar con cosas que requerían necesariamente mi presencia en la mesa de los socios.

Aunque mi padre me quiso empapar del funcionamiento de ese lugar fastidioso, nunca presté la atención suficiente. Digo, tampoco soy un imbécil, conozco los procesos y lo importante que es la empresa en mi triste nación. Mi padre murió orgulloso de haber creado la más exitosa compañía importadora - exportadora de alimentos procesados, aunque también murió enfurecido de que su único hijo, en lugar de heredar con gusto la presidencia de la compañía, le diera la espalda a todo ello para, en sus palabras, "hacerme pendejo en una escuelita y luego ser un charlatán que le roba dinero a los loquitos".

Aún recuerdo cuando murió mi padre. Me sentí en las nubes, pues él nunca soltaba un quinto para nada y, de un día para otro, la cosa era mía. Obviamente mi madre se llevaba una buena cantidad, pero con todo y todo mi vida se había vuelto comodísima de la noche a la mañana. Si mis pacientes faltaban, cancelaban citas o no podían pagar, eso ya no me llenaba de angustias la cartera.

Pero bueno, mi llamada con Enrique Villegas había sido lo mismo de siempre, sólo que en esta ocasión me dijo que los socios estaban preocupados por mi ingreso en una institución psiquiátrica. Le expliqué que no era una institución psiquiátrica y que en realidad había estado prisionero ahí en contra de mi voluntad. Le hablé someramente del juicio y le pedí que no dijera nada a nadie, la información sería entregada cuando viniera al caso y no antes. Luego de llenarme la oreja de disculpas y de que alcancé a escuchar del otro lado de la bocina las caravanas acostumbradas, colgamos el teléfono.

Entre sesiones que me pasaban de una oreja a otra como peces voladores, comidas aburridas y una vida sexual nula con Gloria, llegamos al día en que tuve que volver al juzgado. Se había cumplido el plazo y tendría que ser testigo de aquel reporte de circo en donde, seguramente, Campos recibiría aplausos por tener todo en regla. Gloria me llevó ese día al juzgado y, aunque no tenía permiso de entrar conmigo, intentó hacerme ligera la mañana. La mitad de mi cerebro agradeció sus lindas intenciones, la otra mitad ni siquiera la escuchó. No podía prestarle atención, estaba preocupado. Mucho. Sabía lo que iba a pasar y terminaría el día con la cola entre las piernas. El juez no vería en mí sino a un psicólogo desquiciado que acusaba de la nada a un puñado de profesionales serios que intentaban innovar los tratamientos del alma, en lugar de quedarse sentados mientras terapeutas y analistas tenían a sus pacientes en un diván durante siglos.

¿Qué pasaría después de que el reporte de la comisión exonerara a Campos y a toda su gente? ¿Qué pasaría después de que todos sus testigos desfilaran frente al juez con la lengua llena de mentiras mientras yo, solo en una esquina, fuera incapaz de producir a un solo testigo que pudiera hablar de mi versión de los hechos? Los pacientes que compartían mi dolor seguirían encerrados, aterrados y con la mente girando de mareo y de dolor. Yo era el único testigo de mi sufrimiento, pero de poco serviría frente a la mirada supuestamente objetiva de un juez que era incapaz de leer la mentira en los ojos del demonio.

¿Qué pasaría después?

Sólo quería dejar de estar tan triste todo el tiempo.

El juez leyó en voz alta, lenta y aburrida, el reporte de la comisión. Cinco analistas habían llegado a la costa sur de mi terrible nación y, por separado, visitaron "Nueva Vida". Encontraron instalaciones limpias, sujetas a todos los principios de higiene y sanidad que el Estado exigía de ese tipo de instituciones. El agua de las pequeñas piscinas, a su decir, tenía la solución curativa en tan pequeño porcentaje que poco afectaba la comodidad de los pacientes. Luego de eso, agregaron un montón de mentiras de las peores. Y terminaron con un: "Después de cuidadosa observación, concluimos que los tratamientos se aplican de buena fe por todos los empleados del Centro Psicológico, con la profunda creencia de que ayudan a mejorar los síntomas de los pacientes. Esta comisión considera el método de terapia reflexiva que se practica en "Nueva Vida" como un tratamiento legítimo para los trastornos psicológicos".

Eso no había sido un circo, no llegaba a eso, Campos y Knight habían construido para la comisión una realidad alternativa de mierda. Los de la comisión regresaron con testimonios de trabajadores, médicos, enfermeras y hasta pacientes curados de males que la psiquiatría y la psicología clínica durante siglos no habían podido curar en tan poco tiempo. Miré a Rego con un gesto que pudo leer perfectamente, porque se encogió de hombros y dijo, por lo bajo:

—Desde el principio sabíamos que los resultados de la comisión no nos apoyarían.

En todas nuestras conversaciones telefónicas de aquellos días me dijo lo mismo, que teníamos que ser pacientes hasta que llegaran los resultados de la comisión. Le dije que ya sabía cuáles serían los resultados, que debíamos trabajar antes de que se nos terminara ese tiempo, pero él insistió en que necesitábamos saber los puntos específicos del reporte antes de dar el siguiente paso. ¿Pero por qué? Casi una vez por semana lo llamé para preguntarle por qué nuestro siguiente paso requería de eso, pero mis preguntas siempre se topaban con palabrería legal, jerga incomprensible y sonrisas llenas de "no te preocupes, todo va a salir bien, confía en mi consejo legal".

Luego de que se leyó el reporte de la comisión, el juez, sin emitir opinión alguna respecto del asunto, preguntó si los abogados tenían una lista de testigos a quienes el juzgado se encargaría de llamar en cierta fecha y a cierta hora. Knight se levantó con el orgullo del boxeador que acaba de vencer a su oponente en los primeros segundos y le entregó un documento dentro de un fólder. Rego, por su parte, abrió su elegante portafolios de piel y se le quedó mirando al interior como si pudiera sacar de entre los pliegues a los testigos que necesitábamos. Luego lo cerró y negó con la cabeza.

Después de un incómodo silencio que para mí duró seis años, el juez se levantó y nos pidió volver la semana siguiente para que el juicio continuara con la etapa de presentación de testigos. Como no tiene sentido resumir las horas de una semana sin mayor eventualidad, sólo diré que los días pasaron y que no me quedó más que meterme en la pantalla de la televisión y en las horas continuas de consultorio, esperando que los pacientes no se dieran cuenta que habían dejado de tener un analista para tener un autómata que, mientras ellos hablaban, pensaba en Jonathan desabotonándose los pantalones, en Rodríguez jalándolo hacia la orilla, en la doctora enfermera señalando su posición cuando intentaba escapar de la tortura.

—Señoría, la defensa quiere llamar a su primer testigo —dijo Knight el día en que volvimos todos muy obedientes al juzgado.

El juez asintió y el abogado hizo una señal. Ante mis ojos se materializó aquella que pensé que se había esfumado, esa mujer que bien pudo haber sido un fantasma, la doctora enfermera. No sólo me enteré que se llamaba Sandra Poleta, sino que la escuché jurar y perjurar que diría la verdad y que aceptaba que, de ser atrapada con una mentira entre manos, recibiría un castigo que el Estado entendía como terrible y doloroso. Se sentó en un espacio entre el juez y la mesa en donde estábamos todos los demás.

—¿Dónde trabaja usted? —preguntó Knight.

—No estoy trabajando.

—Pero antes de eso trabajaba usted en el Centro de Cuidado Psicológico "Nueva Vida", ¿no es cierto?

—Sí, dejé el trabajo para mudarme a la capital. Mi padre enfermó y necesito estar aquí para cuidarlo. Pensé que podría encontrar algo fácilmente, pero no he tenido suerte.

—¿En qué consistía su trabajo en "Nueva Vida"?

—Era ayudante general, hacía todo lo que se me pedía, desde apoyo a médicos y psicólogos hasta asistente administrativo.

—Pero usted tiene formación en enfermería, ¿no es cierto?

—No terminé mis estudios, pero sí, estaba formándome como enfermera.

—A su consideración, ¿le parece que los métodos de la terapia reflexiva son ilícitos?

—Perdón, no entiendo la pregunta.

—¿Causan daño a la salud física o mental de los pacientes?

—No, definitivamente no.

—Hasta donde usted tiene conocimiento, ¿en qué consiste el tratamiento?

—Los pacientes son vestidos con ropa de baño y metidos cuidadosamente en pequeñas albercas. El agua se mezcla con un agente anestésico en un porcentaje mínimo para que sus músculos se relajen y ellos puedan pensar, reflexionar. Varias veces al día son visitados por un psicoterapeuta que los guía en el proceso reflexivo y con quien intercambian ideas y conclusiones al respecto.

Quería gritar: "¡Mentira!" pero una fuerza odiosa mantuvo mi trasero en la silla y mis labios cerrados. La misma fuerza que me había mantenido toda la vida alejado del deseo y la felicidad.

—¿Cuál es la diferencia entre la terapia reflexiva y otro tipo de tratamientos psicoterapéuticos?

—Cuando un paciente ingresa a "Nueva Vida" es capaz de dejar otras preocupaciones atrás y reflexionar sólo sobre su motivo de consulta. El proceso de reflexión está basado en principios de otras psicoterapias, sólo que los pacientes no visitan el consultorio una vez por semana, por eso es más rápido y eficiente.

—El doctor Gregorio Sankiesh asegura en su documento acusatorio que él fue llamado para trabajar con algunos pacientes que creían que el agua del mar tenía algún tipo de agencia... o... no sé... ¿podría explicarnos?

—Algunos de nuestros pacientes aseguraban que el mar estaba vivo y que las olas se movían con intención racional. Todos ellos, después de un mes de terapia reflexiva en "Nueva Vida", llegaron a la conclusión de que era imposible y que sufrían, en realidad, de delirios nerviosos.

—¿Esas personas volvieron al mar?

—No, hasta donde tengo conocimiento.

—¿Alguna vez supo de maltrato a los pacientes?

—No.

—¿Ve en esta sala a alguno de los pacientes?

—Sí —dijo y me señaló a mí con el mismo dedo maldito con que lo había hecho en aquella ocasión de dolor y lágrimas.

—¿Qué nos puede decir del tratamiento del señor Sankiesh?

—No sé mucho de la forma en que ingresó, sólo puedo decirle que tuvo un ataque de ira, pero pudimos calmarlo y reintegrarlo. Una semana después escapó, pero yo no estaba presente.

—¿Puede decirnos si en el caso del señor Sankiesh hubo maltrato de parte de usted o el enfermero que se encargaba de su cuidado?

—No hubo maltrato alguno que yo pueda reportar.

Entonces Knight sonrió y agradeció. Como un actor que acaba de terminar su acto, asintió hacia el juez y se sentó en la silla que estaba junto a la silla de Campos y los otros dos malditos, todos ellos muy sonrientes y con la nariz brillante.

El juez miró a Rego y asintió. Mi abogado se puso de pie de un salto y se acercó a la doctora enfermera.

—Para ser usted una enfermera con la carrera a medias utiliza muy bien términos que deberían estar fuera de su conocimiento. "Delirios nerviosos", por ejemplo.

Ella fingió una sonrisa apenada.

—No soy psiquiatra, pero conozco estos términos lo suficiente para entender los reportes, los diagnósticos y las historias clínicas.

—Dice que el agua se mezclaba con un líquido anestésico. ¿No hacía arder la piel, no lastimaba los ojos, no quemaba las articulaciones?

—No.

—Muy bien.

¿Muy bien? Las palabras de mi madre sobre mi abogado pendejo retumbaban en mi cabeza. Era su trabajo doblar a Sandra Poleta con sus preguntas, hacerla declarar, obligarla con trucos de litigante a que gritara con toda la garganta la culpabilidad de Campos y su gente.

—¿Hay algún olor extraño en las salas donde se llevaba a cabo el proceso reflexivo? —siguió con sus preguntas.

—No, ninguno. El agente anestésico no tiene un olor molesto en los porcentajes en que se mezcla con...

En ese momento me hubiera puesto de pie para gritarle con todas mis fuerzas que era una mentirosa, pero me quedé sentado como buen doctor para que el juez no anotara por ahí que era yo un tipo propenso a comportamientos impulsivos iracundos.

—¿Tenía algún tipo de relación personal con el señor Campos? —preguntó Rego.

—¿Qué tiene que ver, señor juez? —protestó Knight.

El juez se quedó pensando unos segundos.

—Voy a permitir la pregunta.

Knight hizo un gesto de inconformidad y Sandra Poleta respondió:

—Era mi jefe, nada más.

—¿Tenía algún tipo de relación personal con alguno de los caballeros que están ahí sentados? —y Rego señaló a Rodríguez y a Jonathan Campos.

—No.

—¿Nunca sufrió de algún acercamiento... indebido... por parte de alguno de ellos?

—No.

Rego miró a Sandra fijamente durante unos segundos y luego sonrió.

—¿Qué posibilidad hay de que las acusaciones de mi cliente sean falsas? ¿De verdad puede usted decir con el corazón en la mano que no fue maltratado, abusado y humillado? ¿Puede usted mirar a este hombre a los ojos y decirnos a todos, de frente, que se escapó en un acto de furia irracional y no buscando la libertad que le había sido arrebatada?

Sandra me volteó a ver. Sostuvo su mirada en mis ojos durante unos instantes y luego respondió:

—Es muy lamentable lo que los delirios pueden hacer en una persona. A mí misma me costó trabajo cuando enfrenté por primera vez ese tipo de síntomas. El señor Sankiesh no estaba lúcido durante su estancia con nosotros. No creo que tenga malas intenciones, él mismo ha luchado por la salud mental buena parte de su vida... Solamente...

—¿Solamente?

—Ser psicoterapeuta no hace a nadie inmune a sufrir delirios, señor Rego. La acusación contiene los delirios del señor Sankiesh, nada más. De no haber escapado del tratamiento, hoy podría verlos como lo que son y ninguno de nosotros estaría aquí.

Luego de unos segundos, Rego negó con la cabeza y aseguró que ya no tenía más preguntas.

¡Maldita sea!

El sólo recordarlo me lleva a pensar en cientos de cuestionamientos que le pudo haber hecho... Maldito sea el derecho, el juicio y la legalidad. Maldito Humberto Rego, que debió haber sido un gran inquisidor y dejó pasar la oportunidad como si pudiera repetir lo mismo un par de horas después. Sandra Poleta salió de la silla y del juzgado también, seguramente para esfumarse de nuevo como nube en ventarrón.

Ella era mi caso. Ella era mi victoria. Ella había mentido. Ella me había traicionado de nuevo. Ella se había ido para siempre.

Luego de Sandra desfilaron por la silla de testigos varios empleados de "Nueva Vida", todos aseguraron lo limpio e higiénico que era todo, llenándole al juez la oreja de mentiras malintencionadas. Mientras tanto, Humberto Rego me volteaba a ver de reojo y me di cuenta que, en su mente, él mismo se estaba cuestionando mi salud mental.

Estaba entre un grupo de gente que me odiaba y que, aunque dijera que el cielo es azul, iban a estar en mi contra. Me sentí como si sesenta y seis miradas estuvieran sobre mi esperando mis lágrimas y mis palabras de derrota para luego reírse y saberse vencedores. Me sentí como si incluso mis amigos se hubieran unido a ese grupo de enemigos.

Pocas veces había sentido ese tamaño de soledad.

Cerré los ojos.

—No más testigos por parte de la defensa —dijo Knight.

—Continuaremos con esto mañana —dijo el juez, se puso de pie y salió.

Todos dejaron la sala poco a poco. Humberto Rego quiso decirme algo, pero no sé qué cara me habrá visto que se tragó sus palabras y alcanzó apenas a ponerme una mano sobre el hombro, suspirar y dejar esa maldita sala del infierno. Me quedé solo y, en la soledad oscura, comencé a tener pensamientos verdaderamente violentos. Nadie se acercó a mí para ofrecerme una palabra de aliento.

No tenía ganas de quedarme solo, en la oscuridad del juzgado. Pero tampoco tenía ganas de salir de ahí.

¿Para qué? No quería nada... O quizá…

Sólo quería dejar de estar tan triste todo el tiempo.

Capítulo III

EL DÍA SIGUIENTE LLEGÓ Y, cuando sonó el despertador, me inundó una pesada sensación de cansancio, algo muy extraño si consideramos que había dormido las horas decentes que recomiendan los neurólogos. Era el juicio, que iba mucho peor de lo que esperaba. Si yo me hubiera responsabilizado de mi propio proceso legal, quizá hubiera resultado lo mismo. ¿Para qué un abogado, entonces? Mi pasión es la mente humana desde que tengo recuerdo y, a decir verdad, siempre parto de que la gente me necesita y que sin mí no van a poder llegar a los contenidos más oscuros de su cerebro. Me tomo muy en serio esa necesidad y siempre hago mi trabajo al tope de mis capacidades.

Por eso no podía ponerme en los zapatos de Humberto Rego y su desinteresado servicio. Al tipo no parecía importarle mi caso en lo mínimo. Si pensaba que el asunto estaba perdido desde el inicio, ¿por qué no decirlo? Si el caso no le interesaba, ¿por qué no dejarlo claro? ¿Por qué no pedirme que viera a alguien más? Seguramente era el dinero, porque cobró todo completo desde el primer segundo de nuestro primer encuentro, sin tardanza ni limitaciones. Ahí no hubo dudas, titubeos, suspiritos ni hombros encogidos.

Si aceptó mi caso sólo por el dinero, sin creer en mi causa, sin confiar en mis palabras, no quería siquiera pensar en su nombre. Cuando lo vi llegar al juzgado con su reloj de oro y su traje brillante como un espejo, me dieron ganas de ahorcarlo con su propia corbata de seda.

—No tenemos testigos —dijo cuando se sentó junto a mí, con una sonrisita como de "lo siento" que era más fingida que político comiendo en un puesto callejero—. El único que podría responder a las acusaciones eres tú.

—¿Por qué no puedo pasar yo como testigo? —interrumpí.

—Tú eres quien firma el documento acusatorio.

—Pero no es lo mismo leerlo a que les cuente cómo fue la experiencia, necesitan escucharlo.

—Nos arriesgamos a que su abogado nos deje peor parados. No quisiera poner esto sobre la mesa, pero con una mano en la cintura puede dejarte como un desquiciado —dijo y luego bajó la voz hasta convertirla en un susurro—. Muchos ya creen que toda tu historia es un delirio.

Cuando dijo "muchos" claramente se refería a sí mismo, al menos que se hubiera ido de tragos con Knight o cualquiera de los otros. A decir verdad, no sé hasta la fecha qué me llenaba más de ira, si pensar que mi propio abogado pensaba esas cosas de mí, o pensar que Rego tenía algún tipo de vínculo con nuestro contrincante.

Así fue como no me senté en la silla de los testigos. Así fue como, todavía confiado en las palabras del tipo en cuyas manos puse mi vida y mi deseo de justicia, me quedé mirando el rostro del juez mientras intentaba adivinar lo que sucedía detrás de sus ojos.

Mis enemigos fueron más hábiles, más rápidos, tenían ya toda una estrategia y la seguían con pulcritud secreta. Podía ver el alma negra de Campos, de Rodríguez, de Jonathan. Maldad pura, injusticia, fuego. Mientras yo estaba perdido en esos pensamientos temibles, el juez siguió hablando. Si hubiera prestado atención, me habría enterado que estaba cerrando la etapa de testigos y que Rego no abrió la boca en lo absoluto.

Cuando me levanté para salir del lugar, alcancé a escuchar dentro de mí la voz del creador, que a gritos me exigía sufrimiento. Hoy se reía, me señalaba y me juzgaba como un cobarde. ¿Por qué cobarde? No era abogado, no podía tomar el juicio entre mis manos. No podía correr a Rego y encargarme de mi propio proceso. ¿Qué se supone que tenía que hacer?

¿Despedir a Rego?

Quizá despedirlo hubiera sido lo más sensato. Despedirlo desde el primer momento, desde el instante en que lo sentí desinteresado, desde que escuché que valoraba más el dinero que la justicia, desde que cobró por adelantado todos sus servicios, desde el momento en que llegó su primera negación de cabeza, desde que mi madre lo juzgó de forma tan atinada. ¿Qué me había detenido a despedirlo y conseguir a alguien más? ¿Que era amigo de Gloria? ¿Qué me apenaba? ¿Qué me hacía sentir culpable? ¿Que no quería ofenderlo?

Nunca me odié más a mí mismo. Una profunda tristeza invadió mi corazón, una más grande que aquella con la que estaba acostumbrado a caminar mis días. Cuando llegué a la puerta del juzgado, Campos me detuvo del brazo y apretó. No mucho. No me lastimó, pero me obligó a mirarlo directamente a los ojos.

Sonrió.

Esa sonrisa, apenas perceptible, me hizo temblar de pies a cabeza y me aflojó las piernas. Esa mirada fija, penetrante...

Retiré el brazo con un movimiento decidido y me alejé de ahí lo más rápido posible. Busqué con la mirada a Rego, pero no estaba por ningún lado, como si hubiera hecho uso de un teletransporte que lo llevase hasta su despacho. ¿Para qué lo quería? No sé... seguramente para sentirme protegido, mirado, que alguien estuviera a mi lado cuando el enemigo estaba amenazándome.

Pero estaba solo. Solo caminé hasta el auto y solo manejé hasta mi casa. El juicio estaba terminado. La próxima vez que me sentara en ese maldito juzgado sería para escuchar un veredicto que exoneraría por completo a Campos y sus malditos esbirros. No se podrían pronunciar sobre mi estado mental, pero seguramente al juez no le faltarían ganas de decir que el dolor, la injusticia y la humillación habían sido imaginaciones mías. No tendría siquiera el beneplácito de que dijera que había sufrido de una fuga, delirios o alucinaciones.

Alucinaciones.

Camino a mi casa, las calles y la gente me parecían proyecciones en una pantalla, como si la realidad fuera uno de esos efectos especiales baratos del cine de antaño, en donde los actores podían desinteresarse del volante mientras la película detrás de ellos se encargaba del sendero.

No hice nada esa tarde. Temía salir a la calle, temía salir y encontrarme con esa camioneta que por dentro era más bien un automóvil mediano, lista para llevarme de vuelta al sur, a las piscinas, al dolor. Estuve el resto del día en la sala, echado en el sillón. Las palabras de Rego me daban vueltas y vueltas en la mente. "Puede dejarte como un desquiciado. Muchos ya creen que toda tu historia es un delirio".

Abrí la agenda que descansaba junto al teléfono y busqué un nombre. Sal Abramson, mi psicoanalista.

Había dejado de ir a verlo porque sentí que ya no lo necesitaba. Hasta la fecha creo que no fue un error, que verdaderamente no lo necesitaba. Pero ese día la piel de mi sillón me estaba consumiendo, me tenía atrapado entre las garras de sus pliegues. Debajo de mis piernas se extendía un enorme abismo oscuro en el que flotaban aquellas letras terribles. "Desquiciado". "Delirio". Sentí un enorme hueco en el estómago cuando consideré que todo aquello pudiera ser un juicio atinado.

Abramson me dio cita esa misma noche, un asunto que me pareció bastante llamativo porque siempre se hacía del rogar, nunca otorgaba sesiones el mismo día de la llamada. En ocasiones ni siquiera en la misma semana. Al llegar no me permitió recostarme en el diván. ¿Por qué? Hasta la fecha me lo pregunto, pero se me antojó como un burdo castigo por haber dejado el tratamiento.

—Gregorio, ¿qué te trae de vuelta?

—Tengo miedo de haber enloquecido, Sal —le dije y él no dio la menor señal de haber sentido algo al respecto. Luego le conté del mar ideal para locos de muerte, del hermano muerto y el hermano vivo, de Campos, de las piscinas, de cómo Rodríguez me jalaba a la orilla, del vómito, el ardor y el dolor, de la traición de Sandra, de la violación, de mi escape, del tipo que me rescató y me dejó en un hotel de paso.

Ante todo esto, la mirada fija y el silencio.

Entonces seguí adelante y hablé del juicio. Del abogado que, fuera de redactar el documento acusatorio, no hizo absolutamente nada más que sonreír, negar con la cabeza, negar con la voz, presumir sus trajes caros y su reloj dorado. Le hablé del testimonio de Sandra Poleta y de todos los demás que pasaron al frente a escupir las peores mentiras jamás escuchadas desde la caída del imperio romano. Le hablé de mi propia incapacidad de producir evidencia, de cómo mi abogado se había negado a que fuera yo un testigo, y que su principal argumento fue que todos podían pensar que era un...

—Desquiciado —dije—. Que todo lo que viví fue un delirio. Esas fueron sus palabras. Suyas. El juez no las dijo. Es él quien lo cree, mi propio abogado. ¿Debería tomarlo como las palabras de un pendejo que se quiere sacudir la responsabilidad de que yo pierda? Sal, tengo mucho miedo de estar desquiciado.

—No sentí miedo en tu discurso.

Tenía razón. No era miedo. Era tristeza.

—Sólo quiero dejar de estar tan triste todo el tiempo.

Asintió y se me quedó mirando unos segundos. Era lo de siempre, cuando se quedaba en silencio era porque su mente estaba trabajando, construyendo una intervención inteligente. Cuando inicié el tratamiento eso me impacientaba, en ocasiones me dieron ganas de levantarme del asiento o del diván para sacudirlo. "¡Palabras, Sal!" tenía ganas de gritarle, pero aprendí a esperar y a recibir lo que tuviera que entregarme.

—¿Tú qué crees?

—¿Por qué habría de construir en mi mente todo eso? No pude inventarme el dolor físico, el ardor, los glúteos... ¡No me vengas con eso!

—Las alucinaciones y los delirios —dijo, como si pensara en voz alta—... quién los tiene cree que son reales. Y siempre vienen de algún lado.

—No hay nada en mi pasado que explique delirios como ese de un día para otro… No soy alguien que delire. ¿O sí?

—No crees que haya nada en tu pasado, vaya cosa… ¿olvidaste nuestra última sesión?

—No me hagas preguntas, por favor. No hoy. No vine por preguntas, necesito respuestas.

—En ese caso no puedo hacer nada, Gregorio. Soy analista, ésta es la única forma que tengo de ayudarte —hizo una pausa—. Dime, con el corazón en la mano. ¿Crees que todo lo que sucedió fue real?

—Ya te lo dije.

—¿Por qué te cuesta trabajo decirlo con todas sus letras?

—No me cuesta trabajo. Ya te lo dije. Fue real. Todo.

—Si lo tienes tan claro, ¿entonces por qué necesitaste venir a que yo te lo dijera? Quizá no lo tienes tan claro después de todo.

—¡No me vengas con eso!

Fue todo lo que dije antes de quedarme en silencio, pero él no reaccionó a mis palabras ni a mi tono furioso. En ese silencio, él se acomodó en su enorme sillón de piel. Otro sillón de piel. Pliegues, pliegues como garras.

Me levanté y le pagué la cantidad justa, no quería que se quedara con el cambio, como solía hacer cuando le daba más dinero del pactado. Sin decir ni media palabra más, estreché su mano y salí de ahí con un sentimiento absoluto de confusión.

"La confusión es positiva", me había dicho Abramson varios años antes. Ese día, sin embargo, no sentí eso para nada. Pensé que ese hombre me sacaría del agujero en el que me había metido Rego, pero nada de eso. Me había dejado peor. Los que alucinan, los que deliran, los que sufren de fugas disociativas... ninguno de ellos sabe que sufren de lo que sufren, pero lo sufren. No que no lo supiera. Lo sé. Lo sabía. Siempre lo he sabido, mas no creía ser de los que sufren de eso. Incluso en este momento que siento este gran frío tan frío que me envuelve... aún en este momento tan álgido de mi vida... sencillamente no lo creo. No lo soy. Nada de eso fue un delirio.

Fui a cenar al departamento de Gloria. No habíamos planeado nada, pero llegué sin avisar y terminamos pidiendo pizza a domicilio. Entre triángulo y triángulo le conté la forma en que me temblaban las piernas cada vez que pensaba que podía estar desquiciado, cada vez que las palabras de Rego volvían a taladrarme el cerebro con la misma fuerza que el líquido ese terrible de la terapia reflexiva. Ella me escuchó mientras masticaba y, cuando yo había terminado, me dijo que era un idiota por creer en las palabras de un cretino.

Estaba enojada. Rego la había decepcionado y, en cierta forma, yo también. ¿Cómo era posible, me dijo, que estuviera escuchando la triste opinión desinformada no sólo de un abogado, sino de un pésimo abogado? Mientras yo llevaba dedicando mi vida entera al estudio y tratamiento de la psicopatología, el abogado había lanzado palabras construidas con ignorancia. Peor aún, pues esa opinión no tenía la intención de desvelar una verdad terrible, sino la de cubrir un comportamiento profesional deleznable.

En su seguridad encontré la mía, como si sus ojos fueran un espejo que no podía sino reflejar la verdad completa e inalterada. Me lancé a sus brazos y nos quedamos así mucho tiempo. Disfruté durante minutos sin pausa el aroma que emanaba de su playera y ella acarició mis cabellos sin parar. Así estuvimos perdidos ambos en un momento que se extendió casi una eternidad. Finalmente, busqué su cuello con mis labios y, así, llegué hasta su boca y nos besamos como hacía mucho no sucedía. Terminamos en el piso, sobre la alfombra. Me abrumaba el deseo de hacerle sentir todo mi amor y mi gratitud al acariciar su piel y besar sus labios.

Por más que la besaba y la acercaba a mi cuerpo, no creía que fuera suficiente para que supiera todo lo que había en mi ser, lo profundo que lo sentía y lo cerca que deseaba tenerla. No se trataba del arrebato de la pasión dejada de lado por tanto tiempo, en realidad me inspiraba la esperanza de que quizá, en el futuro, dejaría de atormentarme la tristeza.

Capítulo IV

DESPERTÉ MUY CONTENTO. NO FUE sólo la noche con Gloria, ni tampoco las hormonas emocionadas y alegres las que me hicieron amanecer con la primera sonrisa que me pintaba la cara en mucho tiempo. Fue esa mujer, su existencia, su verdadera presencia en mi vida. Quizá tardé en darme cuenta, o es posible que siempre lo supiera, pero no había sufrido lo necesario para valorarlo.

El frío que me invade crece y crece por momentos y es tal mi miedo a ser interrumpido para siempre, que he caído en el grave pecado de obviar algunas cosas. Estudié psicoanálisis porque pensé que iba a poder ayudarme a mí mismo a sentir menos miedo y menos tristeza. También me hice la promesa profunda de que ayudaría a otros con lo mismo, aunque quizá esa promesa no era más que un pretexto para fingir que no era sólo mi miedo y tristeza las que me interesaban.

Yo inicié tratamiento con Sal Abramson un poco antes de haber iniciado mi formación como psicólogo clínico. Llegué ahí por los problemas con mi padre y, sobre todo, porque me moría de miedo. Le tenía miedo a todo. No eran fobias específicas, era un constante estado de angustia que me estaba enloqueciendo. Me angustiaba la gente, me angustiaban los compañeros de todos los niveles educativos posibles. El acoso durante toda mi vida escolar no abandonó mi existencia y pude aprender muy pronto ciertas verdades innegables de la vida: las personas son malvadas. Una mujer malvada es mucho más malvada que un hombre malvado. Es placentero para los malvados lastimar a otros. Lastimar al prójimo regala una infinita sensación de poder y libertad.

Analizarme con Sal redujo mi miedo de formas que me llegaron a impactar. La relación con mi padre nunca tomó un buen camino, pero ya no me dolía tanto ni me asustaba como antes. Cuando llegó su muerte pude sentir menos miedo de lo que pensé. Pude darle la espalda a su puesto en la compañía sin sentirme culpable e incluso pude estar en su funeral con un bien actuado gesto de compunción mientras que, por dentro, no sentía absolutamente nada. Pedí que su ataúd se mantuviera cerrado porque ya no quería verlo. Se había muerto. Adiós. Se acabó. Pensé que con su muerte iba a dejar de tener miedo de forma definitiva, pero no… como me lo había dicho Sal en una de nuestras primeras sesiones: “algunos miedos van a desaparecer, otros los vas a enfrentar mejor". Eso había pasado, aunque quizá olvidó decir que algunos otros nunca los iba a poder enfrentar en lo absoluto.

Luego de la muerte de mi padre, mi vida se convirtió en un ir y venir sin sentido. Del consultorio a la casa y de la casa al consultorio. No me gustaba tener el consultorio en mi casa, no quería a los pacientes esperando en mi sala u oliendo los aromas de mi cocina. Además, para mí era importante "ir al trabajo". Prefería la soledad de mi consultorio que la de mi casa, que era más… oscura. En ocasiones iba a la compañía de mi padre a ver algunos asuntos, pero estaba mayormente desconectado y dejaba que la cosa caminara sola, sin que me importara mucho su destino. Los éxitos con mis pacientes comenzaron a parecerme poca cosa y el aburrimiento se asentó en mi alma.

Gloria fue víctima de ese aburrimiento.

No, no era aburrimiento. Era tristeza. Una tristeza profunda. En ocasiones sentía que mi corazón había dejado de latir, que no había vida en mi cuerpo, que mis pasos eran los de un fantasma. Un fantasma que ayudaba personas, un fantasma que tendía la mano para salvar a otros. Quizá Sal fue otra víctima, el psicoanálisis necesita de un ser vivo en el diván. Quizá triste y desamparado, pero vivo. Yo ya no podía cumplir con esa expectativa.

Viajé a las costas del sur por huir de esa abrumante tristeza y me encontré con las piscinas. Fue ahí adentro, en mis horas y horas "reflexivas" de dolor y de humillación, que me topé con ese Dios maldito y traicionero. En aquel entonces no lo entendí, pero en retrospectiva me di cuenta. Así funciona el demente… si estás triste no te ayuda a alcanzar la felicidad, te coloca en situaciones mucho más tristes para que te lamentes por no haber sido feliz cuando tuviste la oportunidad. Te hace maldecirte por imbécil, por no ver lo contento que pudiste ser antes de que todo empeorara. Pero, cruel como es, no te enseña estas cosas durante unas semanas para luego permitirte regresar a mejores épocas. No. Te mantiene en la tristeza del ahora y la fortalece obligándote a recordar aquel pasado realmente fácil que, cuando presente, parecía insufrible.

No encontré en Rego comprensión alguna, mucho menos en el juez o la secretaria que escribía rápido. No encontré en Sal Abramson la ayuda que esperaba. Nadie estaba ahí para tenderme la mano… sólo Gloria. Ella escuchó todo lo que tenía que decir. Me apoyó, me abrazó, me besó y me volvió a dar el espacio de seguridad que antes no había valorado. Las piscinas, con todo su dolor, me enseñaron que los brazos que podían mantenerme seguro eran uno de los bienes más escasos en este mundo lleno de odio y desesperanza.

Por eso desperté muy contento y sonriente, porque Gloria dormía plácidamente a mi lado. Porque ella había estado ahí por sobre mi tristeza, porque no me había abandonado a pesar de mi fantasmal presencia de tantísimo tiempo. Porque estuvo por encima de mi dolor y aún escuchaba todo lo que tenía que decir y me levantaba en sus manos para alejarme del piso sucio y venenoso.

Por eso decidí seguir con mi vida.

El juicio estaba perdido. Pensé… y necesito repetirlo… pensé que lo tenía claro, entendido y superado. Campos y toda la demás bola de mala gente desaparecerían de mi vida y, aunque no tendría justicia gracias a la injusta ley y los disfuncionales procesos legales, corruptos como uva podrida, mi vida seguiría como estaba antes de que decidiera hacer ese fatídico viaje a las costas.

No. No es cierto. Sería mejor. Tendría una vida mucho mejor, porque había redescubierto el amor de Gloria.

También sería capaz de redescubrir el amor por mi profesión, por el día a día. Me volvería una persona mejor de lo que era antes. Eso sería el escupitajo al rostro de Dios, negarme a entrar en su cruel y morboso juego de sufrimiento, dolor y tristeza.

Decidí levantarme y cocinarle algo a Gloria mientras seguía dormida. Quería mostrarle a ella (a mí mismo) que esta nueva condición de mirar hacia adelante con alegría era mucho más que una patraña o un soplo momentáneo de una condición neuronal determinada, que no eran sólo palabras, que estaba determinado a dejar de estar triste todo el tiempo.

Gloria salió de la habitación restregándose los ojos y con su pelo chino tan enmarañado y caótico que a simple vista parecía tener el deseo unívoco de alcanzar el techo.

—¡Hola! —me saludó efusivamente.

—¡Hola! —respondí yo, con gesto de haber sido atrapado con las manos en la masa.

Me abrazó tan fuerte que hasta el maldito e injusto creador debió tomárselo a mal. Yo le devolví el abrazo con todas mis fuerzas y así nos quedamos hasta que los huevos, gritando por su vida, llamaron nuestra atención. De nuevo Gloria me demostraba que ese era mi lugar, que esos brazos delgados, pero tan enormes, eran el sitio en donde debía mantenerme. Eso se nota, es fácil diferenciar entre el abrazo a alguien que quieres y el abrazo forzado, rápido y lleno de traspiés a la persona que estás obligada a abrazar sin desearlo.

—Estaba pensando que te quedaras aquí un tiempo —dijo ella.

Su afirmación me sorprendió. Hasta ese momento, el vivir separados fue un trato que siempre nos había parecido de lo más sensato. Pero mentiría si digo que su ofrecimiento no me alegró el corazón y me puso mariposas a revolotear en el estómago. Vivir con Gloria me pareció, de golpe, una de las mejores ideas del mundo.

—Mejor vente tú a la casa —le dije y ella me abrazó por la espalda. La respuesta era clara: ella estaba de acuerdo. ¿Cuánto tiempo estaríamos viviendo juntos? Ya veríamos, las cosas tendrían que ir saliendo como fueran saliendo. Era lo de menos, su departamento no se iba a ir a ningún lado de todos modos.

El resto del día fue de ordenar lo que ella había decidido llevarse a mi casa. No era mucho, algunas prendas, perfumes, maquillajes, ese tipo de cosas. Lo demás podría traerlo poco a poco según fuera haciendo falta. No comimos a la hora de la comida, andábamos demasiado entusiasmados en nuestra pequeñísima mudanza. Hice espacio en un armario para que ella lo ocupara y tuvimos que comprar un nuevo mueble para regadera de modo que todo lo que ella se había traído cupiera ahí. De paso, me compró un espejo para rasurarme bajo la lluvia sintética y un jabón especial para el rostro que consideró como un regalo por la ocasión.

Luego de una sustanciosa cena que pedimos a domicilio, nos quedamos dormidos viendo la televisión. ¿Qué estábamos viendo? No recuerdo, nada importante. Yo más bien me permití perderme en el aroma de su piel y en la textura de sus brazos. Pensé que disfrutaría mucho de ese descanso, pero en cuanto me quedé dormido unas imágenes terribles invadieron mi cabeza.

Estaba caminando en un bosque obscuro, tétrico. Alcancé a ver a Rodríguez y Jonathan Campos a la distancia. Lleno de miedo, corrí hacia el otro lado y subí a un árbol. Los vi a los dos abajo, tratando de alcanzarme. Llegó entonces Campos padre en una limusina negra e interminable. De ella bajaron él y seis personas desconocidas, todas armadas, amenazantes. Algunos de ellos traían pistolas metidas entre sus ropas. No podía verlas, pero lo sabía de alguna forma que no necesito explicar, pues es la naturaleza del mundo onírico ser confuso para la lógica común.

Salté del árbol y caí en una de las piscinas. Se parecía a las de "Nueva Vida", pero era mucho más profunda. Me perdí en la profundidad del agua, en la oscuridad a donde ya no llegaba la luz. No podía respirar y nadé hacia arriba con todas mis fuerzas. Cuando salí a la superficie tomé una bocanada de aire y vomité. Luego tosí sin parar, mi garganta era puro fuego. Trataba de salir, pero no podía, no lograba dejar las aguas.

Alrededor de la piscina todos reían. Campos y su hijo, Rodríguez, mi padre, mi madre… Aparecieron entonces Knight y el juez y todos los del juicio. Rego delante de todos ellos. ¡Ya cállenlos, que no se rían! Apareció Sandra y me señaló con su famoso dedo acusatorio. Ella hasta lloraba de risa.

Estiré los brazos con todas mis fuerzas, intentaba alcanzar la orilla, pero algo sucedía, no podía… mis manos no llegaban, algo me detenía. Giré mi cabeza y encontré una mano apretando mi tobillo con fuerza desde las profundidades de esa agua oscura.

Era yo mismo.

Desperté sudoroso, bajo las heladas sábanas de mi cama.

—Ya pasó —Gloria estaba a mi lado, sosteniendo mi mano—. Ya pasó —me abrazó—. Tranquilo. Tranquilo.

Tranquilo.

Tranquilo.

Capítulo V

GLORIA DESPERTÓ PRIMERO. A DIFERENCIA de mí, ella logró terminar de preparar el desayuno antes de que yo saliera de la habitación. Como no tenía yo charolas ni mesas para la cama, llegó con los platos en franca lucha contra la gravedad.

Después de una terrible noche, ese día empezaba muy feliz. Me le quedé viendo a Gloria mientras mordía un pan tostado. Tuve cuidado de que no me viera viéndola. Fingí estar muy atento a mi comida para que ella no dejara de entregarme su perfil.

Otro día que iniciaba bien. Todo sin decir palabra alguna, sólo con la presencia, con el estar, con acciones como aquel desayuno sobre las piernas, sobre todo si se toma en cuenta que Gloria no tenía la menor idea de cómo cocinar, sólo sabía hacer huevos revueltos y hervir la leche... digo, yo creo que sabía hervir la leche, pero no estoy seguro.

Mi problema con las piscinas y la terapia reflexiva de Campos me enseñaron lo que era verdaderamente valioso en la vida. Cuando entré al juzgado por primera vez pensé que ese proceso legal de pesadilla me iba a volver duro, pero el dolor del pasado sólo arrojó luz sobre la bondad en los ojos de Gloria y esos brazos cálidos que me llenaban de seguridad.

Gloria y yo dejamos todo lo hogareño para después y nos salimos a vagar por la ciudad. Comenzamos el trayecto en mi auto, pero no avanzamos mucho antes de dejarlo estacionado en algún lado y caminar de la mano el resto de la travesía.

¿Qué buscábamos? Nada. Compañía. Estar el uno con el otro. Ella se dio cuenta de que este asunto era novedoso y, apenas nos sentamos en la banca de madera de un parque, me dijo:

—¿Qué es esto?

Yo supe al instante a qué se refería.

—Durante mucho tiempo estuve metido en el consultorio y en mi propio cerebro, Gloria. Hoy no sé qué estaba haciendo ahí. No valoré tu presencia. Perdóname.

Ella se me quedó mirando unos segundos, sostuvo mis mejillas entre sus manos y me besó de lleno en los labios.

—Ya estás aquí —me dijo—. Sólo prométeme una cosa. Que mañana, sin importar el resultado en el juzgado, vas a estar bien. No quiero que estés triste otra vez. Por favor...

Asentí.

—No, en serio —insistió—. Digan lo que digan, no quiero volverte a ver tan mal como el otro día. Tampoco quiero que despiertes sudando a la mitad de la noche. Gregorio, por favor...

—Te lo prometo —le dije y fui completamente honesto al decirlo—. Digan lo que digan...

—Digan lo que digan no vas a dejar de ser éste —y me tocó el corazón.

—No voy a dejar de ser éste. Te amo.

La besé y ella, a medio beso, sonrió. Hacía mucho que no hacía eso y no pude evitar sonrojarme. Ella se burló de mí y se me colgó del cuello en lo que sentí que fueron días enteros. Pero no de esos días nublados y horribles, sino aquellos en que uno se queda echado toda la tarde viendo el cielo pintarse de tantísimos tonos de rojos, azules y anaranjados.

Luego de eso me contó lo que la tenía entusiasmada en ese momento, a saber, la historia de las Cruzadas del Norte. Me explicó que el cine y la literatura hicieron famosas sólo las cruzadas a Tierra Santa, pero que, en realidad, hubo muchas otras, como las que se organizaron en la actual España contra los musulmanes, las que se organizaron en Francia contra los albigenses y las que se organizaron en el norte contra los pueblos paganos de la Europa del norte y algunos estados de la moderna Rusia. Quizá esas eran las cruzadas menos famosas. Me contó que había una película vieja que retrataba una de las batallas de esas cruzadas, pero en este momento, con el frío que me domina, no puedo recordarla.

A mí el tema me desesperaba, principalmente porque Dios era su protagonista. Un ser que no quiere que nadie lo conozca. Es tan cruel y perverso que le gusta ver a sus criaturas matarse entre sí defendiendo todas las mentiras que les ha dicho a los unos y a los otros. Basta con pensarlo un momento. A un pueblo le dice blanco, a otro pueblo le dice negro y luego los ve despedazándose entre sí por la contradicción, con ambos defendiendo (con razón) la verdad que les fue entregada. Pero él no detiene la lucha, no pone las cosas claras para acabar con el conflicto... ¡no! Al contrario. Mira todo con el cruel y cruento interés de quien disfruta de un encuentro entre gladiadores en el coliseo.

Mi abuelo paterno murió de cáncer. Mi abuela materna también. Cáncer de piel, ese que afecta a millones año con año. Es de los peores padecimientos que existen... Pocos profundizan en sus orígenes. Una más de las terribles y crueles acciones de Dios diseñadas por él para su propia diversión perversa. El ser humano no puede ni vivir, ni trabajar, ni amar, ni siquiera estar sano sin el contacto con el sol que Dios puso gobernando los cielos, mismo que es el principal causante de ese cáncer que arranca tantos aullidos de dolor.

Dios... el creador y asesino de la humanidad. El que le ofreció a sus criaturas la salvación... ¿de qué? Del castigo eterno que él mismo diseñó y puso en práctica. No somos sino las víctimas de una existencia en la que todo está puesto en oposición... lo que nos da vida hoy nos asesina mañana. No es otra cosa que el cruel guion de un adolescente perverso.

Dejé a Dios de lado esa noche, tenía más cosas de qué preocuparme. Al día siguiente tendría que enfrentar una sentencia que seguramente no me beneficiaría. Pero había prometido a Gloria que seguiría adelante con mi vida. No podía fallarle. No quería decepcionarla. No a ella.

Capítulo VI

LUNES. EL LUNES EN QUE debía escuchar el resultado final del juicio. Mientras mi automóvil avanzaba a ese fatídico destino, recordé todas las sesiones (o como se llamen) en que había estado sentado en esa sala de infierno, acompañado sólo por Rego y las propias voces de mi cabeza, esas que con tanta crueldad me juzgaban desde mis años mozos.

Ahí estaban todos los de siempre: la secretaria que escribía rápido, el juez, Knight, Campos y sus esbirros malvados. El más importante del lugar, todo vestido de negro, estaba a punto de hablar y yo intentaba tatuarme las palabras de Gloria en la mente, esa petición que recibió de mi parte una afirmación absoluta y que hoy me servían como una plegaria de la cual sostenerme para no caer.

"Digan lo que digan, no quiero volverte a ver tan mal como el otro día. Digan lo que digan no vas a dejar de ser éste".

—Que los acusados se pongan de pie —solicitó el juez y, al instante, Campos, Jonathan, Rodríguez y su abogado hicieron justamente eso—. Este proceso concluye su inocencia de los cargos que se les imputan.

Todos los desgraciados se llenaron de sonrisas y palabras bonitas. Luego le dieron la mano a Knight, que sonrió también como un imbécil.

Entonces el juez habló:

—Gregorio Sankiesh —dijo y omitió por completo el título de doctor—. Lo diré de la forma más clara posible: su estado mental no está del todo sano.

¿"Del todo sano"? ¿Qué significaba eso?

—Usted no tuvo empacho en acusar a estos tres hombres por crímenes que están sólo en su mente. El documento acusatorio está lleno de afirmaciones inverosímiles. Usted y su abogado se esforzaron para describir la terapia reflexiva como un método de tortura, pero no hay evidencia de eso en lo mínimo y, a mi juicio, todas son elucubraciones de una mente enferma.

Sentí que la sangre se me subió a la cabeza. Las palabras de Gloria, sus peticiones y mi promesa se escuchaban como ecos perdidos en un pozo que se hundía más y más...

—Voy a girar instrucciones para que lo evalúe un profesional de la salud mental asignado por el Estado. Además de eso, giraré una orden para que usted no pueda ejercer su profesión hasta no tener la certeza de que no es un peligro para sus pacientes y para usted mismo.

Me sentí humillado. Una cosa es que me digan que estoy desquiciado y otra, muy diferente, que me prohíban ayudar a otros. Mis pacientes me necesitaban... para algunos de ellos yo era la última tabla de ese puente roto que los salvaba del abismo. No podía cerrar mi consultorio. Además, ¿por cuánto tiempo? El rostro se me puso caliente en un santiamén. No terminaba de entender si era tristeza, furia, dolor o impotencia. Lo más seguro es que todo junto, pues el cerebro se confunde cuando se le arremolinan las emociones igual que las manos no entienden qué sucede cuando pasan al agua tibia luego de estar en agua fría y agua hirviendo.

—Señor juez —dije, pero fui interrumpido al instante.

—Doy por terminado el proceso —se puso de pie y salió como lo había hecho a lo largo de todo este teatro de justicia y equidad. Falsedad. Mentiras. Decepción.

Un segundo antes de salir de la sala de audiencias, Campos miró hacia mí. Estaba más lejos de lo necesario para poder ver su rostro con claridad, sólo percibí que se me quedó mirando varios segundos y luego siguió su camino. Esa última ojeada me puso los pelos de punta y, aunque en ese momento no entendí del todo el porqué, hoy que lo entiendo me doy cuenta de lo desgraciada que es la vida cuando te permite volver sobre tus pasos sólo en los recuerdos, una vez que ya puedes tener claras todas las ramificaciones de esos pequeños momentos que, cuando suceden, poco te comunican todo el dolor que van a traerle a tu existencia.

Humberto Rego hizo un gesto como si jalara aire con mucho esfuerzo.

—Sabíamos que esto pasaría.

Se veía muy tranquilo. Yo no quería que estuviera muy tranquilo, quería que sufriera conmigo o que, de menos, me acompañara en mi sufrimiento sin que el desvincularse del resultado fuera su primera palabra. Cuando un paciente mío sufría una profunda pérdida yo no podía decirle nada que amainara su dolor, pero podía acompañarlo. No con cara de compunción, pero con la presencia y el acompañamiento de la comprensión. Para el ser humano es importante sentir que alguien comprende el dolor de amar.

Pero Humberto Rego era un abogado que ni entendía de eso ni le importaba. Él ya tenía el dinero asegurado, ya podía seguir adelante con su vida. Sé que no soy la persona más sabia del mundo, pero mis pocos años en esta tierra me han enseñado algo con claridad: el derecho corrompe, la abogacía enseña a utilizar el dolor, la corrupción y el engaño como herramientas de cambio. Los abogados son gente oscura y orgullosos de ello. No se puede confiar en alguien que despierta todos los días sabiendo que engañar, mentir, manipular y buscar los huecos en la ley son lo que diferencia al profesional del cretino. Maldito mundo podrido en donde el abogado capaz es justo el que sabe hacer eso y no aquel que lo rechaza.

Sin decir nada más, Rego se despidió con una leve inclinación de cabeza y salió de ahí a paso veloz. De nuevo me quedé solo, en esa fría sala sin vida, pero vestida con duelas que brillaban como espejos. Me sentí triste de golpe porque no pude cumplir con la promesa que le hice a Gloria. Pero es que, cuando la hice, no vi venir que me pondrían bajo la lupa de un psicólogo asignado por el Estado. Seguramente sería un trabajador social con apenas una superficial formación en psicología, un profesional desinteresado, obligado a hacer pruebas proyectivas y evaluar a partir de preguntas burdas copiadas de manuales de procesos clínicos. Mi futuro profesional se columpiaba de aquel hilo: el conocimiento limitado de un joven mal pagado con una licenciatura recién terminada, mil evaluaciones sobre el escritorio y un profundo odio hacia su trabajo.

Mientras conducía lejos del juzgado miré a la gente. A veces me gustaba mirar a la gente. Me preguntaba qué estarían pensando, cuántos de ellos serían felices y cuántos estarían luchando por seguir viviendo mientras guardaban en el pecho un corazón hecho trizas. Me invadió una profunda sensación de desesperanza. ¿Ésta era la vida? ¿Tanta tristeza todo el tiempo? ¿Tanto miedo? ¿Tanta ansiedad incapacitante? Me comenzó a faltar el aire. Intenté respirar lo más profundo posible, pero de poco sirvió.

No sabía cuánto tiempo me quedaba para seguir respirando, pero me empecé a sentir más y más y más triste a cada segundo sólo por suponer, por entender, por hacer consciencia de que mi vida sería eso por varios años más… pequeñas, pequeñísimas islas de felicidad en un océano de tristeza.

Llegué a ese juzgado con toda la intención de hacer reales las promesas a Gloria. "Digan lo que digan".

Había fallado.

Había fallado de la peor forma en que podía fallar. No podría ni verla. No quería mentirle a la cara y fingir que todo estaba bien, porque de todos modos ella lo descubriría, podría ver a través de mi sonrisa falsa y preguntaría qué había sucedido… entonces le diría la verdad, le diría cómo todas esas palabras me habían roto. Estaría obligado a decirle que no había podido cumplir mi promesa. Yo, que fui torturado, humillado, abusado y traicionado en esas piscinas del infierno, tendría que ser el que se sometiera a una valoración psicológica. Yo, que había destinado tantos años de mi vida a rearmar los contenidos dolorosos de tantísimos corazones, me vería obligado a cerrar mi consultorio y lidiar con las consecuencias que ello tuviera en mi carrera, en mi pasión, en mi vida. Mientras tanto, el violador, el golpeador y el maldito verdugo salieron del juzgado con una medalla de victoria colgándoles del cuello.

Gloria, al ver mi semblante gris y desdichado, supo al instante lo que había sucedido. Lo que no sabía era el nivel al que había sucedido. Porque podía con la derrota, esa la vi venir desde que era apenas un puntito en el horizonte. Pero luego le conté que tendría que cerrar mi consultorio una temporada y que, además, tendría que entregarme a una evaluación psicológica que tuviera el visto bueno del Estado.

—¿Cuánto tiempo tienes que cerrar?

—Hasta que el juez tenga la valoración. Básicamente estoy en manos del psicólogo que me asignen. Si él dice que puedo continuar, entonces gira el permiso… no sé, supongo... Nunca me había pasado algo así.

—Has tenido pacientes por instrucciones del juzgado.

—No es lo mismo. A mí me han mandado pacientes a los que el juzgado fuerza a tomar tratamiento, pero no soy yo quien juzga que lo necesitan... ¡Pero no es eso! No estoy desquiciado, Gloria, no quiero ponerme en las manos de…

No pude hablar más. No quería gritar. Ella no tenía la culpa de absolutamente nada y no tenía por qué pagarlo.

Nunca pensé que estaría del otro lado del proceso. No sabía quién se me asignaría, cómo se me asignaría o cómo se me informaría sobre la asignación. ¿Cuándo tenía que presentarme, en dónde, con quién? No tenía la menor idea. Supuse que el juzgado me informaría en tiempo y forma, pero no tenía la certeza si sería directamente o a través de Humberto Rego. Mientras tanto, me di cuenta que usaba con insistencia la palabra "psicólogo" para intentar demeritar, al menos en mi mente, las capacidades de aquel a quien me asignaría el juzgado, como si hacer eso me pusiera por encima de él de alguna forma. Iluso yo. Podía ser un barrendero y de todos modos tenía mi destino profesional en sus manos.

—Todo va a salir bien —me dijo Gloria y luego me explicó que estaba yo tan sano como Hermes y que el encargado de la evaluación, sin importar su formación, se daría cuenta que no había razón para no permitir que siguiera trabajando.

Me dijo que quizá el juez sería informado de que había en mí un trauma verdadero, una profunda ansiedad y una enorme tristeza causada por todo lo vivido en la costa del sur. Hablaba como si fuera una nueva esperanza, pero de poco serviría, lo más que lograría, en el mejor de los escenarios, sería un "usted disculpe" del juzgado, quizá ni siquiera del juez en persona. Campos seguiría con su centro psicológico del infierno, su hijo seguiría violando pacientes y Rodríguez seguiría en lo suyo, golpeando, humillando, maltratando y cobrando buen dinero por ello.

Le había prometido a Gloria esforzarme por seguir siendo aquel al que ella amaba, ese que sonreía y la hacía reír. Pero no tenía ganas de hacerla reír. No tenía ganas de sonreír. Sólo tenía ganas de disculparme por ser el que era.

Quería disculparme por estar tan triste todo el tiempo.

El resto de ese lunes no fui más que un zombi. Un zombi enmascarado, pues intenté con todas mis fuerzas tener el gesto que le había prometido a Gloria. El día pasó sin eventualidad y en la noche me fui a la cama sin poder dormir. En vela, la miraba a ella, que dormía con un gesto apacible, como el de un ángel. Yo me movía a un lado, al otro… nada.

Una de las experiencias más desesperantes de la vida humana es pasar la noche en vela. Mirar el techo durante horas sin poder quedarse dormido. Ese techo me miró burlón durante horas y horas hasta que el silencio de la madrugada fue reemplazado por el cantar de los saltaparedes. Gloria se levantó de un salto y se metió al baño mientras yo abrazaba la almohada con vana esperanza.

Cuando me di cuenta que no tenía caso, me senté en la cama y me levanté con pesadez. Entré al baño y me miré al espejo. No me veía mal, sólo alguien muy fijado se daría cuenta del cansancio en mis facciones.

—Dormiste mal, ¿verdad? —preguntó ella entre la caída del agua.

—Algo. A ver si en la tarde puedo dormir una siesta larga. En un rato llamo a mis pacientes y les aviso que voy a estar fuera de circulación por una temporada —fingí un tono divertido.

Eso hice. Cuando Gloria ya se había ido a trabajar, llamé a mis pacientes uno por uno. En esta ocasión sí les mentí. Les dije que llevaba años trabajando sin parar y que ello había afectado mi salud, lo que me obligaba a tomar unas necesarias vacaciones. Cada una de las llamadas me puso a temblar de pies a cabeza. Odiaba decir ese tipo de cosas por teléfono. Esa información requería de la presencia, del *setting* terapéutico, de mirarlos a los ojos. Pero no, mi consultorio debía estar cerrado, así que tuve que depender de la voz únicamente, sin poder ver sus rostros, sin poder medir sus gestos. Odié cada una de esas llamadas. Algunos me apoyaron y aseguraron que esperarían mi regreso. Otros me lo tomaron a mal, pero terminaron diciendo que esperarían. Otros no estuvieron de acuerdo y tuve que referirlos con algún colega. Casi podía verlos negando con la cabeza a través de la línea, juzgándome, señalándome. Claro, porque el doctor Sankiesh no podía tomarse una temporada de vacaciones luego de llevar tanto tiempo trabajando sin parar. Finalmente, yo mismo decidí quiénes no podían dejar la psicoterapia y les imploré que visitaran a uno de los colegas que les recomendé, aunque un par de ellos hicieron las cosas complicadas.

Pensé que el proceso me llevaría más tiempo, pero no. ¿Cómo mataría el resto del día? Me asomé al buzón varias veces, esperando el documento del juzgado, pero en todas las ocasiones me recibió un hueco vacío. Me eché en el sillón y encendí la televisión. La pantalla me mostró las imágenes de un noticiario. Un montón de doctores, con sus batas blancas, se mantenían rígidos afuera de un hospital, levantando pancartas y repitiendo frases a todo pulmón. Luego la imagen cambió a otro hospital. A otro. A otro. La voz de la reportera explicaba que buena parte de los médicos y enfermeras de los hospitales públicos del país habían iniciado una huelga exigida por el Gremio de Trabajadores de la Salud.

—¡En este hospital tenemos casi cien enfermos por médico, no son condiciones de trabajo! ¡No tenemos apoyo, no tenemos los recursos necesarios! —decía frente al micrófono un doctor que prefirió no ser identificado. Sus ojos apenas se asomaban por encima de un tapabocas blanco y un gorro de cirujano.

—Por el momento, casi cuarenta por ciento de los médicos y enfermeras están de acuerdo con la huelga —dijo la reportera de pie frente al grupo de quejosos—. El resto sigue trabajando, pero los médicos y las enfermeras inconformes amenazan con cerrar los hospitales si el gobierno no escucha sus demandas.

En ese momento entró una llamada y apagué la televisión. Me levanté y caminé hacia la mesita del teléfono. Era Gloria.

—¿Cómo va tu mañana?

Fingí una sonrisa a través de la bocina.

—Ya le avisé a los pacientes y el resto del tiempo he estado echado.

—Suena divertido.

—¿Qué pasó? —corté la conversación introductoria, Gloria sólo llamaba si necesitaba algo.

—Amor, invité a las chicas a tomar un café. Pensé que podía servirte para distraerte, necesitas ver gente. ¿Tienes problema?

Con "las chicas" se refería a sus colegas de la carrera. Casi todas me caían bien. Ellas adoraban que Gloria me invitara a sus reuniones porque me la pasaba de broma en broma y ellas se asfixiaban de la risa. Más de una pensaba que Gloria era afortunada por haberme encontrado. Todas pensaban que yo era la persona más alegre del mundo.

Su propia risa las cegaba, nunca vieron que yo no me reía. Las hacía reír sin reírme. Entretenía sin entretenerme. No se daban cuenta que debajo de las sonrisas y las historias divertidas había una oscuridad con la que luchaba día con día, pero que día con día ganaba terreno.

La experiencia en las costas del sur había minado las defensas de mi último baluarte. El juicio había mermado los muros con sus poderosas rocas. Ahora, un documento de dos páginas sellado por un psicólogo del Estado era todo lo que hacía falta para que la torre de homenaje colapsara. Eso me daba mucho miedo. El suficiente para que la presencia de "las chicas" no me causara ni la menor de las sonrisas. Menos en mi casa, a donde nunca habían ido.

Creo que el silencio le dio una pista a Gloria, que se apresuró a preguntar:

—¿Quieres que les cancele?

—No, no te preocupes. Que vengan… necesito distraerme.

¡Mentira! Necesitaba dormir, no distraerme. Necesitaba una siesta larga que comenzara a las tres de la tarde y terminara al día siguiente por la mañana. Necesitaba que el maldito documento del juzgado llegara ya para terminar de una vez con todo y seguir mi vida, seguir mi vida como estaba antes de mi maldito viaje a las costas del sur.

¿Cuál era mi vida antes de ese viaje?

Tristeza, aburrimiento. Sonrisas falsas, máscaras de alegría sobre un gesto gris.

Colgué el teléfono y me senté de nuevo en el sillón. Jalé aire con fuerza. ¿Qué quería de la vida? Estaba en mis manos cambiar las cosas. Necesitaba dejar de pensar en esa sombra, necesitaba huir de mis pensamientos, necesitaba dejar atrás la realidad por unos segundos.

La mesa de la sala quedó ataviada en un segundo con tazas llenas de café y rodeada de historiadoras que contaban anécdotas atascadas de risas, sonrisas y gestos de sorpresa. Bueno, no todas eran historiadoras. Las pocas ganancias económicas de su ramo inspiraron a una de ellas, Maribel, a dejar los pasos de Heródoto y dedicarse a la contabilidad. Gloria la estimaba muchísimo por razones que yo no termino de entender. Gorda como una sandía y con un tonito en su voz que hubiera desquiciado a cualquiera, nunca entendía de lo que hablaban las demás, pero no dejaba de participar con comentarios completamente fuera de lugar que tenían una sola intención: sorprender con lo ridículo, generar reacciones con imágenes soeces e historias de sexo y promiscuidad.

Ella. La gorda. Sexo y promiscuidad.

Me parecía abominable.

Extendí mi mano para servirme un vaso de agua cuando fue Maribel la que soltó aquello de:

—Tu casa es bonita, ¿eh? Te la tenías muy escondida.

Sonreí y llené mi vaso de agua casi hasta el borde.

—Mi casa es su casa —respondí y me llevé el agua a los labios.

—¿No tomas café? —preguntó otra de las historiadoras y negué con la cabeza. Lo último que necesitaba era quedarme despierto otra noche. Mucho menos en ese momento, que de verdad me sentía cansado. Sólo esperaba a que se fueran para poder tirarme en mi cama.

—Cuéntanos... —siguió Maribel—. ¿Qué te dio por traerte a Gloria a vivir contigo después de tanto tiempo, Goyito?

Detestaba ese diminutivo con todas mis fuerzas.

Maribel lo usaba todo el maldito tiempo. Me ponía furioso de golpe, pero siempre me porté respetuoso, sensato y prudente. Cuando me decían así, yo simplemente respondía a la pregunta o comentaba sus palabras. Luego, cuando estábamos solos, le decía a Gloria lo mal que me caía que me dijera de esa forma. Esperaba que le pasara el mensaje, pero la gorda insistía. No sé si Gloria no le pasaba el mensaje o si se lo pasaba y a Maribel le importaba un comino.

—No sé, sólo salió así, de la nada —respondí.

—¡Pues muy bien! Ya era tiempo. ¿Verdad, amiga? —le dijo a Gloria—. Tenía miedo de que esto no llegara a nada.

Quería aventarle el vaso de agua en la cara, pero en lugar de eso me limité a preguntar:

—¿Qué entiendes por llegar a algo?

—Bueno, tanto tiempo de noviecitos cada uno en su casa como que no viene al caso, ¿o sí? Vivir juntos ya es otra cosa. Digo, si es lo que quieren... yo en mi caso prefiero vivir sola, hay que tener la casa libre para cuando traes el resultado de la pesca, ¿eh, chicas? —dijo y guiñó el ojo. Gloria hizo un gesto de incomodidad, pero las demás estallaron en carcajadas.

—¿La pesca? —pregunté.

—Ya sabes... si eres buena pescando puedes traerte a casa un ejemplar diferente cada fin de semana —sonrío orgullosa—. Suerte que eres de mi amiga y ese tipo de vínculos son sagrados. De otro modo quizá ya hubieras caído en mis redes, Goyito.

Reventé el vaso de agua contra el piso y me puse de pie de un salto.

—¿De verdad? ¿Te has visto en el espejo? Eres obesa. ¡Habla con la verdad! Todos los fines de semana llegas a tu casa sola y te aplastas en la cama a ver televisión y meter los dedos en una bolsa de papas fritas. Cada mordida te recriminas y te propones dejar de comer tanto, pero sería más complicado que seguir masticando, ¿verdad? La soledad te abruma y vienes con tus amigas a contarles una vida falsa a ver si así *tú* te la crees. ¿Salir a pescar? ¿Qué hombre quiere buscar un clítoris entre tanta grasa?

—Gregorio, ¡por favor! —dijo una de las chicas.

Voltee a ver a Gloria y la encontré con la cabeza hacia el piso y los ojos cerrados. Salí de una especie de trance y miré los rostros de todas las demás, que me veían con ojos de... ¿sorpresa? No. Temor. Estaban asustadas. Maribel estaba pálida, se le había ido el color a los tobillos.

—Voy por una escoba —dijo Gloria y desapareció de ahí.

Miré hacia mis pies y vi un pequeño charco junto a los pedazos de cristal. Gloria llegó y comenzó a barrer.

—No pasen por acá, no quiero que nadie se corte —era obvio que intentaba llenar el silencio con lo que fuera.

Las miré a todas unos segundos.

—Perdón… perdón.

Salí huyendo de ahí y caminé hasta mi habitación sin voltear siquiera. Cerré la puerta y corrí las cortinas. Me vi envuelto en una oscuridad casi absoluta, interrumpida apenas por un pequeño hilo de luz que se colaba por debajo de la tela gruesa.

Me quité los zapatos y me senté en la orilla de la cama.

Sentía el corazón en el cuello.

Imaginé los reclamos de Gloria y comencé a construir argumentos para defenderme, para que mi actitud fuera comprensible. El juicio. El cierre del consultorio. El documento del juzgado que no llegaba. La noche en vela. No quería resultar culpable, tenía todas las razones del mundo para no ser culpable. Además, Maribel sabía que odiaba que me dijera de esa forma. Tenía que saberlo, Gloria debió decírselo en algún punto.

Pero, de repente, en la oscuridad que me envolvía, me vino una idea a la cabeza:

A la mierda.

No me defendería, no tenía de qué defenderme, había calculado cada palabra. Sí, la humillé. Sí, la lastimé. No tenía que de qué arrepentirme, no tenía de qué sentirme culpable. Andar buscando siempre quién era el malo de mi historia me tenía la vida oscurecida y triste. Llevaba demasiados años disculpándome por cada tropiezo, cada emoción, cada palabra, cada acto y cada deseo. No estaba arrepentido de lo que dije ni me disculparía por ello. En mi corazón abrigaba sentimientos funestos, punto, no era necesario seguirlos ocultando al mundo.

Pensando en esto me eché sobre mi espalda y, sin darme cuenta, me quedé profundamente dormido.

Capítulo VII

DESPERTÉ CON UN SOBRESALTO, EN la penumbra. A través de la ventana vi la noche oscura. Mi reloj de pulsera marcaba las doce cuarenta de la madrugada. Me tallé los ojos y salí de la habitación, todavía un poco amodorrado. Cuando llegué a la cocina, Gloria estaba sola, lavando las tazas en la tarja.

—¿Te ayudo? —le ofrecí.

Ella se enjuagó las manos en el chorro del agua, cerró la llave y se secó con un trapo blanco. Me lanzó una mirada que se confundía entre el regaño y la duda.

—¿Me quieres contar qué fue lo que pasó? —sin esperar mi respuesta, continuó—: Mis amigas llevan años conociendo a un tipo cariñoso que siempre está dispuesto a echar una mano y al que nunca le faltan palabras amables.

—Gloria…

—Nunca pensé que un café en tu casa terminaría con mis amigas preocupadas por mí.

—¿Preocupadas? ¿Por qué o qué?

Gloria se cruzó de brazos.

—Jamás te habías portado así con ellas. Con nadie, de hecho.

Jalé una silla de la barra, me senté con el respaldo de frente y recargué los antebrazos.

—Maribel dijo que quería tener relaciones sexuales conmigo —negué con la cabeza—, que lo único que la detenía era su amistad.

—Fue un chiste.

—Siempre son sus mismas historias. Con quién se acuesta y con cuántos cada fin de semana. Que si ya se cenó a tal compañero de trabajo y a no sé cuántos jefes ha metido en problemas porque prefieren estar con ella que con sus esposas. ¿Te crees todas esas historias?

—No, desde luego que no.

—¿Entonces por qué le festejan esos cuentos? Se ríen y le aplauden y ella se siente un ejemplo a seguir.

—¡Porque lo necesita, carajo!

—¿Entonces hay que aplaudirle que viva una mentira?

—Sí, desde luego que sí, justamente porque no vive esa mentira. Cuando nos la cuenta y nos hace reír se vuelve real para ella. Es una razón para sonreír, para seguir adelante, para aguantar la soledad, el dolor, la tristeza. No sólo vivimos de realidad, Gregorio.

—Debería ir a terapia.

—No todo es terapia —dijo, tajante—. ¿Por qué mejor no dejamos de hablar de Maribel y mejor me cuentas qué fue lo que te pasó a ti?

—Me pone de muy mal humor que me hablen con diminutivos. Y luego dio a entender que nuestra relación no era nada antes de que vivieras conmigo, ¿en serio lo mío fue grosero pero lo de ella no?

—Maribel estaba jugando, era una broma y... —Gloria sonrió con sarcasmo—. No, no me vas a llevar de vuelta al principio de esta conversación, Gregorio. Maribel fue la Maribel de siempre, con las mismas bromas de siempre. ¿Cómo va a saber ella que te molesta el diminutivo?

—¿Nunca se lo has dicho?

—No. ¿Tú se lo has dicho?

—¡Pensé que era obvio!

—Nada es obvio. Y no puedes ir por la vida enojándote e insultando a la gente porque no lee en tu mente todo lo que te molesta. Si te molesta que te digan así, entonces dilo.

Me puse de pie y coloqué la silla de nuevo en su lugar.

Ella hablaba con verdad, la gente no podía leerme la mente y yo llevaba demasiados años de mi vida esperando a que lo hicieran o, simplemente, esperando que se dieran cuenta de mis sentimientos sólo por verlos proyectados en mis gestos. El problema es que mis gestos tampoco eran claros. Mi rostro era el de un alexitímico. Y no porque no sintiera nada, sino porque las personas usan nuestros sentimientos en nuestra contra todo el tiempo, eso está claro. No muestres dolor, porque esa será su herramienta de tortura en el futuro. No demuestres que estás emocionado porque te van a poner etiquetas infantiles por abandonarte a ello. No te muestres feliz o expectante, porque te van a lastimar cuando aquello que te hizo feliz se derrumbe o cuando aquello que te generaba expectativa no dé frutos. Demostrar lo que sientes es entregar hoy las armas para que te hagan la vida imposible mañana.

Además, comunicar de forma honesta los sentimientos siempre me generó problemas. Las personas se molestaban o, peor, lloraban como si mis palabras, mis pensamientos o mis deseos fueran puñales al rojo vivo. Nunca entendí cómo hacían algunos para poner sobre la mesa sus inconformidades y recibir a cambio una disculpa. Yo nunca viví esa experiencia. No. Si estaba enojado la otra persona lograba con maestría enojarse más y entonces era yo quien tenía que disculparme de todas formas. O tenía que disculparme cuando se ponían a llorar. Comunicarme lastimaba o enfurecía. Aprendí muy temprano a no decir nada, a no demostrar nada, a no pedir nada. A ser un gran mortificado, a no quejarme, porque mis quejas nunca lograron más que juicios y señalamientos.

Gloria me pedía decirle a Maribel que me molestaba el diminutivo. ¿Para qué? En el mejor de los casos ella me diría que no era para tanto y cuestionaría mi desagrado, como si no fuera suficiente que lo sintiera. Entonces tendría que explicar por qué lo odiaba y dar un salto a mi pasado, hablar de cómo mi madre lo usaba cada que me amenazaba con dejar de amarme, la forma en que se le saltaban los ojos y pelaba los dientes cuando… ¡¿Por qué tenía que dar explicaciones para que la gente sólo respetara el hecho de que me molestaba algo que me molestaba?!

Siempre la mejor opción era callarme, sonreír y aceptar. Tragarme mi enojo, desestimar la falta de respeto hacia mis sentimientos y mis peticiones. Dar media vuelta y hacer otra cosa que me distrajera del hecho de que, de nuevo, me habían pisoteado sin que yo dijera nada, sin un reclamo ni una mala cara de mi parte. Si abría la boca sería culpable de cualquier cosa que pasara al final del día. Era culpable del dolor o la furia del otro. De mi madre, de mi padre, de Maribel, de Campos…

—¿Entonces? —Gloria me sacó de mis pensamientos—. ¿Vas a decírselo?

—Maribel no va a volver a hablarme. El problema está resuelto.

—¿Y te gusta que así se queden las cosas? —su gesto era grave.

—Toda la vida nos dicen que si somos respetuosos y amables nos van a tratar igual. Siempre es lo mismo: "haz a los demás como quieres que ellos te hagan a ti". Pero no, mientras más respetuoso eres más te tratan con la punta del pie.

—Maribel no…

—Es el miedo, Gloria. Maribel no me va a volver a molestar porque ahora tiene miedo. No respeto. Miedo.

Gloria cruzó los brazos y me miró con… ¿decepción? ¿Sorpresa? No podría decirlo con seguridad.

—No te entiendo, Gregorio. Tú no eres éste.

—¿Entonces quién? ¿A quién quieres, Gloria? ¿Al que hace reír a tus amigas?

—Pensé que te…

—¿Me veías reír con los ojos?

—¿Qué?

—No, nunca me he reído con los ojos y fingir sonrisas con los labios es lo más fácil del mundo. Siempre las hago reír, pero yo no me río con ellas. Me veo feliz, pero no estoy feliz.

Di media vuelta y regresé a la recámara.

Después de un sueño plácido y tranquilo desperté para encontrarme con que Gloria ya no estaba. Miré el reloj del buró, eran las diez y media de la mañana. Hacía mucho tiempo que no me despertaba tan tarde. Me estiré con muchísimas fuerzas y… no sé cómo describirlo, pero sentí la comodidad adueñarse de mis músculos. Me bañé y me rasuré completamente, no me gustaba verme el rostro con barba, me recordaba los horribles días en la clínica de terapia reflexiva.

Estaba a punto de cocinar mi tardío desayuno cuando tocaron la puerta principal. El corazón me dio un vuelco, pues no esperaba a nadie y el timbre, cuando estás solo, puede espantar a veces. Apagué el fuego de la estufa y abrí la puerta. Me encontré del otro lado a un mensajero que me pidió firmar de recibido un sobre tamaño carta. En cuanto vi la maldita cosa supe qué era.

Abrí el sobre y me encontré los documentos del juzgado que me obligaban a visitar a la trabajadora social Iliana Acres. Ahí estaban sus datos y la exhortación a llamarla cuanto antes y generar una cita. No quise esperar más, así que en ese mismo momento marqué desde el teléfono de la sala. Afortunadamente tenía una cita para ese mismo día y yo, que ya no quería esperar más, acepté. Al mal paso darle prisa.

Tenía un par de horas antes de la cita, así que pude desayunar tranquilo. Luego, me eché a leer un rato en la cama. La mayoría de mis libros estaba en el consultorio, así que tomé el que Gloria tenía en su buró, un texto sobre las cruzadas del norte, justo el tema que la tenía entusiasmada… no hablaba de otra cosa. Su separador estaba ya en las últimas páginas, pero yo comencé desde el inicio. Sonreí al ver que la letra era extremadamente pequeña, Gloria me gustaba cuando traía los lentes puestos.

Alcancé a leer apenas una página antes de aburrirme. Sí, supongo que para una historiadora la cosa era de lo más apasionante, pero a mí leer de naciones que ya no existían y órdenes religiosas de guerreros católicos no me llenaba los minutos. Preferí dejar el libro en el mismo lugar donde lo encontré y salir hacia el hospital de una vez. Iba a llegar más temprano de lo esperado, pero prefería eso que estar en casa matando el tiempo en tonterías que tenían el único objetivo de medio mantener la ansiedad a raya.

Qué bueno que salí de mi casa con tiempo, porque llegar al hospital representó una pesadilla. El edificio estaba rodeado de médicos quejosos que levantaban pancartas llenas de quejas. "¡Un médico por casi cien pacientes!" decía una de las pancartas. "¡Somos humanos!" decía otra. Algunos doctores tenían sus batas pintadas con rayas negras y rojas. Muchos lucían tapabocas con esos dos colores. Otros tenían tapabocas negros, o rojos, o con palabras garabateadas en la tela, como "silencio", "injusticia", "maltrato", ese tipo de cosas.

El estacionamiento del hospital estaba abierto. La cabina de cristal desocupada y la pluma levantada. Busqué con la mirada a alguien que me diera un boleto, pero seguí mi camino cuando vi que al parecer la gratuidad era parte de la queja. El vestíbulo del hospital estaba desierto y el escritorio de "información" muerto y con las luces apagadas. Yo seguí las instrucciones de la carta y caminé hasta el área de servicios de salud mental. Seguí avanzando durante dos minutos entre pasillos muertos y consultorios cerrados con llave. Finalmente llegué a la primera puerta abierta de entre tantas. Adentro había tres sillas de plástico atornilladas entre sí, junto a otra puerta interna. No había nadie, ni letreros, ni anuncios. Mi reloj de pulsera me dijo que faltaban dos minutos para mi cita, así que toqué la puerta.

Una chica joven, de unos veinticinco años, abrió la puerta. Tenía unos lentes muy grandes para su cara y el cabello planchado y corto hasta el hombro. Era muy baja y la bata blanca le llegaba casi hasta los tobillos.

—Buenas tardes, tengo cita con Iliana Acres —dije y me di cuenta el esfuerzo que hice para no usar el término "doctora".

—Buenas tardes, señor Sankiesh, pase, por favor —dijo y me ofendió que no me llamara "doctor".

Caminamos por un pasillo muy corto en el que había otras tres puertas, dos de ellas cerradas. La tercera estaba abierta de par en par. La chica entró y me pidió ingresar.

Su consultorio era una pesadilla burocrática. En un extremo cajas y cajas de archivo ocupaban sitio como tabiques. Un montón de carpetas verdes, que al parecer no encontraron caja, descansaban de forma caótica unas sobre otras encima de la montaña de cartón. Detrás de su escritorio, un marco barato guardaba una copia fotostática de su título. Ella era Iliana, titulada como psicóloga del Centro de Estudios Avanzados en Psicología y Pedagogía. Se había titulado tres años antes. Junto a ese cuadro, otro tenía una copia fotostática de su cédula profesional.

Ella se acomodó los lentes y levantó el fólder que contenía mi caso. Desde que entré noté que ya lo tenía listo sobre el frío acero de su escritorio. Me preguntó si podía llamarme por mi nombre y le dije que sí. Sin embargo, en ningún momento propuso tutearnos, algo que para mí era muy normal con mis pacientes.

Me preguntó mi nombre completo, mi edad y otros datos básicos como si no los supiera, como si el juzgado no se los hubiera mandado completos. Casi no levantó la cara del papel, sólo escuchaba y, de vez en vez, hacía anotaciones con un bolígrafo barato. Cuando estuvo satisfecha con mis datos personales, finalmente me miró por encima del cristal de sus anteojos.

—Gregorio, voy a hacerle unas preguntas y necesito que me las conteste con toda la honestidad posible.

Asentí.

—Todas las preguntas que le voy a hacer tienen cuatro respuestas, ¿vale? Necesito que usted se ajuste a las opciones que voy a darle. Dígame, ¿se siente usted ansioso o nervioso? Necesito que me responda si casi todo el día, gran parte del día, de vez en cuando en el día, o si no se siente ansioso nunca en todo el día.

Me estaba haciendo un cuestionario de evaluación psicológica. Odiaba esos. Me iba a pedir que respondiera unas quince o veinte preguntas y luego se iba a pelear con percentiles para tener un resultado. Todo lo que soy resumido en quince preguntas con una limitada escala de opciones. Preguntas que exigían respuestas sin contexto, preguntas cuadradas con respuestas cuadradas que pudieran trabajarse cuantitativamente. ¿Cómo entender los afectos y las emociones cuantitativamente?

¡Sí, claro que estaba ansioso o nervioso gran parte del día! Porque no estaba atendiendo pacientes, estaba metido en casa todo el día viendo la televisión, pensando en la experiencia con la maldita terapia reflexiva y la humillación del juicio. Pero ninguna de las cuatro respuestas incluía toda esa información. Sí, estaba nervioso porque un maldito cuestionario de quince preguntas decidiría mi destino profesional. Mi cédula profesional de psicoterapeuta estaba en la orilla de un barranco oscuro y sin fondo, esperando el empujón de una psicóloga con lentes y un bolígrafo que apenas pintaba.

Me preguntó si había estado en un tratamiento psiquiátrico o psicológico. Sí, diez mil años de análisis con Sal Abramson y una sesión reciente en la que no encontré respuestas a mi problema... pero tampoco venía esa opción en las cuatro respuestas que me fueron ofrecidas. Me preguntó si me consideraba feliz. ¿Qué pregunta es esa? ¿Qué demonios se supone que es la felicidad? No, nunca me había sentido feliz en mi vida. Me preguntó con qué frecuencia me sentía solo, si siempre, muy a menudo, rara vez o nunca. Siempre estaba solo. Todo el día viendo televisión, todo el día frente a películas viejas, series de baja calidad o noticiarios que no hablaban más que de la huelga de los trabajadores de la salud y los pretextos constantes del presidente, incapaz de reducir las tasas de criminalidad del país. ¿Cómo no me iba a sentir solo? Mis relaciones humanas estaban en el consultorio. Gloria trabajaba todo el día y la veía únicamente en las mañanas y en las noches. Así que sí, me sentía solo, y me sentía solo con mucha frecuencia. ¿Eso qué se supone que significaba?

Las preguntas siguieron un buen rato. ¿Con qué frecuencia se siente deprimido? ¿Está de acuerdo con el estado actual de su vida? ¿Ha alcanzado sus metas personales? ¿Está feliz con las relaciones en su vida? ¿Está satisfecho con su vida profesional? ¡Cuál maldita vida profesional! Campos se había encargado de dejarme sin trabajo por culpa de mi amable estancia en "Nueva Vida" y el pendejo del juez le ayudó a cerrar las puertas de mi consultorio. No, definitivamente no estaba satisfecho con mi vida profesional.

Cuando terminó el cuestionario, Iliana hizo unos últimos garabateos en una hoja blanca y presionó el botón del bolígrafo retráctil. Dejó el fólder cerrado sobre el escritorio y la pluma encima.

—Gregorio, ¿algo más que quiera agregar?

—¿Como si fuera terapia?

—Pues ya está usted aquí y voy a estar desocupada al menos —miró su reloj de pulsera— veinte minutos más.

—Iliana, mi abogado fue terrible, cobró y no movió un dedo. Tus preguntas no son suficientes para saber todo lo que sucedió en las costas del sur.

—En el archivo leí todo eso, el juzgado me envió un reporte detallado de lo que sucedió en el juicio y una versión resumida de su acusación.

—¡No es suficiente! Iliana, déjeme decirle todo lo que pasó, usted debe escucharme, usted debe saber cómo pasaron las cosas. No la versión del juzgado, sino la verdad. Por favor, quiero… quiero…

Era inútil. Nada de lo que tuviera que decir sería más importante que los contenidos de ese aburrido y frío fólder.

—Sólo quiero saber qué va a pasar —dije finalmente—. Llevo muchos años dedicándome a esto, por favor necesito que me diga en dónde estoy parado, ¿de qué lado está usted?

—Gregorio, no estoy del lado de nadie, mi trabajo es evaluar si usted puede volver a trabajar con pacientes, nada más. Sólo voy a reportar estos resultados —puso la mano sobre el fólder.

—Necesito volver al consultorio.

—Vamos a ver.

¿Vamos a ver? ¿Con esa frialdad se puede mirar de frente a un colega que fue acusado injustamente y que teme que su gran pasión se vea perdida para siempre? Odiaba a esos psicólogos que piensan que no mostrar afecto alguno es parte de su descripción laboral. ¡Bravo! Una profesión en donde trabajamos con el afecto y se sigue creyendo que para ser eficiente que hay que enterrarlo. Iliana ocultaba todo demasiado bien.

—¿Qué sigue? ¿Tengo que volver a venir?

—Ya tengo su teléfono y cualquier cosa yo lo voy a tener informado. Posiblemente tenga que ir al juzgado, no sé, primero necesito reportar mis resultados.

No me había respondido nada, pero de todos modos asentí.

—Muchas gracias.

Gracias por nada.

Volví a mi carro sintiéndome más abatido que nunca. De nuevo los pasillos desiertos del hospital, de nuevo el griterío de los médicos disfrazados de huelga y el tránsito resultante. Llegar a casa me llevó mucho más tiempo de lo que hice en el camino de ida.

Estacioné el automóvil y caminé despacio hasta la puerta. Sentí una presencia, pero volteé y no había nada. Temí por un momento estarme volviendo paranoico, que la idea del juez fuera cierta. Las palabras de Humberto Rego resonaron de nuevo en mi mente.

Muchos ya creen que toda tu historia es un delirio.

Me quité la chamarra que traía encima y la eché sobre uno de los sillones de la sala. Caminé a la cocina y me serví un vaso de agua. Me dieron muchas ganas de comerme un bolillo o un rol de canela, pero no había nada de ese estilo. Abrí el refrigerador y me encontré comida en contenedores de plástico, leche y dos jarras de agua helada. Nada de eso me llamó la atención. Era ansiedad. Sabía perfectamente que la ansiedad no se calma con vasos de agua, guisos, tragos de leche ni verduras con limón y sal. Necesitaba salir, caminar, comer algo demasiado salado o demasiado dulce. Algo suave, quizá un bolillo con la corteza poco cocida.

Me puse de nuevo la chamarra y salí a la calle. A tres cuadras estaba la avenida y, un par de cuadras más hacia la derecha, una pequeña tienda de conveniencia, de esas en donde no vale la pena ni asomar la cabeza cuando buscas algo sano que meterte a la boca. Yo no quería algo sano, quería masticar, sólo masticar y matar el tiempo con una caminata.

Unos minutos después ya traía las bolsas de la chamarra llenas de roles de canela, una lata de refresco y una cajita de caramelos agridulces. Estando ansioso era capaz de comerme todo en el camino, así que preferí no pensar en ello hasta llegar a casa.

A punto de dejar la avenida sentí la presencia de dos hombres a mi espalda. Aceleré el paso y ellos no hicieron lo mismo, así que me tranquilicé un poco. Sin embargo, cuando di la vuelta hacia mi casa, ellos la dieron también. Aceleré el paso de nuevo y esta vez ellos hicieron lo mismo. El corazón empezó a latirme a mil por hora. Uno de ellos me cerró el paso.

—¿Tienes fuego, hermano? —me preguntó. Yo negué con la cabeza.

—No fumo —dije e intenté continuar mi camino, pero el otro ya estaba atrás de mí y puso su mano en mi hombro. Antes de que me diera cuenta, ya tenía su rostro muy cerca del mío. No le vi la cara, me sentí más seguro con la mirada en su torso, así que sólo recuerdo una chamarra café de imitación de piel.

—¿Vives por aquí? —preguntó el que me había pedido fuego.

—No.

—Ah, entonces caminaste hora y media para venir hasta acá a comprar porquerías, ¿no? —me dio unos segundos para responder, pero yo me quedé en silencio—. Mira, es muy fácil, puedes abrirnos tu casa y nos llevamos algunas cosas por las buenas o te reventamos las costillas, nos abres tu casa a la fuerza, nos llevamos algunas cosas y te tiramos por la ventana, ¿qué opinas?

En ese momento una camioneta azul marino se estacionó a unos metros de donde estábamos.

—Ese es "El Quebrantahuesos" —dijo el fulano—. Nos vas a hacer el favor de dejar que se estacione frente a la puerta de tu casa, ¿qué opinas?

Yo no moví un solo músculo, la verdad es que me moría de miedo. Sentí que las piernas no podrían sostenerme mucho tiempo.

—No pongas esa cara —se rio—, le decimos así porque está tan feo como el pájaro, no porque te vaya a hacer nada.

Miré hacia la camioneta y, detrás del volante, pude ver al fulano con los ojos fijos en mí. Recuerdo en la oscuridad su nariz ganchuda y su piocha mal cuidada. El tipo que no hablaba apretó sus dedos sobre mi hombro lo suficiente para que doliera sin ser insoportable. Yo seguí caminando hacia mi casa, con ellos dos a mi lado, avanzando como si fuéramos tres buenos amigos, pero sin poderme soltar de esa garra de acero.

Llegamos a la casa y mis manos temblorosas lucharon para encontrar las llaves en el bolso del pantalón. Me costó mucho trabajo meter el metal en la cerradura y todo el llavero cayó al piso. El tipo de la chamarra café me soltó el hombro y se inclinó por las llaves. Él abrió la puerta justo en el momento en que la camioneta azul se estacionaba en la banqueta frente a la casa.

Los tres entramos y el que me pidió fuego cerró la puerta. El de la chamarra café me clavó el puño como si fuera cualquier cosa, una acción de todos los días. Perdí el aire de golpe y caí de rodillas.

—Voy arriba —dijo el que hablaba y el de la chamarra asintió. Luego, encendió las luces de la sala y miró hacia todos lados. Caminó hasta mi armario lleno de cachuchas y lo abrió de par en par. Sonrió de forma burlona y lo cerró de nuevo.

Caminó hacia la sala y desconectó la televisión. El otro ya bajaba con la otra televisión entre los brazos. Con mi consultorio cerrado, ver la televisión era la única actividad con la que mataba los días y callaba mi mente.

—Dejen al menos una, por favor —pedí.

El tipo que me había golpeado la primera vez lo hizo de nuevo y yo, de nuevo, terminé hincado en el piso, intentando jalar aire con todas mis fuerzas.

El que me pidió fuego abrió la puerta de la casa y salió cargando la televisión con mucho esfuerzo. Por la ventana alcancé a ver que "El Quebrantahuesos" ya había abierto la puerta corrediza de la camioneta y ayudó a meter la televisión. Luego, el tipo regresó y cargó también con la televisión de la sala. Mientras tanto, el de la chamarra café se quedó a mi lado, observándolo todo.

Veinte minutos después, aquella camioneta azul ya traía encima dos televisiones, la computadora de escritorio, el microondas, el horno eléctrico y dos costales llenos de algo que habían sacado del piso de arriba.

El del fuego se inclinó frente a mí, que ya estaba sentado en el piso con la espalda recargada en la pared

—¿Tienes dinero en efectivo?

Yo negué con la cabeza y el de la chamarra café me metió un puntapié en las costillas.

—¿Dónde lo tienes? —volvió a preguntar—. No me vas a decir que no guardas dinero en tu casa…

—No —respondí sobándome las costillas—. No tengo dinero aquí. Sólo el de la cartera.

El de la chamarra café me levantó de un jalón y dobló el brazo detrás de la espalda. El otro me sacó la cartera y se la metió en una de las bolsas del pantalón. Yo intenté hablar, quería pedirle que se llevara todo lo de valor, pero que me dejara mis identificaciones, mi licencia, aquello que no tenía valor para ellos. Pero apenas solté el primer "por fav…" cuando el tipo apretó más mi brazo hacia arriba. Yo grité de dolor y el del fuego me metió un codazo en el rostro.

Caí al piso con ambas manos intentando reducir el dolor. Sentí la sangre caliente filtrarse entre mis dedos. Ya no diría nada, me quedaría en el piso con las manos en la cara hasta que se fueran. Sólo quería que se fueran. Por unos segundos levanté la mirada y vi mis palmas tintas en sangre.

—Me voy yendo —dijo el del fuego y escuché como salió de la casa y cerró la puerta.

¿Por qué el otro no se iba también? Pues me enteré dos segundos después. De una patada me hizo caer sobre mi costado. Yo regresé las manos a mi cara y me cubrí los ojos como por instinto. Cuatro patadas al estómago me sacaron el aire. Luego me pisoteó con fuerza el muslo derecho una y otra vez. Finalmente sentí un golpe frío en la cabeza cuando me aventó con fuerza las llaves de la casa. Apagó las luces y cerró con cuidado.

Me quedé en la penumbra con el estómago ardiendo y la pierna palpitando de dolor. Me quedé tirado un rato más, aunque no sé cuánto tiempo habrá sido. Cuando intenté levantarme, la pierna lastimada no soportó el peso y fui a dar de nuevo contra la alfombra. Supuse que la policía llegaría en cualquier momento, uno de los vecinos debió avisarles. Cualquiera de ellos que viera dos tipos entrando y saliendo de una casa, metiendo cosas de valor en una camioneta oscura, habría tenido el sentido común de llamar al servicio nacional de emergencias.

Me arrastré hasta el teléfono de la sala, pero no logré alcanzarlo. Estaba intentando impulsarme hacia arriba con las uñas clavadas en la tela del sofá de dos plazas cuando escuché la puerta abrirse.

Era Gloria.

Sentí sus brazos alrededor mío y, ya con su ayuda, pude impulsarme y sentarme. Su rostro me lo dijo todo: palideció de golpe y abrió los ojos como platos.

—¿Estás bien?

—Sí —alcancé a decir.

Corrió a la cocina y fue encendiendo todas las luces en el camino. Puso un trapo seco debajo del grifo y regresó. Comenzó a limpiarme la cara poco a poco.

—¿Qué pasó?

Descubrí que al hablar me ardían los labios y me dolían las costillas. Me detuve al poco de empezar mi crónica y ella comprendió al instante. Levantó el auricular y marcó el teléfono de emergencias. Furiosa, colgó el teléfono con fuerza y luego me miró con una sonrisa fingida.

—No hay ambulancias disponibles por la huelga. ¿Dónde están las llaves de tu carro?

Intenté sacarlas del bolso del pantalón y el costado me ardió tanto que me detuve a medio intento. Gloria metió las manos y sacó las llaves. Me ayudó a ponerme de pie, pero sencillamente no pude poner peso sobre la pierna golpeada. En el momento en que tocaba el piso, un dolor agudo me punzaba como un clavo de punta chata.

Sosteniéndome de su hombro, llegamos juntos hasta mi carro y me ayudó a subir al asiento del copiloto. Corrió detrás del volante y, poco antes de arrancar, me entregó el trapo de la cocina.

—Apriétate el labio —dijo.

Me llevé las manos al labio y sólo rozarlo me ardió y me llenó los dedos de sangre. Apreté la herida con ese pedazo de tela mientras ella conducía hacia el hospital más cercano. Cuando llegamos, el lugar estaba como abandonado, sólo unas luces estaban encendidas aquí y allá. Se detuvo en la entrada. La puerta de cristal estaba cerrada y, por encima de ella, el letrero de "Emergencias", comúnmente iluminado, se encontraba apagado. Se bajó del carro y se asomó con ambas manos haciendo visera.

Tocó con los nudillos la puerta de cristal y, unos segundos después, un médico regordete con la bata demasiado apretada se acercó, sacó un llavero con un montón de llaves y abrió la puerta. Se asomó apenas por una rendija, como si Gloria fuera a asaltarlo o algo peor.

—Buenas noches, señorita. No hay servicio.

—Por favor, mi novio viene golpeado, y…

—No hay quien pueda atenderlo —interrumpió—. Los doctores están de huelga.

—¿Usted no podría verlo?

—No. Pero puede intentar en la Clínica Europa, creo que ellos siguen trabajando. Está sobre la avenida nú…

Gloria no dijo nada más, conocía esa clínica, así que dejó al tipo con la palabra en la boca y volvió al auto.

—¿Cómo te sientes? —me preguntó. Yo asentí, ¿qué más podía hacer?

Llegamos a la Clínica Europa quince minutos después. Gloria manejaba despacio casi siempre, pero ese día aprendí que se podía convertir en piloto de carreras con la motivación necesaria.

A diferencia del hospital, la clínica estaba completamente iluminada. Gloria se estacionó frente a la puerta y me ayudó a bajar. Llegamos solos hasta el vestíbulo. Me dejó en una de las sillas de la entrada y caminó hasta la recepción. Habló con una chica que asintió varias veces y luego le pidió varios datos que anotó rápidamente en la computadora. También le entregó una tabla con un clip que sostenía varios formatos.

Regresó y se sentó a mi lado. Tomó la pluma sin tapa que le habían entregado y comenzó a llenar los datos. Se sabía casi todo lo que preguntaban, pero, de vez en cuando, me hacía preguntas sin separar la mirada de las hojas. Cuando estuvieron listos regresó a la recepción. Yo miré hacia los lados, no me había percatado de que el lugar estaba abarrotado. Aunque todavía había espacio en mi grupo de sillas, las más alejadas de la recepción, el resto del lugar estaba lleno de personas con la cabeza gacha y la mirada triste. Algunos con los ojos perdidos en el piso, otros leyendo, desinteresados, una revista desgastada y con las esquinas dobladas. Algunas personas estaban solas, a otras las acompañaba un familiar que intentaba tranquilizarlos con pláticas superficiales.

El muslo empezó a arderme con más fuerza, como si todo este tiempo el dolor hubiera estado dormido. El labio me estallaba. Las costillas era ya lo que menos me molestaba.

—Te van a pasar en cuanto haya un doctor disponible, pero velos —dijo Gloria, mirando a toda la gente—, están con más trabajo del que pueden manejar.

—¿No están en huelga?

—Muchos médicos de hospitales y clínicas privadas dejaron de trabajar por ajustarse con el gremio, pero no todos.

Asentí.

Luego de eso, Gloria y yo dejamos de hablar durante un buen rato. De vez en cuando me preguntaba cómo me sentía, si todavía me dolía, ese tipo de cosas. Me platicó su día completo y con detalles, pero no los suficientes para llenar el tiempo de espera. En ningún momento me preguntó qué había pasado ni cómo habían entrado a la casa, no tenía la menor intención de hacerme hablar. Se levantó y trajo de una estantería una revista vieja sobre viajes. Estaba llena de publicidad de hoteles y precios de vuelos, estancias y visitas a ciudades dentro y fuera del país. Cada tres páginas había imágenes a página completa de familias felices en la playa, niños de siete y ocho años construyendo castillos de arena perfectos mientras sus padres, preciosos, reían frente al atardecer.

Los familiares de algunos pacientes se levantaban y paseaban de un lado a otro del vestíbulo. Otros se gastaron todo su cambio en la máquina de dulces o la máquina de cafés, comer era mucho más divertido que sentarse a esperar. Las manecillas del único reloj a la vista estaban completamente quietas, se habían quedado en las dos y cuarenta del día en que el responsable había olvidado cambiar las baterías.

Gloria y yo pudimos contar a cuatro médicos activos, tres mujeres y un hombre. De vez en vez salían por la puerta de dos hojas con documentos a la mano y llamaban al paciente por nombre. Lo esperaban y se metían con él. Cada que sucedía todos los que estábamos pegados a nuestros asientos mirábamos la escena con ansia. "¿Será mi nombre? ¿Seré yo al fin?" decían todos esos ojos atentos. Aunque no fuera nuestro nombre, ver salir a uno de los médicos se sentía como jugar Bingo y esperar con anhelo que la siguiente bolita fuera el número del triunfo.

Yo no podía caminar y ni me pasaba por la cabeza dejar ese asiento. Gloria, en cambio, de vez en cuando me decía: "ahora vengo". Se aprendió de memoria el vestíbulo completo. Leyó todos los sabores en la máquina de café, presionó los botones de la máquina de dulces para que la pantalla electrónica le dijera los precios, aunque estaban claramente marcados debajo de cada producto. Leyó todos los documentos pegados en los muros, los llamados de atención del gobierno, la petición del ministerio de salud para mantener un peso sano, las instrucciones para convertirse en miembro de la clínica... todo. Leyó cuanto pudiera leer, contó todo lo que pudiera ser contado.

Y las horas seguían transcurriendo.

Finalmente una de las tres doctoras, quizá la más joven de las tres, dijo mi nombre. Gloria me ayudó a levantarme, pero me costó trabajo. La doctora llegó a nosotros con tres grandes zancadas y me sostuvo también por el otro lado. Juntos, los tres llegamos a un consultorio con un escritorio pequeño y una camilla. Me ayudaron a sentarme en ella.

—Buenas noches, soy María Fernanda —se presentó. Miró los datos en la tabla de documentos y me hizo un par de preguntas más. Tuve que estar durante un buen rato tolerando todos esos odiosos detalles, pruebas y procedimientos. Al final, esa noche pasaron tres cosas importantes. Primero, me enteré de que María Fernanda valoraba más el juramento de Hipócrates que la huelga, lo cual le había traído muchos problemas con sus colegas. Segundo, que aunque estés anestesiado puedes sentir la aguja entrar y salir de tu labio cuando te lo cosen. Tercero, que puedes gastarte más de un mes de ganancias económicas en medicamentos. La doctora me dijo que no tenía que preocuparme por mis costillas, no estaban rotas, sólo tardarían en sanar unos quince días y uno de los medicamentos ayudaría mucho. Otros tantos reducirían el dolor del labio y de la pierna. Otros me ayudarían con el moretón amarillento de mi muslo. Me pidió que fuera usando esa pierna poco a poco, dependiendo cómo me sentía y qué tanto me dolía al ponerla sobre el piso. Mientras tanto, me recomendó usar un bastón de apoyo.

Antes de llegar a casa pasamos por la farmacia y obtuvimos la larga lista de la receta, que más bien parecía un tratado. Yo me quedé en el carro y a Gloria la atendió un empleado a través de una rendija en la puerta de cristal. Los negocios en mi ciudad que estaban abiertos veinticuatro horas, como las farmacias, trataban a todos sus clientes como asaltantes. Unas horas antes eso me parecía una exageración, pero aprendí de la peor forma que los titulares de los periódicos sensacionalistas no mentían, las calles del país estaban atascadas de asaltantes, asesinos y violadores. Ese empleado tenía claro que era mucho mejor ser majadero que ser el cadáver en la foto de la crónica del asalto a la farmacia.

Pasé mala noche, a pesar de que me llené de medicamentos antes de dormir. El cuerpo me dolía de arriba a abajo y no había posición en la que alguna punzada no me obligara a moverme. Al día siguiente, Gloria me llevó a la cama el desayuno y otro montón de medicamentos. Unos eran cada ocho horas, otros eran cada seis horas, uno de ellos una vez al día. Me explicó que llamó al trabajo para avisar que no podría asistir, así podría quedarse conmigo el resto del día.

Cuando le agradecí, me di cuenta de que mis labios ya no me dolían tanto. Entonces pude contarle todo lo que había sucedido. Ella asintió con algunos detalles, pues la ausencia de nuestras cosas le dio una buena pista de por dónde iría mi narración. Ya que terminé, negó con la cabeza y me robó un pedazo de huevo del plato. Nos quedamos en silencio un instante y luego volvió a hablar. Me tendría que dejar solo un rato para conseguirme un bastón en alguna tienda de aparatos ortopédicos.

—No vayas, ya tengo un bastón. Me lo regaló mi papá cuando tenía diecisiete años. Está en el desván.

—¿Y eso?

—Ya sabes, mi papá…

Ella asintió apenas, sabía que la relación con mi padre no había sido la mejor del mundo. Desapareció unos minutos y regresó con el bastón, gris por la capa de polvo que lo cubría. Corrió a la cocina, humedeció un trapo y lo recorrió por todo el cuerpo de madera. Lo miró durante varios segundos.

—Está súper bonito. Y está durísimo, puedes reventarle la cabeza a alguien con esto.

—Me lo trajo de Inglaterra. Me contó que cortan la rama del castaño y la meten en un molde con esa forma. Ya que la rama se seca, rompen el molde y barnizan el bastón. Es de una sola pieza.

—Se te ilumina la cara cuando hablas de él, no entiendo por qué lo dejaste mil años tumbado.

Intenté borrar de mi rostro el cariño que le tenía a ese objeto. La conversación terminó ahí y ya no dije nada, pero ese palo de castaño endurecido fue el último regalo que recibí de mi padre. Luego de que volvió de Inglaterra entré a estudiar psicología y lo consideró un escupitajo en la cara. De no haber estado él en Europa, habría tenido que hacer examen de admisión en la facultad de administración, la carrera qué el consideraba óptima para tomar las riendas del negocio. Nunca más volvimos a hablar si no era con gritos, quejas y reclamos. Alguien que le había dado la espalda de esa forma no merecía más regalos ni más muestras de cariño. Y así fue hasta que se murió.

—A ver, vamos a probar —me dijo Gloria y me ayudó a levantarme.

Tomé el bastón y logré dar varios pasos, pero la punta metálica se resbalaba bajo mi peso.

—Necesita una goma —dije—. Las venden en todos lados, no hay pierde.

—¿Ves? De todos modos te voy a tener que dejar solo un rato, ¿está bien? Voy por la goma y regreso. ¿Me lo puedo llevar? No quisiera errar con el tamaño.

Asentí. Ella me dio un beso en los labios con muchísimo cuidado y salió de la casa a paso rápido. Un minuto después regresó, se le habían olvidado las llaves del carro. Las tomó de la ménsula de la entrada y me hizo un gesto de "sí, sí, ya sé" que me inspiró a pararme e ir a abrazarla, pero no podía, sólo le sonreí y negué con la cabeza.

Apenas había pasado un minuto desde su ausencia y ya la soledad me estaba cayendo encima como una loza. Los desgraciados me habían dejado sin televisión y todos mis libros estaban en mi consultorio. Los libros de Gloria estaban en su departamento, excepto aquel de las cruzadas del norte que en este momento parecía buena idea, pero estaba muy lejos de mi alcance.

No había nada que hacer más que pensar. No me gustaba pensar, no me gustaba quedarme solo conmigo mismo. Por eso me la pasaba metido en los libros, la computadora o la televisión. Pero en este momento no tenía ni libros, ni computadora, ni televisión. Esos objetos me alejaban de escuchar mis propios pensamientos, esos que sólo me llevaban a lugares funestos, a sitios oscuros. Memorias de rencor, de odio, recuerdos de todos aquellos que me habían lastimado en el pasado, fantasías de cómo podía vengarme de ellos con acción o con palabra. Al final, cuando se terminaban las historias que me contaba en la cabeza, siempre me encontraba con lo mismo.

Sólo quería dejar de estar tan triste todo el tiempo.

Capítulo VIII

UNA SEMANA DESPUÉS, CUANDO EL dolor amainó y me sentí con más ganas de salir, Gloria me acompañó a denunciar el robo. Fuimos a la oficina de policía que estaba sobre la avenida, la que nos correspondía. Si me hubieran asaltado a veinte kilómetros de ahí, de todas formas habría tenido que presentar la acusación en la oficina que me correspondía según la dirección que se mostraba en mi cédula de identificación.

La oficina estaba abarrotada. Tres policías malencarados atendían de forma desorganizada a demasiada gente. Aunque algunos quejosos estaban sentados con las caras más largas del universo, la mayoría intentaban hacerse de la atención de los policías con gritos y manoteos. Lo esperable era la impotencia, pero en realidad Gloria y yo miramos la escena durante segundos con incredulidad. Puedes leer mil veces en las noticias sobre la ineficacia del sistema de seguridad nacional, pero cuadros como ese le daban a las palabras en los diarios una representación teatral que rayaba en la farsa. Yo quería darme la media vuelta y salir de ahí lo más rápido posible. De hecho, fue Gloria quien me convenció, porque yo no tenía la menor intención de denunciar. ¿Qué iba a decir? "No recuerdo sus caras, pero uno de ellos tenía una chamarra café imitación piel y a otro de ellos lo llamaban 'El Quebrantahuesos'". Podía describir la camioneta azul marino, pero no alcancé a ver los números en la placa. Nadie los vio, de hecho, Gloria estuvo preguntándole a los vecinos y ninguno se había enterado del robo… claro, porque una camioneta azul oscuro seguramente era la de un servicio de mudanza nocturna. Ya quería ver la cara de los policías cuando acusara a un montón de hombres sin cara y una camioneta como había cientos por toda la ciudad. Con todo el trabajo que tenían y yo venía a acusar a un trío de fantasmas.

—Por la calle de tu casa no pasa un solo carro patrulla. Todo lo que queremos es que aumente la seguridad, nada más.

La verdad es que en mi país los criminales no encuentran castigo. Mi consultorio se llenaba semana a semana con la ira o el dolor de pacientes impotentes que me hablaban de familiares en cama por las golpizas propinadas después de un asalto; chicas que llegaban a terapia para superar el sinfín de problemas generados en su cuerpo y en su mente por una violación a plena luz del día; o lágrimas de aquellos que habían perdido todo su dinero cuando iban camino al banco a realizar un depósito. Eso sin contar a todos los que llegaban a trabajar el duelo de un hermano asesinado, un esposo encarcelado injustamente o un amigo inocente abatido a tiros mientras dos grupos de criminales disparaban ráfagas en las callejuelas oscuras de la capital. Siempre escuché estas historias sabiendo que era imposible entenderlas del todo, pero haciendo un gran esfuerzo por acercarme a ello, por abrazar esos sentimientos de impotencia, de frustración, de dolor y de ira.

Gloria y yo nos sentamos en dos sillas que se desocuparon luego de que tres o cuatro personas salieran de ahí frustrados y sin respuestas. Igual que en la clínica, no había en qué entretener la mente y los conflictos de todos aquellos que lloraban, gritaban e insultaban dejaron de ser interesantes en cinco minutos. Me acerqué al grupo de quejosos que abrumaba a los policías e intenté abrirme espacio. Algunos se hicieron a un lado cuando me vieron caminar con bastón, pero a los demás les importó poco, no abrieron ese muro de cuerpos que exigía atención.

Una mujer policía salió de la nada y se acercó a mí.

—Buenos días, ¿en qué puedo servirlo?

Yo me quedé impactado. ¿Por qué yo? ¿Por qué no todos aquellos que habían llegado mucho antes de mí?

—Perdón, no sé cómo funciona esto, nunca he…

—¿Va a hacer una denuncia?

—No. Robaron mi casa, quisiera pedir si pueden mejorar la seguridad en mi calle. Nunca hay patrullas. Una sola habría evitado el robo.

—¿Sus heridas se deben al asalto? —preguntó mirando la cicatriz en mi labio y yo asentí.

Una mujer se separó del grupo de quejosos.

—¿Por qué él? —preguntó mostrando los dientes—. ¡Yo estoy aquí desde las ocho y media!

Sus palabras llamaron la atención de otros tantos que abordaron a la mujer policía como si estuviera regalando caramelos. Ella intentó detenerlos, explicarles que yo traía un bastón y que estaba lastimado. Entonces varios hombres se arremangaron las camisas o estiraron el cuello de sus playeras para mostrar moretones, cicatrices o heridas que se veían recientes. La mujer que interrumpió nuestra conversación hablaba con los puños apretados y los ojos inyectados. En sólo unos segundos, terminé sentado junto a Gloria otra vez.

—Ya vámonos —pedí casi como un ruego.

Ella miró la escena durante varios segundos. Todos aquellos que habían rodeado a la mujer policía gritaban al mismo tiempo y en sus ojos podía verse que querían matarla, como si ella hubiera sido la causante de sus padecimientos. En realidad querían desahogar su rencor contra alguien. La mente no discrimina entre los culpables y los inocentes cuando el dolor ha superado todos los umbrales.

Finalmente Gloria asintió. Salimos de ahí y terminamos desayunando en un restaurante de esos en donde los jugos de naranja son frescos, las porciones grandes y los meseros veloces. A mi alrededor todos masticaban con sonrisas y pláticas que parecían agradables, al menos a la distancia. ¿Por qué todos estaban tan contentos?

¿No vivíamos en el mismo país? A cualquiera de los que estaba ahí podían matarlo con un pie fuera del restaurante. Todo se vale en una ciudad donde el crimen no recibe castigo. Cuando el presidente sólo habla en televisión de cómo las cosas van mejor cuando que, en realidad, van peor, entonces podemos estar seguros que vivimos en un país de supuestos, de simulaciones, en donde la palabra pretende moldear la verdad. Pero las palabras nunca han moldeado la verdad. Por más hermosas que sean, por más que nos digan lo que nos gusta escuchar, la realidad golpea en la cara con la fuerza de un bate de beisbol.

Me sentí molesto de golpe. No... no molesto. Asqueado. Esas personas llenas de sonrisas y de diversión me daban un profundo asco. Tenía ganas de levantarme y vaciarles sus jugos de naranja en la cabeza. Quería acabar de golpe con su diversión y con su felicidad. Quería dejar de verlos, quería correr a casa y encerrarme para dejar de ver las sonrisas, dejar de escuchar las risotadas de gente con la boca llena. Jugos de naranja, huevos fritos... ¿qué de todo eso los hacía tan felices?

Gloria se dio cuenta de mi malestar.

—¿Estás bien?

—Sí —mentí—. Nada más... qué diferente esto a la estación.

—O la clínica.

—O la clínica.

—Hoy estás aquí, mañana estás en la clínica, pasado mañana en la policía. No hay que tomar por sentado el presente. Amor —levantó su vaso de jugo—, lo que te pasó fue horrible, pero estás aquí. Otros no la cuentan. Brindemos por eso.

Llegó la comida. Yo había pedido huevos fritos y, como siempre, me comí primero la yema y dejé la clara para el final. En la misma charola donde venía nuestra comida vi unos huevos pochados y, de forma automática, desvié la mirada. Odiaba ese platillo por culpa del vinagre. Cuando era niño mi madre me daba una cucharada de vinagre todas las mañanas. Decía que era para controlar los niveles de azúcar y detener las enfermedades. El aroma me hacía arquear y, por culpa del sabor, vomité más de una vez.

Gloria me distrajo cuando levantó su vaso de jugo a forma de brindis. También levanté mi vaso y lo choqué con el de ella.

—Salud —dije. Y mientras ella bebía, sonriente, me quedé pensando en lo mucho que la amaba, pero lo poco que entendía las cosas. Sí, lo que me pasó fue horrible y sí, yo seguía aquí. Pero, ¿estar vivo como yo lo estaba podía considerarse estar vivo? Triste, con una ansiedad que no me dejaba dormir, nervioso todo el tiempo, con pesadillas, mirando un mundo lleno de injusticias. Toda esa gente pidiendo auxilio de una policía desinteresada y sin recursos. Ellos no saldrían de ahí para tomar jugos de naranja en vasos grandes, volverían a una casa cayéndose a pedazos a seguir adelante, teniéndose que tragar el rencor y la furia sembrados por la impotencia. Y yo no podía hacer nada, ni siquiera podría darles un poco de solaz con la escucha y con las palabras de mi profesión.

—Amor —Gloria me arrancó de mis pensamientos—, ¿quieres pasar a ver las televisiones cuando terminemos?

—Sí —dije casi sin pensarlo—. También me gustaría pasar a la librería.

Ella asintió y yo me sentí culpable. ¿Cómo me atrevía a sentirme medio muerto si tenía el dinero suficiente para comprar una televisión igual a la que me fue robada si se me pegaba la gana? Yo tenía la empresa de mi padre y a Enrique Villegas manejándola en mi nombre. Esos ladrones pudieron vaciarme la casa y yo de todos modos tenía los medios para amueblarla desde cero dos días después.

¡Era un hipócrita!

Todos los días en mi consultorio convencía a mis pacientes de la importancia de lo que sentían, de que la terapia no funcionaría al menos que aceptaran sus sentimientos y emociones de forma abierta. Muchos creían que iba a juzgarlos, que aquello que los tenía tristes no era "suficiente" para hacerlos llorar, ¡como si existiera cosa semejante! Aunque mi primer paciente del día hubiera perdido a su padre en un accidente y mi segundo paciente llorara por la muerte de uno de los setenta peces en su pecera, mi trabajo era escuchar el dolor de ambos y no subestimar ninguno. Cada uno vive el dolor de manera diferente. Yo no podía entender siquiera lo que esa mujer furiosa frente al escritorio de la policía podía estar sufriendo, los cientos de formas en que esa injusticia la lastimaba hasta el tuétano. Pero sí sabía que yo estaba profundamente deprimido, a pesar de mi dinero, a pesar de la empresa de mi padre, a pesar de mi jugo de naranja y las rebanadas de pan tostado que no dejaban de llegar.

Luché contra mi padre toda mi vida adulta para poder tener ese consultorio y el juez maldito me lo había arrebatado de las manos. Ese juez, esa bruja de Iliana Acres, el maldito de Campos y su abogado del infierno.

¿Por qué tenía que sentirme culpable hasta de estar triste?

La culpa nunca abandonaba mi corazón. Maldito sentimiento inútil. Sí, algunos colegas del pasado habían intentado darle un lugar en la existencia humana, como un mecanismo de defensa que nos ayuda a sobrevivir, a luchar contra un peligro visible o invisible. ¿Para qué servía la culpa? Para nada. La culpa nos consume y nos oprime hasta que corremos a pedirle perdón a quien sea. A veces ni siquiera tenemos a quién pedirle perdón. ¿Con quién me disculpaba por tener dinero y la capacidad de recuperar la televisión perdida? ¿Con la mujer furiosa? En el mejor de los casos ni siquiera me escucharía, en el peor me mandaría a la mierda. Aunque me disculpara, aunque le diera la mitad de mi fortuna para sentirme mejor, la culpa no se iría. Porque en realidad no le hice a ella absolutamente nada. No le quité nada. Darle la mitad de mi dinero a ella era no dársela a todos los otros que estaban ahí sufriendo con la misma fuerza. ¿Por qué a ella sí y a ellos no? Porque a ella la recordaba, porque ella se quedó tatuada en mi mente, porque ella fue la primera en interrumpir a aquella policía que me había atendido por verme con bastón… o por verme bien vestido, yo me inclino más por la segunda. En un país en donde cualquier proceso se simplifica con dinero, no dudo que esa oficial de policía me hubiera sacado un par de billetes grandes a cambio de poner una patrulla a ir y venir por la calle de mi casa sin que mediara proceso administrativo alguno.

Me sentía culpable de todos modos. Me sentía culpable de estar triste, de no poder superar el dolor, la traición y la injusticia. Con todo el dinero que tenía encima, con la televisión que estaba a punto de comprarme, lo mío debía ser una sonrisa. ¿O no? Callarme la boca con mis malestares sencillos, ponerme una máscara y sonreír. "Sonríe", diría mi madre, "porque eres muy afortunado y tienes muchas cosas que otros ya quisieran". ¡Ya lo sé, ya lo sé! Nací privilegiado, tenía que mirar mi privilegio de frente, cualquier dolor o tristeza desaparece sobre una cama grande, supongo. O eso fue lo que me enseñaron. Me enseñaron a ponerme máscaras. ¿Mi madre me quería sonriente? A sonreír día y noche. Mi padre no me hablaba, se pasaba de largo, hacía comentarios en voz alta que me agredían. Entonces la sangre me hervía por dentro, pero me peleaba con él mucho menos de lo que mi corazón lo exigía. Sonreía y hacía como que no me afectaba, como que no me lastimaba, como que perder a mi padre no me partía en pedazos.

Porque me encantaban las máscaras.

Yo era el que siempre estaba de buen humor, el que hacía reír a los demás, el que contagiaba su alegría. Malditos los humanos, amantes de rostros que no están conectados a un corazón honesto. Desde las bromas que salían de mi boca para acallar un alarido hasta los discursos políticos que buscaban ocultar una realidad obvia, la verdad termina enterrada por diamantina y azúcar. Cerremos los ojos, abramos las orejas e ignoremos el afecto. El afecto estorba. El afecto molesta. "Miren a Gregorio", decían los amigos de mis padres cuando yo era niño, "tan gracioso". Mi madre se levantaba el cuello con orgullo de lo que yo parecía por fuera, pero nunca le interesó lo que traía por dentro. Demasiado complicado. Mejor es barrer ese tipo de cosas horribles bajo la alfombra.

Unas horas después estaba de vuelta en casa, con una televisión nueva y una laptop que traía instalado Windows 98, la nueva propuesta de Microsoft. No usaba mucho la computadora, así que no le encontré mucho sentido a comprarla, pero Gloria insistió y bueno, ahí estaba, en una esquina de la sala sin salir de su caja.

Gloria se tuvo que ir al trabajo y yo me quedé viendo la televisión todo el día. Me di cuenta que hacía mucho no me quedaba viendo la maldita cosa por más de una hora. La programación era una pesadilla. Cientos de canales y nada que ver. Me levanté del sillón y caminé hacia la cocina. Abrí el refrigerador. No tenía hambre, pero quería comer para matar el tiempo. Me hice un sándwich de jamón con mayonesa y una leche con chocolate y regresé al sillón. Abrí uno de los libros que había comprado, pero no tenía ganas de leer. Me levanté de nuevo y caminé con el bastón por el pasillo que llevaba hacia el armario con cachuchas. Frente a él, me miré al espejo. Estaba demacrado. Odiaba mi imagen, odiaba ese rostro que me miraba de vuelta, con profundas ojeras oscuras y una barba de varios días que se extendía por mi cuello. Pensé en rasurarme, pero sólo mirar las escaleras me llevó a hundirme de nuevo en el sillón.

El reloj avanzaba con lentitud.

Encendí de nuevo el televisor. Más de lo mismo: series de humor superficial y ridículo, programas de concursos, políticos detrás de podios prometiendo lo imposible y la huelga de médicos, que se extendía más y más por todo el país, con clínicas y hospitales que cerraban aquí y allá cuando los quejosos inspiraban a los que se habían mantenido en pie. Los muertos aumentaban y el gobierno aseguraba que no podía garantizar lo que se le exigía. Los hospitales privados aumentaron sus costos, a pesar de que muchos de sus médicos se unieron a sus colegas portando tapabocas rojos y negros frente a los portones de sus hospitales.

Pensé en salir a caminar, pero no quería, ¿a dónde llegaría como un abuelo embastonado? Menos después de lo que me sucedió luego de haber tenido esa brillante idea en el pasado. Me vino a la mente aquella mujer de la oficina policial, pensé en qué pudo haber sufrido…

¡Para! ¡Cállate! ¿Por qué seguía por ese camino? Yo fui golpeado, fui robado, fui amenazado de muerte y estaba vivo sólo por haberme humillado, por haberme quedado calladito y sin defenderme, como siempre. No sé qué le había sucedido a esa mujer, pero mi mente insistía en reducir mi dolor por pensar en el suyo. Maldita mujer de mierda.

Blandí mi bastón contra uno de los cojines de la sala y me sentí tan satisfecho que lo seguí haciendo, como si fuera esa mujer que no me permitía aceptar mi propio dolor. Abaniqué mi bastón con todas mis fuerzas una y otra vez contra el poliéster ocre del sillón y en mi mente golpeaba a esa mujer por no permitirme tener una patrulla en mi calle. Estaba tan cerca de ello… estaba tan cerca de lograrlo y ella me interrumpió, ella se sintió con el derecho de quedarse con la atención que era mía. La policía se acercó a mí, me preguntó a mí qué necesitaba y ella… esa maldita me…

Perdí el balance y caí de lado al piso. Un dolor agudo subió por mi pierna hasta hacerme gritar. Me golpeé en el centro de la espalda con la punta de la mesa de centro y solté otro alarido. Castigar al cojín me había dejado sin el sostén necesario y pagué el precio. Me quedé sobre la alfombra unos minutos con las manos apretando el muslo como si ello lograra algo. Cuando pude ponerme de pie, miré la mesa de centro y la madera se burló de mí, de lo profundamente inútil que era. Todo por culpa de esos asaltantes.

No, la culpa era de Campos, de Rodríguez, de Sandra, la doctora enfermera.

Me senté en el sofá al que había intentado castigar. Todavía me punzaba la espalda, pero el dolor disminuía. El sonido de la televisión me estorbaba, pero el control estaba en el brazo del sillón, muy lejos. Todo había iniciado con Campos. Esa visita a las costas del sur había destruido mi vida. Habían…

¿Realmente fue su culpa?

Sí. Lo era. Antes de Campos tenía un consultorio lleno y pacientes atentos que me veían como una inspiración, como un padre que los escuchaba, que valoraba sus opiniones, que conocía sus miedos y sus intereses, que estimaba sus esfuerzos. Muchos de esos pacientes me buscaban fuera de las sesiones para hablarme de sus padres, de cómo encontraban en mí la atención que sus padres no me brindaban.

No les brindaban, quise decir.

Campos quería robarme eso.

Mi consultorio estaba en espera de lo que tuviera que decir Iliana Acres. Si no fuera por Campos y su abogado de mierda no tendría razón para temer por mi profesión. Acres tenía el poder que le dio ese juez injusto y desgraciado. Fue Campos… si no me hubiera metido en esas piscinas infernales no estaría a un paso de perder mi consultorio. Si no…

Si no lo hubiera acusado y me hubiera quedado callado…

¡No! No era así. La injusticia se acusa. El mal se castiga a través de los procesos judiciales pertinentes.

El mal se castiga.

En ese momento sonó el teléfono. Con algo de esfuerzo y dolor me puse de pie y caminé hasta el aparato.

—¿Sí?

—¿Me podría comunicar con el señor Gregorio Sankiesh, por favor? —la voz de Iliana Acres me taladró los oídos y el corazón se me fue a la garganta en un segundo.

—Él habla.

—Señor Sankiesh, ¿recuerda que nos vimos hace unos días? Le dije que lo volvería a llamar si tenía alguna noticia.

Quería decirle: "¿cómo no te voy a recordar, estúpida? Mi futuro apenas se sostiene de tus tres años de experiencia". Pero en lugar de eso fui sensato y prudente, le dije que claro que la recordaba, que me llamaba mucho antes de lo esperado y que en qué podía servirle. Entonces me dijo que por falta de trabajo estaba sacando los pendientes más rápido. También que el hospital estaba cerrado y que estaba trabajando desde casa, al parecer se negaba a unirse a la huelga del personal médico, pero no explicó el porqué. Le pregunté si quería verme en su casa y se negó al instante, como si fuera yo un asaltante o algo así. Quedamos de vernos en un café.

—Tuve un percance, Iliana —le expliqué—. Asaltaron mi casa la semana pasada.

Ella me interrumpió para preguntarme si estaba bien y yo relaté de manera somera todo lo acontecido. Le pedí que por favor me tuviera paciencia, pues no podía moverme con facilidad y le tendría que pedir a mi novia el favor de llevarme hasta la cafetería que propuso como lugar de encuentro. Se quedó en silencio unos segundos, como debatiéndose entre darme gusto o mantenerse firme. Finalmente dijo:

—Está bien. ¿Cómo a qué hora podría moverse hacia acá?

Aunque no tenía necesidad de dar explicaciones, mi cerebro de mierda me obligó a contarle del trabajo de Gloria, de su horario y del hecho que vivíamos juntos. Ella dijo varios "ajás" mientras yo hablaba, como pidiéndome que me apurara y que le diera mucha menos información, seguramente tenía prisa para poder atender a Juan Pablo II. Al momento que terminé me sentí profundamente culpable por soltar tanta información y, al mismo tiempo, furioso. Esa mujer era una malagradecida, yo compartiéndole mi vida y ella sintiendo que le estaba quitando tiempo. Finalmente nos pusimos de acuerdo en un horario ya entrada la noche. Al parecer era más tarde de lo que ella esperaba pero, por la gravedad de la información que iba a darme, para mí era mucho más temprano de lo que me habría gustado.

Cuando Gloria llegó a casa le pregunté si podía llevarme con Iliana Acres. Me dijo que no había problema y luego me preguntó sobre mi día. No le conté de mi desencuentro con el cojín o con la mesa, sólo le relaté en dos segundos lo aburrido que puede ser estar toda una tarde frente a un televisor con programación de esa que te mata las neuronas a pesar de tus mejores esfuerzos.

Cuando llegué a la cafetería, Iliana Acres ya estaba sentada en una mesa muy cerca de la puerta. Con mi bastón caminé hasta ella y me senté. Gloria se quedó en el estacionamiento. Me dijo que se pondría a leer en lo que yo terminaba.

—Señor Sankiesh, buenas noches.

—Buenas noches, Iliana —dije en lo que me sentaba con un poco de trabajo y ponía mi bastón a un lado.

—Pedí esta mesa por estar cerca de la puerta—aseguró y yo forcé una sonrisa.

Iliana levantó del piso un portafolios barato y sacó un par de folders y una pluma. Cuando separó los documentos, un tapabocas de tela color negro resbaló por la mesa.

—¿Va a unirse a la protesta? —dije, señalando el tapabocas.

Iliana miró de reojo el pedazo de tela y luego presionó el botón del bolígrafo. Después del *clic*, comenzó a garabatear un poco sobre uno de los documentos.

—Señor Sankiesh, quería hablar de esto con usted antes de que envíe mi resolución al juzgado. Revisé todo el caso de nuevo, incluso hice algunas llamadas.

Hizo un silencio como para que yo dijera algo, pero no encontré qué decir. ¿Llamadas? ¿A quién?

—En su declaración mencionó a un hombre que lo rescató y lo llevó a un hotel de la carretera. Le dejó dinero y ropa para cambiarse. El abogado del doctor Campos no mencionó el asunto, pero yo llamé a ese hotel y el dueño me dijo que usted entró por propio pie.

¿Qué? Claro, entré desnudo y luego me compré yo mismo un pants y me lo dejé a un lado con mi propio dinero sacado del aire.

—Iliana, eso no tiene sentido.

—Es justamente lo que quería decirle, señor Sankiesh. Mi reporte al juzgado no va a ser favorable. Considero que usted no está en condiciones de regresar a su consultorio. No puedo ni voy a pronunciarme sobre su estado mental y obviamente no tengo la información para establecer un diagnóstico clínico, pero me parece que debería buscar ayuda profesional pronto.

—Iliana, estuve en análisis con…

—Sal Abramson. Dice que no lo ha visto desde que dejó su análisis hace…

—¿Cómo que no me ha visto? —interrumpí enfuriado—. ¡Pero estuve en su consultorio por una sesión de emergencia! Sí, sí, dejé el tratamiento con él, pero luego de que Campos me tuviera encerrado hablé con él. Llámelo de nuevo. Llámelo frente a mí, no puede, no puede…

Entonces me quedé en silencio. Intenté encontrarme con los ojos de Iliana, pero ella no levantaba la mirada de sus papeles, en los que hacía notas y notas. Finalmente asentó su firma en la parte baja de la portada de uno de los folders.

—Señor Sankiesh —levantó la cabeza, pero no me miró a los ojos—. Si quiere yo puedo recomendarle a un par de psiquiatras que no están metidos en la huelga y pueden atenderlo.

—¡¿Psiquiatras?!

—Tranquilícese. Usted sabe que el apoyo farmacológico en ocasiones es necesario. Será como su bastón —me pareció ver el intento de la sombra de una sonrisa formarse en sus labios—, le ayudará a sostenerse.

Dicho esto, guardó todo en su portafolios y se puso de pie.

—Lo siento mucho, señor Sankiesh. Por favor, busque ayuda.

Sin decir más, salió de la cafetería a paso veloz. Me quedé unos segundos ahí, sin tener muy claro qué había pasado. El dueño del hotel había mentido. Abramson había mentido. ¿Pero por qué? ¿Qué demonios estaba pasando? Primero el juicio, con todos esos mentirosos hablando en favor de Campos y su terapia reflexiva. ¿Pero el dueño del hotel qué? ¿Abramson qué? ¿Por qué ellos habían mentido también?

El brazo de Campos era demasiado largo si había logrado que el dueño del hotel y mi psicoanalista de tantos años mintieran en su nombre. El dueño del hotel no me generaba ningún problema, no me parecía grave, seguramente le soltaron unos fajos de billetes para que se callara la boca y los centros de terapia reflexiva pudieran seguir funcionando. ¿Pero Sal? Me parecía inaudito.

Me puse de pie y hasta entonces me percaté de la presencia del tapabocas negro. Lo tomé y me lo guardé en la bolsa. No sé por qué, no sé qué me llevó a ello. Bueno, en realidad sí, pero ya llegaré a ello. Luego, tomé mi bastón y llegué hasta el estacionamiento. Gloria me abrió la puerta desde adentro y me preguntó cómo me había ido. Quería agarrar el automóvil a golpes, quería llorar, quería salir corriendo. ¡No era justo! Ella se dio cuenta de la bomba atómica que estaba intentando reprimir dentro de mi pecho y me abrazó. En ese momento su abrazo no me sirvió de nada, me quedó flojo. No quería que me abrazara, no quería su comprensión. Quería dejar ese maldito bastón en el carro y salir corriendo hacia ningún lado. Mi profesión estaba acabada y la maldita le reportaría al juzgado que estaba enfermo y que necesitaba de medicamentos psiquiátricos para poder "sostenerme".

—¿Puedo pedirte un favor?

Ella asintió.

—¿Puedes llevarme al consultorio de Sal?

Gloria asintió, encendió el automóvil y, con la mirada, me pidió instrucciones.

Llegamos a la casa de Sal Abramson media hora después. La luz de la ventana de su consultorio estaba encendida. Le pedí a Gloria que me esperara afuera y, caminando con mi bastón, llegué a la escalinata de esa maldita mansión de tres pisos. ¿Cómo pudo Campos comprarlo? ¿Qué le pudo ofrecer para que mintiera nada más porque sí? Pensé que, durante años, había sido su paciente favorito. ¿Me quiso fastidiar sólo por abandonar el análisis? No podía ser, no podía ser tan narcisista. ¿O sí?

Cuando iba a mis sesiones tocaba el timbre sólo dos veces, así lo había pedido él dentro del contrato terapéutico. Dos veces. No tres, no una, dos. Pero en esa ocasión presioné el timbre tanto como sentí necesario. Casi me pegué a la maldita cosa. Construí el momento para que el tipo reaccionara como un ser humano. Yo pegado a su timbre, él abriendo sin esperarme, seguramente dejando a un paciente tumbado en el diván mientras salía a ver qué pasaba. El tipo era inteligente, para entonces sabría que lo había atrapado en su traición, que venía a cuestionarlo.

Pero no. Abrió y, al verme, su rostro se mantuvo como si nada, como si fuera una maldita fotografía, la maldita cara de póker de siempre.

—Gregorio… ¿qué necesitas?

—Tenemos que hablar.

Sal miró su reloj de pulsera y negó con la cabeza.

—No tenemos cita y estoy ocupado. Llámame y nos ponemos de acuerdo, el teléfono sigue siendo el mismo.

Entró a la casa y puse el pie para evitar que cerrara la puerta.

—Gregorio, estoy en sesión. Por favor, no quiero verme en la obligación de llamar a la policía.

—¿Te llamó una tal Iliana Acres?

—Sí, sobre el reporte al juzgado.

—Le dijiste que hacía años que no nos habíamos visto. ¿Por qué? ¿Por qué no le dijiste que nos vimos hace apenas unas semanas?

—Gregorio, por favor quita el pie. Necesito regresar a la sesión. Si quieres que hablemos, llámame y te puedo abrir un espacio.

Quité el pie y Abramson cerró la puerta. Me quedé ahí parado frente a su umbral, impotente. Quería reventar el cristal de su elegante puerta en mil pedazos, obligarlo a que corriera a su paciente, que me diera su espacio. Pero no hice nada de eso, en su lugar apliqué la misma estrategia de siempre: lo dejé ser, le di preferencia a sus necesidades. Me callé, me tragué toda mi ira, toda mi angustia y toda mi tristeza. Haría las cosas como él quería. Al día siguiente lo llamaría y le pediría una sesión. Como paciente obediente llegaría a tiempo y jugaría según sus reglas sólo para ver si tenía la suerte de que me explicara el porqué de su comportamiento. Sin que me preguntara cómo me sentía, sin que me hiciera interpretaciones que no estaba pidiendo. Una sola pregunta por la que de todos modos le pagaría la sesión completa:

¿Por qué le mentiste a un remedo de psicóloga para fastidiarme?

Regresé al automóvil. De nuevo Gloria me ayudó a sentarme. Me conocía lo suficiente para no hablar del tema. Sólo me recordó que, si ya me sentía mejor, teníamos que ir a sacar de nuevo mis credenciales. Los ladrones se habían llevado mi cédula de identificación social, mi licencia de conducir y cédula profesional… esa última ya no serviría de mucho. No sólo me habían golpeado y robado, también me garantizaron horas de espera en oficinas de burocracia gubernamental.

El camino a casa se puede resumir en cuarenta minutos de silencio absoluto en el que la ira y el llanto se arremolinaban en mi garganta. El llanto de tristeza es terrible, pero no tanto como el llanto de impotencia y desesperanza. Cuando llegamos a casa miré a Gloria y sonreí. ¿Porque tenía ganas? No. Porque sentí que era lo que ella quería. Porque no quería preocuparla. Porque, después de tanto silencio, era mi obligación darle algo a cambio.

Capítulo IX

GLORIA PIDIÓ PERMISO EN EL trabajo para llevarme por mis credenciales. La cédula de identificación social me tuvo en una sala de espera durante una hora, más o menos. Luego me sacaron la fotografía y me pidieron que firmara una hoja demasiadas veces. Salí de ahí con la promesa de que mi credencial estaría lista en unos veinticinco o treinta días hábiles. Guardé en la gabardina el pequeño recibo que tendría que entregar para que me dieran el documento. Si perdía ese pedazo de papel entonces el procedimiento empezaría desde el inicio. Mi fotografía, mis firmas, las tres hojas con mis datos… todo eso se esfumaba milagrosamente si perdía un maldito pedazo de papel de cinco por veinte.

Luego de eso fui por una nueva licencia de conducir. Eso fue más rápido, sólo tuve que formarme veinte minutos y sacarme una foto. El plástico estuvo listo diez minutos después. Sin pruebas, ni exámenes, en mi país basta pagar para "demostrar" que se tiene habilidad tras el volante. Nadie preguntó nada de mi bastón, ni de si mi caminar irregular me podía generar algún problema al conducir. ¿Para qué? ¿Acaso no había pagado? Ya si era culpable de un accidente de tránsito no sería responsabilidad de ellos. Al menos no me pidieron regresar en un mes. Pero si ellos podían generar un documento oficial en menos de una hora, ¿por qué los otros no?

Cuando coloqué la licencia de conducir en la cartera nueva me le quedé mirando al espacio que habría reservado para mi cédula profesional. Estaría vacío. Se quedaría vacío por… ¿cuánto tiempo? No lo sé. Iliana Acres me había pintado las cosas muy feo, pero todavía no tenía noticias "oficiales" de alguna dependencia del Estado.

Gloria me dejó en casa y se fue a su trabajo. Me di cuenta de que ya podía sostener mucho mejor la pierna. No identifiqué por qué seguía utilizando el bastón si ya no lo necesitaba. Caminé hasta el armario lleno de cachuchas y puse ahí el bastón, no quería regresarlo a aquella tumba empolvada de donde Gloria lo había rescatado. Volví al sillón junto al teléfono con paso inseguro, pero decidido. Levanté el teléfono y, nervioso, marqué el número de Sal Abramson. ¿Por qué me ponía nervioso al llamarlo? No lo sé, no puedo decirlo, pero siempre era lo mismo.

No era mi costumbre hablarle por teléfono, no lo hacía. No me gustaba "molestarlo". Y sí, pedirle una sesión que le pagaría entraba en mi definición de molestarlo.

—¿Diga?

—Buenas tardes, Sal. Soy Gregorio.

—Sí, Gregorio, dime…

—Quería ver cuándo puedes atenderme.

Sal se quedó en silencio durante varios segundos, seguramente buscando un sitio para mí en su agenda atascada.

—¿Cómo andas pasado mañana a eso de las cinco y media?

Me puse nervioso de golpe. No quería esperar tanto para verlo. Quería preguntarle si no tenía algo más pronto, pero una voz dentro de mí me recordó que si Sal me estaba ofreciendo ese espacio es porque no tenía otro.

—Está bien.

—Te veo pasado mañana a las cinco y media.

Colgó sin decir más. Me quedé sentado en el sillón y miré mi casa. Vacía. En silencio. No quería quedarme ahí en donde no había nada que hacer más que mirar la televisión asquerosa o juguetear con el CompuServe en la computadora. Me eché encima mi gabardina y salí a caminar.

No. No había una sola patrulla en mi calle.

Seguí hasta llegar a la avenida. Quise hacer lo mismo que el día que me asaltaron, como una forma de enfrentar el miedo, una especie de acercamiento sucesivo en un solo paso. Llegué a la tienda de conveniencia y saludé al encargado con una enorme sonrisa que dibujé sin tener ganas. Él no me respondió con la misma cortesía, ni siquiera levantó la mirada. Igual que el día del asalto, me llené las bolsas con roles de canela, una lata de refresco y una cajita de caramelos. Caminé a mi casa. Una parte de mí quería que la historia se repitiera, quería que me asaltaran de nuevo, enfrentarme otra vez a "El Quebrantahuesos" y sus amigos. No sé el porqué. ¿Acaso estaba mejor preparado para lidiar yo solo con la pistola, con la violencia y con esa tremenda falta de empatía? No, no lo estaba. Seguramente me volvería a doblar ante el arma. Pero, entonces, ¿por qué tenía esa necesidad imperiosa de que la historia se repitiera?

No se repitió.

Llegué a mi casa y me comí todo aquello que me había comprado, más por ansiedad que por antojo. Era temprano y no tenía absolutamente nada que hacer, así que encendí la televisión para ver qué me encontraba. La misma programación de siempre. Cambiar y cambiar canales para no llegar a nada. Mi tarde se pasó entre un programa y otro. Pensé en apagar la televisión y ponerme a leer, pero no sirvió, no tenía ganas. Apenas pasé dos páginas de un libro y lo dejé a un lado. No podía concentrarme, estaba cansado. Muy cansado. ¿Por qué? No lo sé. Pensando en ello, me quedé dormido.

Esa noche fue difícil. Como me había quedado dormido toda la tarde, mi cuerpo se negó a dormir temprano. Intenté no moverme mucho para no despertar a Gloria, así que estuve durante horas mirando al techo. El tiempo en la madrugada pasa mucho más lento. En lugar de levantarme y hacer algo de provecho, preferí seguir intentando. No quería entrar en un círculo vicioso de dormir en la tarde y quedarme despierto toda la madrugada. Ese es un ciclo del que es difícil salir.

En algún punto me quedé dormido. Si mal no recuerdo, alcancé a ver el cielo clarear antes de perderme completamente en las sombras del sueño. Cuando desperté, Gloria no estaba. Eran aproximadamente las doce y media del día. Me tallé los ojos y me levanté todavía sintiendo el peso del cansancio en mi espalda. Una pequeña voz me dijo (como llevaba diciéndome desde siempre) que no podía volver a dormirme. Ya era demasiado tarde para dormir de nuevo. ¿Y las obligaciones? La voz era necia, era cruel. No tenía obligaciones. No tenía absolutamente nada que hacer. Pero no quedaba contenta con ello. "Algo" había que hacer. Alguna forma de "aprovechar el tiempo". ¿Cuál? La voz no daba respuesta, pero siempre había algo mejor que hacer que estar descansando, aunque al cuerpo le urgiera y el cerebro lo necesitara.

Fui al baño y me eché agua en la cara, la técnica completamente inútil para despertar que aprendemos quién sabe de dónde. Aún recuerdo un congreso de psicología clínica al que había asistido unos años antes. Un ponente pasó al frente y habló por lo que parecían horas... ¿habló? No. Leyó. Leyó y leyó sin separar la vista del papel, como si el público no existiera, al mismo tiempo que el *Power Point* atascado de párrafos completos pasaba sin pena ni gloria de una diapositiva a otra. Cuando el peso de mi propia cabeza me despertó por cuarta vez, salí de ahí y caminé al baño a paso veloz para echarme agua en la cara. Regresé al auditorio y no habían pasado ni cinco minutos cuando, de nuevo, el campaneo de mi cabeza volvió a despertarme. Así de eficiente era el asunto de mojarse la cara. Pero ahí estaba yo, como un cretino, empapándome el rostro para ver si a mi cerebro se le olvidaba que necesitaba dormir.

Café. Sí. Quizá el café me ayudaría a mantenerme despierto para... ¿qué? Para nada. Para absolutamente nada. Lo que deseaba era dormir hasta las cinco, despertar y llegar a tiempo al consultorio de Sal. Pero no. Mejor no dormir y soportar el sueño para que a las diez de la noche cayera rendido, eso me ayudaría a poner el horario de nuevo en su lugar. Aunque quién sabe, el aburrimiento y el ocio cansan más que dos horas de gimnasio.

Llegué a la cocina y preparé la cafetera. Justo cuando el aromático goteo comenzó a llenar la jarra de cristal, el teléfono sonó. No tenía ganas de hablar con nadie, así que lo dejé sonar hasta que se quedó en silencio. Volví mi vista al café y, en ese momento, el maldito aparato volvió a sonar. Al parecer, la persona del otro lado de la línea no estaba dispuesta a rendirse. Caminé a la sala, me senté en el sillón y contesté. La alegre voz de Humberto Rego me saludó desde el otro lado. Siempre alegre, siempre sonriente. Yo no pude responderle con la misma cortesía, ni siquiera intenté forzarla. De hecho, su llamada me puso los pelos de punta. Pensé que él y yo ya habíamos terminado nuestra relación y que no nos volveríamos a ver jamás.

—Pues me llegó un citatorio del juzgado. Tenemos que presentarnos hoy mismo a las dos de la tarde —dijo como si fuera cualquier cosa. A mí me pareció muy extraño que el juzgado avisara con tan poca antelación y así se lo comuniqué. Luego de disculparse con una sonrisa de esas que inspiran a cualquiera a reventarle los dientes a otro ser humano, me explicó que el citatorio le había llegado días antes, pero que se había olvidado de decirme. En otras circunstancias la ira me habría invadido, pues no es normal que un profesional que cobró lo que este desgraciado me había cobrado haga tan mal su trabajo. Pero, en ese momento, sólo sentí una fuerte presión en el pecho. Miedo. La expresión física del miedo. ¿Miedo a qué? Al juzgado, al juez, a regresar a ese edificio infernal. Sabía que el reporte de Iliana no iba a beneficiarme. Sabía que mi práctica profesional recibiría sendos golpes, pero no esperaba que fuera tan pronto y, en el fondo, deseaba que nunca sucediera, que ella nunca se reportara y que el juez no hiciera nada al respecto. Una idea estúpida en extremo, idealista e infantil, lo sé, pero la esperanza es lo último que se pierde, ¿no dicen?

Acostumbrado a esconder el miedo en lo más recóndito de mi ser, fingí calma y le pedí a Humberto Rego que moviera el citatorio, pues no tenía forma de llegar al juzgado, Gloria se había llevado el carro al trabajo y todavía le faltaba rato para regresar. Respondió que era imposible, pero que no me preocupara, pues podía pasar por mí y regresarme sin problema alguno. Aunque la simple idea de compartir el vehículo con un ser tan despreciable me parecía blasfemo, no me quedaba de otra.

Me di un baño rápido, me vestí con lo primero que encontré en el armario y salí de mi casa sin rasurar. Humberto esperaba afuera, con la misma sonrisa de siempre. ¿Por qué el tipo era tan feliz? ¿Qué en su vida lo hacía sonreír tantísimo? En el camino, que se me hizo largo como si Moisés estuviera buscando la tierra prometida, Rego me explicó que el juez informaría sobre el reporte de la doctora Acres y llegaría a una conclusión sobre mi práctica profesional. ¡Vaya! Qué bueno que tenía a un abogado para informarme lo obvio y explicarme lo innecesario. Además, llamó "doctora" a Iliana Acres, ¡qué nivel de osadía!

Luego de registrarnos en el vestíbulo del juzgado, Humberto y yo llegamos a la oficina del juez. Su asistente nos hizo esperar unos diez minutos antes de abrirnos la puerta y pedirnos que pasáramos. El juez estaba detrás de un escritorio simplón, de esos que tienen una placa de cristal por encima de la madera. Tenía puestos unos anteojos de medialuna que le colgaban a la mitad de la nariz y revisaba un documento que pude reconocer como aquellos papeles que Iliana tenía consigo el día que nos vimos en la cafetería. El mismo maldito documento. Cuando nos sentamos frente a él dejó los anteojos sobre el escritorio y nos extendió la mano. Primero saludó a Humberto, un gesto que me pareció lamentable.

—Buenas tardes. Iré al grano, caballeros. He leído con atención el reporte que la doctora Acres hizo luego de encontrarse con el Señor Gregorio Sankiesh —ella era doctora, yo era el señor, así de mal está el maldito mundo—. Como bien saben, el Estado me da plena autoridad para tomar decisiones de esta índole luego de recibir el consejo de expertos en la materia.

Hizo un silencio, se puso los anteojos y revisó durante algunos segundos el documento, como si no lo hubiera visto nunca en su vida. ¿Qué le veía? Ya sabía qué iba a decirme, dominaba cada una de las palabras que seguían, ¿para qué el maldito teatro? ¿Para hacerlo oficial? ¡Estábamos en su oficina! ¿Más oficial que eso?

El juez le extendió un documento a Humberto Rego, dos páginas engrapadas, llenas de sellos y letras en mayúscula.

—Señor Sankiesh, tendrá que asistir a psicoterapia durante un año, al menos. También deberá unirse a un grupo local de autoayuda para profesionales de la salud mental con problemas personales. El psicoterapeuta y el grupo de autoayuda han sido seleccionados por este juzgado, su abogado tiene la información en sus manos. Tanto el psicoterapeuta como el grupo de autoayuda presentarán a este juzgado un reporte mensual de su trabajo. Le he exigido al Colegio de Psicoterapeutas que le revoque su cédula profesional, pero si en un año de tratamiento los expertos concluyen que usted puede regresar a la práctica clínica, entonces este juzgado girará instrucciones para que pueda ejercer de nueva cuenta. ¿Hay alguna duda?

Rego revisó el documento que tenía en las manos.

—Ninguna, señor juez —sentenció—. ¿Cuánto tiempo tiene el señor Sankiesh para empezar con ambas obligaciones?

—Ya a finales de este mes el juzgado debe recibir el primer reporte. Le pido que no lo deje para después, usted sabe las consecuencias que eso podría tener para su cliente —el juez hablaba como si yo no estuviera presente—. Esto es por el bien de todos, usted lo sabe.

Humberto Rego asintió. ¡Asintió! ¿El bien de todos? El bien de Humberto Rego, que no había movido un dedo. El bien de Jonathan Campos, que podía seguir inventándose tratamientos tan crueles como los de Rosen sin perder una noche de sueño. El bien de Rodríguez, que podría seguir abusando de las víctimas de la maldita terapia reflexiva. El bien del hijo de Campos, que seguiría violando a aquellos que no podían defenderse. ¿El bien de todos? ¡Que chiste más enfermo!

Ya en el automóvil, le pregunté a Humberto por qué no se había quejado, por qué no había dicho nada, por qué no había siquiera intentado defenderme. Negó con la cabeza y, sonriendo con esa maldita sonrisa que no se borraba de su rostro, me intentó convencer de que un año de psicoterapia no era tan terrible. "Eres psicoanalista, estás acostumbrado a estar en tratamientos interminables y éste dura sólo un año". No sólo no me había defendido, quería convencerme de que el resultado era positivo. "Ir una vez a la semana a un grupo de autoayuda tampoco está mal. Podrás desahogarte y conocer a colegas que sufren de problemas similares a los tuyos". ¡Problemas similares a los míos! ¿Por qué no simplemente se moría?

—Un favor, Humberto... ¿podrías llevarme a mi consultorio?

El desgraciado miró el reloj e hizo un gesto de "a ver si me da tiempo". Con lo que le pagué por la mierda de trabajo que hizo debía tener tiempo de ser mi chofer durante un mes completo sin chistar. Pero no, al parecer estaba ocupadísimo y sólo podría llevarme, pero luego de eso tendría que salir corriendo a su oficina. Le dije que estaba bien, que yo me regresaba a mi casa en taxi. El camino a mi consultorio fue de un silencio sepulcral. En uno de los altos del camino me hizo llegar el documento que le entregó el juez, al parecer era para mí, pero se lo había entregado a él. Decía casi lo mismo que el fulano había dicho en su oficina, como si se hubiera aprendido el guion que yo tenía entre las manos. Al final, el documento tenía los datos de contacto del psicoterapeuta y del grupo de autoayuda.

Federico Moya era el psicoterapeuta y, debajo de su nombre, orgullosamente declaraba que era un terapeuta Gestalt. ¡Un terapeuta Gestalt! Tendría que lidiar durante un año (si tenía suerte) con la pereza y las necedades de Fritz Pearls. Un año de tener que responder semana a semana qué estoy sintiendo y qué estoy haciendo. "Nada" era la respuesta. No estoy haciendo nada porque no tengo nada qué hacer. ¿Qué estoy pensando? Que mi padre debe estarse carcajeando en su tumba al verme con el consultorio cerrado. Creía que con mi inteligencia podía continuar con el negocio y llevarlo más lejos de lo que él había podido. Confiaba en que le daría continuidad a su trabajo, a su legado. Confiaba en mí. Yo preferí darle la espalda a ese camino y dedicarme a una profesión que me apasionaba, pero que el maldito de Campos me había arrebatado de las manos. Eso es lo que estaba pensando. Eso es lo que pensaría todo el año. ¿Terminaría de vuelta en el negocio de mi padre con tal de llenar mis mañanas de todo ese año de psicoterapia Gestalt? ¡No! Me negaba. Para eso estaba Enrique Villegas, que me reportaba con orgullo cada centavo y cada proceso, siempre dirigiéndose a mí como si fuera emperador del universo. No necesitaba ir a esa oficina a ver reportes insoportables que poco me apasionaban y menos entendía.

¿Pero cuál era la opción? ¿Quedarme en mi casa toda la mañana viendo televisión? Un escalofrío me recorrió la espalda de tan sólo pensarlo.

—Llegamos, Gregorio —dijo Humberto.

El Gregorio de meses atrás le habría sonreído, habría estrechado su mano y habría agradecido con una sonrisa forzada. Ya no. Fueron muchos años de eso sin dividendos. Salí del auto sin decir palabra y entré al edificio sin mirar atrás, ese edificio en donde había comprado todo un piso para convertirlo en consultorios. Rentaba seis espacios por una cantidad de risa, no me importaba el dinero, me importaba estar rodeado de colegas.

Dos minutos después estaba de pie en el centro de mi consultorio. ¿Cuál era el plan? Ya estando ahí me di cuenta de que no tenía nada que llevarme a mi casa. Libros, quizá, pero ¿para qué? No es como que necesitara seguirme actualizando en una profesión de la que tendría que despedirme durante un año o más, dependiendo ahora de los reportes del tal Federico Moya. Si le daba por escribir las mentiras y necedades que había escrito Iliana Acres, mi consultorio terminaría adornado con telarañas y costras de polvo.

Crecí esclavo de los caprichos de mi padre y ahora me encadenaban las voluntades de Campos, del juez, de Acres y de Moya. Como Hersilie Rouy, mis palabras y mis ilusiones no tenían peso cuando un montón de "profesionales" que jugaban a ser "responsables" de mi bienestar eran los dueños de mi destino.

Me di cuenta de que mis manos estaban atadas. Toda mi vida no había sido más que un peón, una marioneta. Movido por otros y tolerando con una sonrisa que esos otros me movieran. Lo importante para mí siempre fue lo que necesitaban los demás. Vivir por los otros, olvidarme de mí mismo. Y llegó un punto, más temprano que tarde, en el que mis ilusiones me miraron con rencor, me recordaron su existencia y me dejaron claro que ya era demasiado tarde.

Mis manos estaban atadas.

Ya no se trataba de darle valor a mis ilusiones. Ya no importaba, estaban aplastadas no sólo por el deseo de los demás, sino por la fuerza judicial, la fuerza de un Estado injusto que se negaba a escuchar. Ya no dependía de mí y de mi fuerza. Estaba acabado, estaba en la lona y, sobre mí, todos esos a quienes permití poner su vida por encima de la mía. ¿Cómo no iba a sentirme tan triste todo el tiempo? Podía ver, al fondo de ese pozo oscuro, todo lo que quería hacer con mi vida. Y, en la realidad del día a día, todo aquello que me prohibía ponerlo en práctica.

Me comenzó a faltar el aire. La desesperanza me invadió. Tuve que sostenerme del respaldo de mi sillón para no desvanecerme. Miré en derredor. Libros, cuadros, sillones y un diván completamente abandonado. Le di un puñetazo a un retrato de Sigmund Freud que tenía enmarcado en uno de los muros. El cristal se hizo añicos y la imagen con todo y marco se vino abajo. A mi derecha, todos los tomos de mi librero me miraban con desprecio. Metí la mano y, de un tirón, jalé todos los libros que mis manos me permitieron. Todos ellos acabaron a mis pies. Entonces di un par de pasos atrás. Descolgué una fotografía enmarcada de Jacques Lacan y la reventé contra el piso con todas mis fuerzas. Estaba a punto de ir a mi otro librero a ver qué daño podía hacer ahí cuando escuché que tocaban la puerta. Era Fernando, el colega que atendía en el consultorio de al lado.

—Gregorio, ¿todo bien? Escuché…

—Todo bien, Fernando —interrumpí intentando que no pudiera asomarse hacia el interior—. Quería quitar un cuadro y se me cayó. Perdón por el ruido.

—No, no te preocupes, no estoy en sesión, sólo que…

—Gracias —dije y le cerré la puerta.

Desde el umbral miré mi consultorio completo, con la fila de libros en el piso y dos cuadros tumbados sobre su cara. Había pedazos de cristal aquí y allá. Una parte de mi mente me pidió dejar el lugar limpio y ordenado antes de irme.

No. ¿Para qué? Eso iba a estar cerrado durante un año, al menos.

Así que apagué las luces, cerré con llave y me fui de ahí a paso veloz para que nadie más me viera. No quería más preguntas, no quería más miradas de esas que tanto odio, esas que exigen explicaciones o que quieren demostrar lástima sin convertirse en nada más.

Llegué a mi casa y Gloria ya estaba ahí. Me saludó con un abrazo que apenas pude corresponder y me dijo que estaba cocinando. Tendría que regresar al trabajo en la tarde, pero podríamos comer y estar un rato juntos. La mitad de mi mente se sintió alegre, la otra mitad quería que me dejara solo. No tenía ganas de nada y ella no se merecía verme así. No se merecía mi tristeza y mi decepción, no se merecía mi desesperanza. Así que tendría que estar sonriendo y haciendo mi mejor papel de persona normal, tranquila y con la esperanza de un mejor mañana. No se daría cuenta. Nadie nunca se daba cuenta. Lo actuaba demasiado bien. Quizá es lo que mejor me ha salido desde la adolescencia: esconder lo que estoy sintiendo. ¿Por qué? Siempre había alguien a quien le podía incomodar. Los más osados hasta me recriminaban por ello, señalaban mi tristeza como una molestia o peor, me cuestionaban por sentirla. ¿Por qué toda esa ansiedad y toda esa tristeza si he vivido una vida de privilegios? Nada, nada, a seguir adelante. Como decía mi padre: "levanta la cara y camina con la mirada hacia el frente". Nada nunca era suficiente para tenerme triste. Mis problemas para él eran poca cosa. Muy diferente a mi madre, que siempre apoyó mi dolor y me hacía sentir la persona más valiosa del mundo cuando estaba triste. Mi tristeza me ganaba su cariño. No me exigía seguir adelante, me amaba incluso cuando estaba triste. Me…

Me aplaudía estar triste.

—¿El juez te dijo lo que temías? —preguntó Gloria mientras poníamos la mesa.

Le narré todo lo sucedido. Un año sin consultorio. Un año en el que tendría que asistir con un terapeuta que el juez había elegido para mí y un grupo de apoyo para psicoterapeutas que no pueden hacer bien su trabajo, una especie de Alcohólicos Anónimos, pero para terapeutas con problemas emocionales. Me di cuenta cómo le saltaron los ojos cuando dije "que no pueden hacer bien su trabajo". Si Gloria respetaba algo era mi capacidad terapéutica y mi entrega a la profesión y a los problemas de mis pacientes.

Le expliqué que las mentiras de Jonathan Campos y las palabras de Iliana Acres me habían llevado ahí. El juez no era culpable más que de creerle a un charlatán desgraciado y su fila de esbirros alcahuetes. Iliana Acres no era malintencionada, sólo se creyó todo lo que le reportó el juzgado y consideró que podía calificar mi salud mental con un par de entrevistas y pruebas genéricas superficiales, porque así estaba la psicología de mi pobre patria, que doblaba la rodilla ante las compañías de seguros y las exigencias de tratamientos rápidos, baratos y que se emocionaban con eliminar síntomas por encima de la comprensión profunda de los problemas del alma.

—Amor… es un año. Ve con el terapeuta éste y al grupo de apoyo. Pon buena cara, di lo que quieren escuchar, asegúrate de que van a reportarle al juez lo que te conviene que le reporten y listo.

—Es un año.

—Que se irá en un abrir y cerrar de ojos. Tu vida volverá a ser la misma y podrás dejar atrás todo esto.

Entonces dibujé en mi rostro una sonrisa enorme, que era lo que ella quería. No podía hacerle entender que no era el año en donde me vería forzado a hacer un montón de cosas que no quería y de las que no podía escapar. Nadie podía ayudarme, nadie podía escucharme y los que me escuchaban no querían hacer nada. Pero era más que eso. Era la injusticia. ¿Por qué no iba Jonathan Campos a un grupo de apoyo para psicoterapeutas con dificultades para hacer bien su trabajo? ¿Por qué no cerraban el Centro de Cuidado Psicológico "Nueva Vida" durante un año? No. El procedimiento infernal del que había sido víctima seguía en pie. Peor todavía… en poco tiempo, Campos estaría ofreciendo la misma experiencia perversa en la capital. Eso era un premio. Su tratamiento estaba creciendo. ¿Por qué el malvado recibe premio? Eso era lo que Gloria no entendía. ¿Por qué yo, que llevaba años entregándole la vida completa a la profesión, tendría que cerrar durante un año y asistir a un grupo de psicoterapeutas ineficientes como si fuera uno de ellos? En cambio, ¿cuántos como Campos había en la calle, felices, recibiendo fajos de billetes por hacer terapia con ángeles, terapia con cuarzos o alguna cosa similar? ¿Cuántos sujetos no serían víctimas de la terapia reflexiva de Campos, así como lo había sido yo? Ah, pero era yo quien recibía una mancha en mi quehacer profesional, era yo quien tendría que lidiar el resto de mi vida con haber participado en un grupo de psicoterapeutas ineficientes, era yo quien tendría que agachar la cabeza frente a un discípulo de Fritz Perls. En este mundo de mierda se castiga a los que se esfuerzan mientras se permite que los desgraciados se salgan con la suya una y otra vez. Todo está construido para que los que hacen el mal siempre sean los triunfadores. Los que cortan camino, los que manipulan el sistema, los que saben mentir. Ellos siempre ganan. A veces lo hacen tan bien que nadie se da cuenta. A veces todos nos damos cuenta, pero no tenemos las herramientas para detenerlo.

A ningún malvado se le puede hacer pagar.

Capítulo X

POR FIN LLEGÓ EL DÍA de mi cita con Sal. Nada sucedió durante la mañana. Desayuné como si nada y escuché a Gloria hablarme de su trabajo sin mucho interés. No es que no me interesara lo que tuviera que decirme, es sólo que estaba demasiado preocupado. Tenía miedo de lo que Sal me fuera a decir. Tenía miedo de que se me cayera del pedestal. Era mi analista, mi brillante y precioso analista, una figura extraña que en ocasiones era un verdugo y en otras una figura paterna más amada que mi propio padre. El problema es que él no hacía absolutamente nada para ser todo eso, era yo el que le ponía todos esos disfraces, todas esas máscaras. No podía evitarlo. En el mundo del psicoanálisis se le llama "transferencia", lo que el paciente proyecta sobre su psicoanalista sin que él siquiera esté enterado. Sin embargo, este padre amado le había dicho a Iliana Acres que hacía un montón de tiempo que no nos habíamos visto. ¿Por qué? ¡Lo vi en cuanto regresé de las costas del sur! ¿Por qué la mentira? Me daba mucho miedo que su motivación fuera fastidiarme. ¿Por qué querría fastidiarme? Fui un buen paciente, siempre pagué a tiempo, llegué durante años a mis consultas justo en el horario definido. No tenía que pagar las sesiones a las que no llegaba porque nunca dejé de llegar a una. Siempre le pagaba con cambio, respetando su regla de que cobraba lo justo y no aceptaba adelantos.

—Lo que me des es el pago por la sesión —dijo en el contrato terapéutico de la primera vez. Y durante años, sin chistar, sin decir ni pio, conseguí el cambio exacto para las sesiones. En ocasiones pasaba a la tienda de la vuelta a comprar cosas que no necesitaba para que me dieran cambio. Otras veces sacaba de los cajeros electrónicos el dinero específico. Y sí, un par de veces se llevó un poco más del costo pactado. Nunca se lo conté a nadie, ni siquiera a Gloria. En mi mente me decía que no lo iban a comprender porque era una regla del encuadre psicoanalítico. Hoy que estoy recordando esto creo que era un medio de manipulación de lo más ridículo, el capricho de una persona a la que le cedí el control de mis emociones sin siquiera cuestionármelo. Él no sabía todos los dolores de cabeza que pude pasar por tener el dinero justo, por llegar a tiempo, por no cambiar mis sesiones. Nunca se lo conté. Pero sí le exigí, dentro de mi corazón, que me quisiera por ello, que me tuviera en un lugar especial. Él nunca se enteró de esa exigencia. Aunque esa es la historia de mi vida. Siempre he sido paciente, amable, cariñoso y comprensivo con los demás porque, en mi mente, ellos van a agradecerlo. ¡Engaños! ¡Embustes! A nadie le importa. La mayoría (la enorme mayoría) ni siquiera se da cuenta. Creen que así es tu personalidad, que eres "buena persona". No saben el trabajo que cuesta. Tampoco saben lo mucho que duele cuando no recibes de ellos la gratitud que esperas. Porque en la mente, en esa discusión que sucede en el cerebro, se van a dar cuenta de lo que haces por ellos y la gratitud llegará a cambio. Pero nunca llega. En parte porque la gente es malvada, egoísta y desgraciada. Pero también ha sido mi culpa, no lo saben porque nunca lo dije. Me lo callaba. Yo tenía que ser amable, tenía que ser agradable, como me lo pedía mi madre. Ser simpático. Siempre sonreír. Excepto cuando a ella no le venía bien, casos en los cuales era un cobarde, un dejado, un agachón. Esas dos madres toda la vida me jalaron, al mismo tiempo, cada una de un brazo hacia lados contrarios.

—¿Quieres que te deje el coche? —preguntó Gloria con el último trago al vaso de agua.

—Sí, yo te llevo y te recojo saliendo de la sesión, ¿te parece?

Ella asintió y se puso de pie.

—Voy por mis cosas.

Bajé la mirada al plato y me di cuenta de que estaba casi intacto. No quería que Gloria se preocupara, así que me comí todo el huevo revuelto en tiempo récord. Llevé los platos y los vasos a la tarja. Los estaba lavando cuando ella llegó y me abrazó por la espalda.

—Si quieres, déjamelos —dijo, a pesar de que ya había terminado.

—Esto ya está. Vámonos.

Un rato después, Gloria estaba en la universidad y yo estaba de vuelta en casa. Miré el reloj, faltaba todavía muchísimo tiempo para ver a Sal. Mi sesión era a las cinco y media. Tendría que salir de casa a las cinco y apenas eran las once de la mañana. ¿Qué podía hacer? ¿Cómo podía matar seis horas del maldito día?

Caminé al armario de las gorras y saqué de ahí el bastón. Empecé a jugar con él y a hacer malabares. Años atrás era bastante bueno en ello. Podía girarlo, lanzarlo hacia el techo, atraparlo, hacer más florituras y luego dejarlo en el piso. Recuerdo cómo la gente amaba verme hacer trucos con ese bastón y también la cantidad de bastonazos que me di en la cabeza, en la cara y en las piernas por practicar y practicar antes de alcanzar la perfección. Intenté repetir mis movimientos del pasado y me di cuenta de que tenía bastante oxidada la habilidad. Algunos me salieron bien, pero los más complicados me superaron. Logré hacerlos, sí, pero con lentitud. Necesitaba practicar de nuevo. Dejé el bastón a un lado y me senté en el sillón. ¿Cuánto tiempo había gastado en todo este asunto del bastón?

"11:20".

Llevé de nuevo el bastón al armario y me encontré, entre dos cachuchas deportivas, el tapabocas negro de Iliana Acres. Si ella hubiese formado parte de la huelga de médicos, nada de esto estaría pasando. El juez se habría quedado sin un supuesto reporte sobre mi estado mental y habría olvidado todo el asunto. "No vuelva a hacer eso, doctor Sankiesh, no vuelva a acusar a un colega de mala praxis", me hubiera dicho y listo. Pero no, Acres se había quedado obediente y linda en una oficina atascada de carpetas, una oficina en un maldito hospital cerrado y oscuro.

Me le quedé mirando al tapabocas. En este país de mierda en donde "El Quebrantahuesos" puede asaltar a un ciudadano decente sin esconder la cara, atascar una camioneta de televisiones en una calle bien iluminada y largarse sin que nadie lo atrape, cualquiera con la cara cubierta podría escurrírsele a la policía. De hecho, luego de que mi visita a la estación de policía fue infructuosa, no había patrulla yendo y viniendo por mi calle, como Gloria lo hubiera querido. Nada. "El Quebrantahuesos" y su gente podrían regresar en cualquier momento y volver a llenar la camioneta como si nada.

No hacía falta siquiera traer la cara cubierta.

Me acerqué a la ventana de la sala. A plena luz del día, la calle se veía inocente, amigable, de esas que se pueden ver en los barrios bidimensionales de las familias felices de las comedias de situación de los Estados Unidos. Jardines preciosos, columpios de colores... ¿por qué me habían asaltado a mí? ¿Sólo porque venía caminando hacia casa? Si el vecino de enfrente hubiera caminado hacia casa, ¿habría sido él quien hubiese tenido el muslo indispuesto durante semanas?

Miré la casa de enfrente. ¿Qué tan difícil sería meterme a robar algo? Obviamente tendría que cubrirme la cara, no quería que los vecinos me reconocieran. Nunca me crucé a comer con ellos, ni los fui a saludar cuando llegaron a esa calle, nunca fui muy bueno haciendo esas cosas. Además, siempre he pensado que el que llega saluda. Si ellos llegaron después, era su responsabilidad presentarse con el vecino de enfrente. No lo habían hecho. No les interesaba. A mí tampoco. Y estaba bien, menos incomodidad para ambos. O para mí, al menos. De cualquier forma, me habían visto entrar y salir, seguro que alguna vez me vieron mientras caminaba o sacaba el carro. Sabían quién era.

Tendría que intentar robarles cuando no estuvieran.

Aunque sería mucho más interesante si estuvieran.

Había dos posibilidades: podía intentar entrar a robarme algo sin que se dieran cuenta, un asunto muy escurridizo... o podría entrar con la cara completamente cubierta para que no me reconocieran. Si nadie había visto a "El Quebrantahuesos", si nadie había visto (o dijo no haber visto) a una camioneta oscura llenándose de mis cosas a mitad de la noche, ¿quién vería a un tipo solitario entrar a la casa gigantesca de una familia, amenazarlos y salir con las manos llenas? Nadie. Era cosa de amedrentarlos y decirles que se mantuvieran en silencio y con la cara al suelo. Si el miedo me había dominado a mí, si el horror y el dolor me habían controlado como a una marioneta, entonces a ellos también. Podría darle la vuelta a la cuadra y regresar a mi casa como si nada. ¿Quién sospecharía del vecino de enfrente? A ellos no les quedaría más que ir a la desbordada estación de policía a reportar a un extraño al que no le pudieron ver la cara. Bueno, podían intentarlo, aunque se quedarían como yo, sentados esperando a ver en qué momento podían pasar por ese muro de quejosos que apretaban los puños y enseñaban los dientes.

Si "El Quebrantahuesos" no había tenido consecuencias, yo tampoco las tendría. Lo único que necesitaba era ser lo suficientemente terrorífico. ¿Cómo podría ser terrorífico? A mí me dio terror el arma, pero yo no tenía un arma. ¿Cómo amenazar con la muerte si no tenía una pistola? ¿De dónde iba a sacar una pistola? No es como que las vendieran en cada esquina. Sin una pistola, ¿con qué podía amenazar? Sin dejar de ver el jardín perfectamente cortado y verde de los vecinos, me vino a la mente que no necesitaba una pistola. Sólo un objeto que hiciera daño, algo que pudiera matar. Un cuchillo, quizá. Porque, a decir verdad, no es tanto el arma, sino la convicción de usarla. Todos tienen cuchillos en casa, pero no todos esos cuchillos son armas asesinas.

No es el objeto, es la convicción.

Cerré la cortina y regresé al armario de las gorras. Estaba a punto de dejar el cubrebocas en el lugar de donde lo había tomado, cuando vi mi bastón recargado en una de las esquinas. Las palabras de Gloria resonaron en mi cabeza.

"Y está durísimo, puedes reventarle la cabeza a alguien con esto".

Quizá tampoco necesitaba un cuchillo.

Dejé el cubrebocas entre las dos gorras, cerré la puerta y volví a asomarme a ver la casa de los vecinos. La esposa salió en ese momento. Se sentó en una silla blanca de madera que estaba sobre el pasto y se puso a leer. Meterme a esa casa sería emocionante si realmente me atrevía a hacerlo. El corazón me palpitaba con fuerza en el pecho, como si estuviera cometiendo el acto por sólo pensarlo. En un país en donde la ley no sirve, la justicia no es más que una línea invisible que sólo algunos insisten en ver. ¿Y si yo tampoco quisiera verla?

Cerré la cortina de nuevo e intenté el pensamiento de mi mente.

Volteé a ver el reloj de la sala. Se burló de mí con crueldad y me dijo, elocuente, que eran apenas las once de la mañana con cuarenta y dos minutos. Estaba aburrido. Pero no era el aburrimiento de los simplones que no hacen nada porque no tienen nada que hacer, sino el aburrimiento de no tener nada que hacer por tener las manos atadas. Ya no quería enfrascarme en fantasías como la de aprovecharme de los vecinos. Me asustaba mucho. Freud dijo que los sueños son el camino más efectivo para llegar al inconsciente, pero yo no estaba del todo de acuerdo con ello, pues en mi consultorio las fantasías de mis pacientes siempre me habían llevado a conocer mejor lo que guardaban detrás de los ojos. Por eso contamos nuestros sueños con una mano en la cintura y nuestras fantasías las ocultamos con recelo. Sí, en parte es porque no sabemos qué significan los sueños, pero también es porque las fantasías son claras, son prácticas, son obvias. Esas fantasías que aparecen en la mente cuando estamos aburridos o sin nada mejor que hacer. Aunque, al pensarlo, me vino también a la mente una realidad innegable: la mente ociosa piensa muchas cosas, casi todas bastante catastróficas.

Pero yo no estaba pensando cosas catastróficas. Yo estaba proyectando en los ojos de mi mente un deseo muy claro, el deseo de romper las reglas, de probar si podía, como lo hizo "El Quebrantahuesos". Cometer un crimen y salirme con la mía. Me hubiera gustado que la sesión de esa tarde con Sal pudiera tratarse de eso, que me ayudara a poner orden al respecto, que me ayudara a dilucidar todo ese teatro que se presentaba en mi cabeza para saber qué medidas podía tomar para, primero, dejar de estar tan asustado y, segundo, caminar hacia un lugar más sano y menos arriesgado. No quería ser un criminal. No quería romper las reglas. Yo menos que nadie. Odiaba romper las reglas. Las reglas me habían dado siempre un espacio de seguridad que atesoraba con fuerza. Las reglas me hacían sentir seguro. Si seguía las reglas estaría bien. Podría dormir tranquilo. Podría ver a otros a los ojos sin deber nada.

Pero era falso.

Toda mi vida viví sostenido por principios completamente mentirosos. "El Quebrantahuesos" lo sabía, yo lo sabía. En el fondo todos lo sabían. Obedecer las reglas no tenía ningún dividendo. ¿Me ayudó ser obediente ante esos policías que ni siquiera me escucharon o me dieron espacio? Sólo una persona se me acercó para escucharme y lo hizo por verme embastonado, no por ser bueno, por seguir las reglas o por tener una vida de supuesta virtud. Porque ese es el ser humano. Puede vivir lastimando a otros, pero siente culpa cuando mira a alguien lastimado por un tercero. Como quienes engañan, pero se derrumban al ser engañados, o aquellos que odian las mentiras recibidas a la vez que construyen los mejores argumentos para explicar porque las usan. Somos una especie mentirosa. Educamos a los niños para ser rectos mientras caminamos de forma torcida. Formamos generaciones en idealismos que la vida poco tarda en derrumbar y reemplazar por la realidad de la traición, el dolor y la injusticia.

Me subí al carro con las piernas temblándome. Llegué a la casa de Sal Abramson y toqué el timbre dos veces. No tres, no cuatro, dos. En esta ocasión me abrió y, con la misma cara plana de siempre, caminó detrás de mí mientras yo seguía el sendero que bien conocía hasta su consultorio. Cuando entré me di cuenta de que tenía algunas cosas que no estaban la última vez que fui. Unas máscaras africanas sobre una especie de ménsula que simulaba la piedra. De forma automática me dirigí al diván, pero luego reculé y preferí sentarme en el sillón que estaba frente a su silla. Ya estaba yo sentado cuando él cerró la puerta de su consultorio. Se sentó con lentitud en su silla giratoria, entrelazó los dedos (la postura de robot que siempre ponía una vez iniciada la sesión), y dijo lo mismo de siempre:

—Adelante, te escucho.

—Me reuní con Iliana Acres, una trabajadora social que entregó al juzgado un reporte sobre mi salud mental. Un juez me mandó a cerrar mi consultorio por un año, al menos. También tengo que ir a psicoterapia con un Gestalt y a un grupo de apoyo para psicoterapeutas pendejos.

—Ella me llamó, me dijo cosas que verdaderamente me sorprendieron.

—¿Cómo qué?

—Tú dime, ¿qué pudo decirme que me sorprendiera?

—No me hagas esas preguntas. No estoy aquí para una sesión de psicoanálisis. Estoy aquí para saber por qué carajos le dijiste a Iliana Acres que no nos habíamos visto desde que dejé mi análisis.

—Porque así fue, Gregorio.

—No es cierto. ¿Qué de nuestra sesión de emergencia? ¿No te acuerdas?

Esa sesión en la que me preguntaste si lo que viví en las costas había sido un delirio. Me dijiste que no lo había sido, que todo había sido real, que no me estaba inventando nada y que tenía derecho a luchar por lo que yo pensaba que era justo.

—¿Todo eso dije?

—Sí. Y tú le dijiste a Iliana Acres que no nos habíamos visto.

—Gregorio, no nos vimos. La primera vez que te vi luego de que dejaste el análisis fue cuando viniste a mi casa el otro día. ¿Te acuerdas? Que pusiste el pie para que no cerrara la puerta. Me sorprendió porque no eres así. Bueno, no eras así cuando dejamos de trabajar.

¡Infeliz! ¿Por qué negaba la sesión? Sus oídos fueron de los primeros que busqué al volver de aquella pesadilla auspiciada por Campos y su terapia reflexiva.

—No lo entiendo... ¿Por qué me haces esto?

—¿Hacerte qué, Gregorio? —dijo sin moverse, manteniendo esa maldita postura de piedra que me tuve que tragar durante años—. Te estoy escuchando y no tengo ningún problema en abrazar tu enojo, pero no me pidas que me haga responsable de algo que no hice. Está bien que hagas el reclamo, vamos a ver a dónde nos lleva. Sigue…

—¡No estoy en análisis, puta madre! —me puse de pie de un salto y ni así movió una pestaña el maldito— ¡Quiero que me digas por qué le mentiste a Iliana Acres!

—Siéntate, Gregorio.

—No me voy a sentar. ¡Quiero respuestas!

Sal se puso de pie y caminó hasta la puerta. La abrió de par en par.

—Yo sólo tengo una forma de ayudarte y es ésta. Si no quieres mi ayuda a través del análisis, entonces no puedo ayudarte de otra forma. Por favor págame la sesión y vete.

En ese momento lo odié. Seguía portándose como psicoanalista en un momento en que yo necesitaba a un ser humano. Me urgía su presencia como persona. Me urgía su presencia como padre. Necesitaba que me diera razón de su comportamiento. No me importaba que se hubiera comportado mal. No me importaba que tuviera razones chocantes para haber mentido. Quizá Campos le había pagado, quizá lo había amenazado. ¡¿Qué era?! Necesitaba saber. En ese momento no cabía su maldito dogma de no satisfacer la demanda del paciente, de no responder claramente mis preguntas. ¡Nada de eso! Necesitaba respuestas. Mi consultorio estaba cerrado y mi destino encadenado. Al menos tenía derecho a saber por qué había mentido. ¡¿Por qué había mentido?!

La mitad de mi mente me exigía salir de ahí, era la instrucción de Sal y estaba conminado a obedecer. La otra mitad me exigió plantar los pies en el piso y no moverme.

—No.

—Gregorio, ya deja de hacer esto.

—¿Qué cosa? ¿Decirte que no a algo por primera vez en años? No vine a sesión, ¡puta madre! Vine a que me digas por qué carajos le mentiste a esa mujer. ¿Por qué le dijiste que no había venido? ¡Sólo dímelo! No pasa nada, no va a haber consecuencias, sólo explícame, no necesito más. Explícame y me voy de aquí. ¿Ya no me quieres ver? No me vuelvo a acercar a tu consultorio en lo que me resta de vida. ¡Sólo explícame qué carajos pasó! ¡Por favor!

—Gregorio, ya te he dicho todo lo que sé. Sí, Iliana Acres me llamó y hablamos unos minutos, luego me preguntó si habíamos tenido alguna sesión recientemente y le dije lo mismo que te estoy diciendo a ti.

—¿Qué le dijiste? Tengo derecho a saber qué le dijiste.

—Le di tu motivo de consulta manifiesto y los logros que, desde mi punto de vista, tuviste durante el tiempo que trabajamos juntos. No hablé de nada específico, ya sabes que no rompo el secreto profesional. Ella me habló someramente del documento que tenía de parte del juzgado y dije que no podía pronunciarme respecto a nada de lo que sucediera en tu vida posterior al término de tu análisis. Término que tú decidiste, Gregorio, no yo.

Me quedé en silencio, mirando su mano en el pomo de la puerta, todavía abierta de par en par. Me dejé caer en el sillón del paciente otra vez. Una parte de mí esperaba que él volviera a su silla giratoria para continuar la conversación. En lugar de eso, negó con la cabeza y me repitió que ya me tenía que ir.

—No es una sesión de análisis, Gregorio, y creo que ya te he dicho todo lo que necesitabas saber.

—No. No me has dicho por qué le mentiste a Acres. ¿Por qué le dijiste que no te había venido a ver?

Sal se llevó la mano a la frente y negó con la cabeza otra vez.

—Gregorio, si no te vas voy a tener que llamar a la policía.

—¿En serio? ¿A eso llegamos, Sal? ¿Vas a llamar a la policía? No soy peligroso, carajo. ¿Qué te he hecho para que me amenaces con eso?

Me puse de pie y me acerqué a su escritorio. De un manazo tiré al piso la pequeña lámpara de mesa que solía ser una de las tres luces que encendía durante las sesiones, una de las tres luces que le daban a ese espacio una oscuridad que invitaba a la introyección y la asociación libre. Sal reaccionó con un respingo, soltó el pomo de la puerta y dio un paso atrás.

—¡Dime la verdad, carajo!

—Gregorio, no necesitas hacer eso.

—¿Qué? ¿Romper tus porquerías? —levanté el bolígrafo que tenía al centro de su escritorio y lo partí en dos. Luego aventé ambos pedazos al piso.

Poco a poco caminé hacia él, intentando hacer daño en el camino. Le di una patada a su escritorio y otra a su diván. El primero recibió un rayón de suela en la madera, el segundo quedó intacto y sólo se movió un poco hacia la derecha.

—¡Detente! —dijo Sal y, por primera vez, vi a un verdadero ser humano frente a mis ojos. Había desaparecido esa pantalla blanca de piedra que no se movía en las sesiones, no reaccionaba a mi dolor ni se reía con mis bromas.

El tipo estaba pálido y ya había dado varios pasos hacia atrás.

—¿Por qué mentiste?

—¡No viniste! ¡No estuviste aquí! ¿Qué gano diciéndote mentiras, Gregorio? Son tus delirios, tienes la cabeza llena de historias falsas. ¡Eso le dije a la trabajadora social! Que te has contado durante años mil historias falsas…

—¡Dime la verdad, me lo he ganado! ¡Años de pagar a tiempo, pagar con cambio, pagar siempre! Años de llegar a pesar de los imprevistos, de reponer mis sesiones, de esperar con paciencia cuando tú terminabas tarde. Años de pelearme con mi agenda para poder tener mi sesión cuando tú me la cambiabas de sitio sin dar explicaciones.

—¡Eres rico! ¿De qué te quejas? Sin mover un dedo tienes para pagarme por adelantado un siglo de sesiones —dijo ya con la espalda contra su librero—. Siempre quejándote por incomodidades que ya quisiera tener yo o cualquier otro. ¿Te cerraron tu consultorio durante un año? ¿Por qué has de lloriquear por ello? La empresa de tu padre sigue llenándote la cuenta de todos modos. Eres analista sólo porque querías hacer lo necesario para plantarle cara a un padre que siempre estuvo orgulloso de ti sin importar todo lo que hacías por patearle el hígado.

—¡Mi padre nunca respet…!

—¡Tu padre te amaba! ¿Cuántas sesiones no trabajamos la verdad sobre él? Más importante, sobre todo lo que tu madre hizo para quebrarte la vida.

—¿De qué carajos estás hablando?

Jamás habría sido capaz de azotar esa puerta. Era un acto demasiado violento para mí. Se lo estaba inventando. ¿Por qué se lo estaría inventando? Me estallaba la cabeza, no tenía sentido alguno que mi psicoanalista de tantos años quisiera meterme ideas en la cabeza por órdenes de un remedo de terapeuta con una nueva técnica de lo más ridícula y peligrosa. ¿Por qué Sal, tan enamorado del psicoanálisis, estaría dándole gusto a un pendejo como Campos?

—En alguna ocasión el aire empujó la puerta, Sal —dije y él negó con la cabeza—. Te lo expliqué cuando pasó. ¿Pero azotar la puerta por el contenido de la sesión? ¡Yo también me dedico a esto! ¿Cómo pude haberte azotado…?

—¡Por favor, vete!

—¡Dime por qué le mentiste a Iliana Acres!

—¡No le mentí!

En ese momento no pude más. Llegué hasta él con tres grandes zancadas y lo tomé de la cara. Apreté y apreté hasta deformar sus facciones. Él intentó defenderse, intentó gritar. Quería apretarlo hasta que le estallara la cabeza, pero no tenía la fuerza suficiente. Alcancé a escuchar un "…como tu padre" saliendo de esos labios apretujados por la fuerza de mis manos y ya no pude más. No podía hacerme eso a mí, no podía ponerme por debajo de Campos y su maldita terapia reflexiva.

Lo empujé con todas mis fuerzas hacia el librero y golpeé su cabeza varias veces contra una de las repisas. Algunos tomos cayeron al piso. Él intentó patearme, manoteó y quiso usar sus manos para quitarse las mías de encima. De poco sirvió. De muy poco sirvió. Yo seguí golpeando la repisa de madera una y otra vez con su cabeza hasta que sentí la sangre entre mis dedos. Aunque él ya no ponía resistencia, seguí reventando su cabeza una y otra vez. Me detuve cuando el peso de su cuerpo entero era demasiado y mis brazos estaban punzándome. Su cuerpo cayó al piso con un golpe seco. Frente a mí no quedó más que una repisa con cinco libros ensangrentados y pequeños ríos de sangre que terminaban en gotas espesas que apenas se sostenían de la madera antes de caer sobre su cadáver.

Me incliné y lo miré a los ojos. Vacíos. Fijos. Su cara no me pareció muy diferente a la que había visto por años: sin expresión, sin emoción, sin afecto. Me puse de pie cuando sentí el corazón latiéndome con fuerza en el cuello. ¡Sal estaba muerto!

Había matado. ¡Había matado!

De un paso llegué a la puerta del consultorio y miré hacia afuera. Luego la cerré detrás de mí. ¿Qué iba a hacer? Maldita sea… ¿qué iba a hacer?

Me limpié las manos en la camisa mientras veía la escena completa. ¿Qué iba a hacer?

Las huellas, eso era lo primero. ¿Qué toqué? Busqué la pluma partida en dos y la limpié con el borde de mi camisa. Luego hice lo mismo con la lámpara. Corrí hacia el escritorio y borré con la uña el rayón que evidenciaba el paso de mi zapato. Luego coloqué el diván en su posición correcta. Limpié con mi camisa, de forma insistente, cada lugar en donde colocaba mis manos.

Luego de eso busqué su agenda, su maldita agenda de piel que siempre tenía en la mesita junto a su detestable silla de psicoanalista. Una hojeada breve me llevó a descubrir que tenía muchos más espacios libres de los que decía, al parecer su "no tengo espacio" de tantas veces era una patraña. ¿Para qué? ¿Para qué el engaño? Me di cuenta de que muchos de sus pacientes estaban cancelados con varias líneas de pluma que rayaban sobre el nombre. Tomé la pluma rota y rayé mi nombre de ese día. Luego me busqué en el horario de aquella sesión en donde hablé con él de todo lo que me sucedió con Campos en las costa del sur.

No estaba.

Mi nombre no estaba.

De hecho, en lugar de mi nombre estaba el de una tal Laura. No estaba tachado. Seguí revisando su agenda… cuando cambiaba de lugar a un paciente tachaba el nombre y podía encontrarse el mismo nombre horas más tarde o un par de días después. "Laura" no estaba tachada…

Quizá no llegó y por eso me dio su horario.

"No viniste, no estuviste aquí".

Quizá Sal quería esconder que me había visto y puso el nombre de Laura para encubrir mi presencia. Pero la tal Laura estaba el mismo día a la misma hora en semanas anteriores y posteriores. Estaba en la agenda desde enero. Busqué una forma de entender cómo manejaba las ausencias. Igual Laura no fue ese día y por eso me dio su horario.

Con la pluma rayé varios nombres más. Rayé uno u otro, sobre todo de pacientes que ya no siguieron la semana siguiente. También le puse rayones encima al de esa tal Laura en un par de ocasiones. Luego limpié la agenda con la camisa y la dejé en su lugar.

Entonces levanté la agenda de nuevo. Me fui al área de los teléfonos y ahí estaban todos sus pacientes, yo incluido. Junto a mi nombre, el número de mi casa. Si dejaba ahí la agenda no pasaría mucho tiempo antes de que el teléfono de mi casa sonara con los policías del otro lado de la línea. Entonces vendrían a hacerme un montón de preguntas sobre Sal. No tardaría en salir el tema del juzgado, de lo que sucedió con Campos. Me preguntarían si estaba enojado con Sal por algo. La policía buscaría cualquier pretexto para culparme.

Abrí los cajones de su escritorio y busqué más agendas. Encontré una del año pasado. En su librero, en una esquina olvidada, encontré tres más. Me las eché todas bajo el brazo.

Limpié la pluma de nuevo y puse los dos pedazos en el centro de su escritorio. Limpié con la camisa la manija de la puerta del consultorio… por ambos lados.

Me asomé al pasillo de su casa antes de salir. Cerré la puerta del consultorio con cuidado de no hacer ruido. Caminé despacio hasta la puerta principal y la abrí usando una orilla de mi camisa. Mi larga gabardina me habría hecho más fácil el trabajo. Cerré la puerta y limpié bien las dos manijas, la de adentro y la de afuera. No recordaba haberlas tocado al entrar, pero me sentía más tranquilo limpiándolo todo.

Para mi fortuna, no había encontrado espacio para estacionarme frente a la casa de Sal ese día, así que caminé hasta mi carro, que se había quedado a varias cuadras. No quería levantar la cabeza y arriesgarme a que me vieran, pero por el rabillo del ojo no encontré movimiento, ni sentí miradas encima de mí. Mis piernas flaquearon a cada paso y, aunque cada dos segundos mi cerebro me exigía salir corriendo, me forcé a caminar despacio, tranquilo, como si nada. Correr era la manera más sencilla de llamar la atención sobre mi presencia y mi huida.

Subí a mi carro, eché las agendas sobre el asiento del copiloto y encendí el motor con las manos temblorosas. Pensé que chocaría en cualquier momento y me sorprendí al darme cuenta lo alerta que estaba y la precisión de mis movimientos. Revisé mi camisa negra para ver si se le notaba la sangre… no se notaba nada al menos que se supiera que ahí había una mancha. Miré mi cara en el espejo retrovisor, tenía apenas unas gotas de sangre en el cuello y la barbilla. Me chupé los dedos y removí toda la sangre de mi piel. Luego me limpié los dedos en la camisa otra vez. No podía pasar así por Gloria, tenía que ir a casa a cambiarme, a deshacerme de esa camisa…

Conduje hasta mi casa sin mirar atrás.

No cabe duda de que el hombre es un ente despreciable. No es propositivo, no es inteligente, no sabe qué hacer con el amor y con la paz. La más nueva de las especies y la más echada a perder. La peor y más peligrosa de las plagas mundanas. Para cuando llegué a casa, la temblorina de mis extremidades se había detenido. Me quité la camisa y la dejé caer en una esquina del baño. Me puse una playera blanca. También me cambié el pantalón, los calcetines y los zapatos. Los zapatos y el pantalón terminaron en el bote de la ropa sucia. Me puse unos pants para poderle decir a Gloria que me cambié para estar más cómodo. Le mentiría sobre Sal, le diría que cuando llegué a su casa toqué y toqué y nadie me abrió. Cuando llegaran las noticias de su muerte, no sería complicado que ella llegara a la conclusión de que Sal estaba muerto del otro lado de la puerta y por eso no pudo abrirme. Yo haría algún comentario sobre lo duro que es perder a tu analista, sobre todo cuando está desangrándose a un par de metros de donde tú estás tocando la puerta.

Sabía bien qué hacer con la camisa, así que la hice bola y me la llevé conmigo. A medio camino encontré a un hombre pidiendo dinero de auto en auto. Tenía todas las señales de la psicosis que las drogas y la vida en la calle pueden regalarle a un ser humano. De esos regalos de los que Dios, con todo su amor por la humanidad, mantiene funcionando. ¿Qué diría el libro de Sakurai sobre la libertad de aquellos que tienen el cerebro frito por las adicciones? Ese hombre llevaba en esa esquina pidiendo dinero desde que mi padre vivía. Yo siempre le decía que no o le entregaba un poco de cambio, pero ese día le dije que mejor le regalaba una camisa. La aceptó sin decir nada, con la actitud de aquel que ya no tiene un espíritu que expresar a través del gesto. Cerré mi ventana y una ojeada al espejo retrovisor me devolvió la imagen de ese pobre hombre echándose mi camisa sobre el hombro.

Tomé las agendas de Sal y las puse en el piso de atrás, justo debajo del asiento del copiloto, ocultas de los ojos de Gloria. Pisé el acelerador y di vuelta a la derecha para tomar la avenida que me llevaría lo más rápido a donde quedé de verme con ella. Encendí el estéreo. Llevaba muchísimo tiempo sin escuchar música en el auto. El locutor anunció una canción de Lenny Kravitz, al parecer un éxito en todo el mundo. Aunque no era el tipo de música que yo hubiera elegido, su guitarra insistente y sus repetitivos "yeah, yeah, yeah" me dejaron algo muy claro: estaba contento.

Por primera vez en años había dejado de sentirme triste todo el tiempo.

PARTE III

Un hombre que piensa en la venganza mantiene sus heridas abiertas. Heridas que, de otro modo, sanarían

Francis Bacon

Capítulo I

TUVE MI PRIMERA SESIÓN CON Federico Moya una semana después de lo que sucedió en el consultorio de Sal. Moya era de estatura baja, a lo mucho medía uno cincuenta. Tenía la frente amplia y unas mejillas demasiado grandes. Cuando lo vi me dio la impresión de un enano de Blanca Nieves, aunque estaba perfectamente rasurado y vestido con un pantalón y camisa de vestir, nada ostentoso. Yo recibía a mis pacientes con traje completo y corbata, pero al parecer eso es lo de menos. Me dio la mano y me invitó a pasar a un consultorio muy iluminado. En un extremo había un escritorio de cristal perfectamente limpio. En la pared opuesta, un futón café sobre el que descansaban cinco cojines medianos color beige.

—Por favor, siéntese —me dijo señalando el futón y sentándose él en una silla negra de piel que giraba sobre tres pequeñas ruedas. Miré el futón durante varios segundos, no había un espacio sin cojín. Supongo que se dio cuenta de mi pensar, porque agregó—: Puede hacer los cojines a un lado.

Puse dos cojines sobre un tercero y me senté. Él tomó un pequeño cuaderno y oprimió el botón trasero de un bolígrafo. Me miró de forma inquisitiva y soltó la primera pregunta:

—Está usted aquí por indicación del juzgado, ¿verdad?

—Así es.

En el pasado eso me habría irritado, no se pregunta si ya se conoce la respuesta. Al menos no como la primera pregunta de una sesión con un nuevo paciente. Si era para generar *rapport*, entonces lo estaba haciendo mal. Estiró el brazo y señaló un fólder sobre su escritorio.

—Me enviaron el caso.

—Ya estará enterado de lo que opina el juez.

—No sólo el juez, doctor Sankiesh, también la licenciada Iliana Acres —hizo una pausa y preguntó—: ¿No está de acuerdo?

—Dicen que sufro de delirios.

Asintió. —Y que lleva ya bastante tiempo sin tratamiento.

—¿Eso lo dijo Acres?

—Según el reporte, eso lo dijo su psicoanalista.

—Llevo mucho sin asistir a análisis. Tenía una sesión con él hace una semana, pero me la canceló de última hora.

—¿Sabe por qué?

—Sal… mi analista… está muerto —dije y bajé la cabeza a la vez que hacía el perfecto gesto de aquel que intenta detener las lágrimas—. Su esposa lo encontró en su consultorio. El periódico no decía más.

—¿Cómo se sintió?

—Entre gitanos no nos leemos las manos, Federico. Imagínate lo que fue perder a mi analista de tantos años. Sí, había dejado el análisis, pero me urgía volver, con todo esto del juzgado y de la licenciada Acres… No sólo hablar con él de todo lo que me estaba pasando, de todo lo que me pasó en las costas del sur. Quería hablar también sobre esto, sobre estas sesiones contigo. No te ofendas, pero no eres psicoanalista —cuando dije esto negó con la cabeza, como diciendo "no pasa nada"—. Yo necesitaba a Sal. Quería ver si él podía reemplazarte, si había la posibilidad de que el juzgado aceptara que volviera a tratamiento con él.

—Pero canceló la cita.

—No dejo de darle vueltas.

—¿En qué sentido?

—Creo que… que me cancelara tuvo algo que ver con su muerte. No sé. Me canceló la sesión y lo mataron esa noche.

—Fue un asesinato.

—Eso dicen los periódicos.

—¿Mencionaron algo más?

—Eran apenas tres párrafos —negué con la cabeza—. Decía que fue encontrado muerto, que todo indica que fue un asesinato y que su esposa no reporta que se hayan robado algo —hice una pausa, fingiendo que me costaba trabajo hablar—. La misma noche que tenía sesión con él alguien lo estaba matando.

Moya hizo algunas anotaciones.

—¿Ha visitado a la policía?

—No. No me gusta la policía.

—¿Por qué?

—Hace poco asaltaron mi casa. Se llevaron lo que quisieron y me dejaron un buen rato sin poder caminar a pesar de que no puse resistencia. Encontrar un médico fue complicado por la huelga. Poco después fui a la policía. No quería acusar a nadie, no tenía a quién acusar. Sólo quería una patrulla en la calle de mi casa, era todo. Para no hacerte el cuento largo, no hubo policía que nos atendiera. El lugar era un avispero, estaba atascado de gente furiosa y estoy seguro de que muchos de ellos la estaban pasando peor que yo —hice una pausa—. Nunca van a encontrar al asesino de Sal. En este país la policía no hace nada.

—Menos si no los ayudamos a hacer su trabajo.

—¡No me vengas con eso, Federico! —me descubrí irritado de golpe— Ahora resulta que la policía necesita de mí. ¿Qué tengo que hacer? ¿Pararme otra vez ahí a ver si me atienden y luego decirles "mi psicoanalista tenía sesión conmigo a la hora que lo mataron, pero me canceló antes"? No. En el mejor de los casos no ayudaría en nada. Pero imagínate, podrían echarme la culpa con tal de poder publicar que finalmente encontraron al culpable de algo.

—Entiendo.

Hizo anotaciones otra vez.

—Doctor Sankiesh, ¿qué espera usted de este tratamiento?

—Que le digas al juzgado que ya puedo regresar a mis actividades profesionales. Tú dime lo que tengo que hacer, sólo quiero volver a trabajar.

Volvió a escribir.

—Eso no depende de mí, doctor, depende de los resultados.

"¿No depende de mí?" Pedazo de imbécil, ¿pues quién iba a llenar el reporte? ¿Su madre?

—Quiero regresar a trabajar —dije—. Mi consultorio es mi vida, necesito volver. Haré lo que me pidas y trabajaré todo lo que haga falta.

Vi en su rostro lo que me pareció la sombra de una sonrisa.

—Entonces vamos a trabajar para llegar a ello, doctor. ¿Le parece bien?

Fingí la sonrisa más grande del universo.

—Me parece bien.

—¿Puedo llamarle por su nombre?

—Desde luego que sí.

—Muy bien, Gregorio, pues entonces empecemos…

Salí de ahí cuarenta minutos después. Lo típico, lo mismo de siempre. Tuve que inventarme un motivo de consulta que no fuera "estoy aquí porque me obliga el maldito juzgado". ¿Pero qué podía hacer? Decirle que quería trabajar con él mis "delirios" no me ayudaba, al contrario, daba a entender que la gente del juzgado tenía toda la razón y ¡no! Me negaba a ello. Un año (al menos) de dos diferentes tipos de terapia no eran lo suficiente para que yo me doblara. Nunca iba a aceptar las mentiras de Campos y su abogado de infierno. Así que en lugar de eso le dije que quería trabajar la relación con mis padres. Hablamos de cómo había estado trabajando de eso con Sal hasta que tuvimos que detener el tratamiento…

"Azotaste la puerta"

Hablé sobre mi padre durante casi toda la sesión, de su rechazo, de cómo me dio la espalda y nunca me respetó, pero poco antes de terminar:

—Dijiste que querías trabajar la relación con tus padres. Ambos —puntualizó Moya—. Pero sólo has hablado de tu padre.

Entonces le dije que, desde mi punto de vista, era mi padre el que más me había metido el cerebro en problemas. Ya en análisis con Sal había hablado mucho sobre mi madre y...

"Sobre todo lo que tu madre hizo para quebrarte la vida".

No quería volver al tema.

Moya me dijo que entendía que yo era un profesional de la salud mental y que no pretendía criticar ni poner en duda mis conocimientos. Pero, en ese momento, el terapeuta era él y me pedía con fuerza hablar sobre la relación con mi madre. Al menos para informarle y que él tuviera un conocimiento básico sobre ella, su carácter, todas esas cosas. Terminé la sesión muy alegre, amable y cariñoso, además de que le prometí que la siguiente sesión hablaría ampliamente sobre mi padre.

Mi madre.

Que le diría todo lo que él necesitara saber.

Se quedó satisfecho y, después de recibir el costo de la sesión en efectivo, me tendió la mano y me acompañó hasta la puerta.

Llegué rápidamente a mi carro. Revisé mi reloj de pulsera, tenía todavía una hora y media para llegar a la sesión grupal. Seguramente llegaría temprano. ¡Todo ese tiempo que nunca más me sería devuelto! Campos me había robado más de lo que había sospechado en un principio. Y mientras yo avanzaba en el tráfico hacia una sesión grupal que no necesitaba, ¿dónde estaba él? Recibiendo víctimas para su tratamiento infernal. Contento. Cobrando por engañar, cobrando por lastimar, cobrando por humillar. Sin nadie que lo detuviera.

Fui el primero en llegar, así que pude observar a los otros tres psicoterapeutas llegar y sentarse en la sala de espera. Entre todos nos miramos raro. Finalmente, una mujer abrió la puerta y nos pidió que pasáramos. Era una sala sencilla, con un librero, una mesa de centro bastante baja y dos sofás azul marino. Me senté al instante en el costado del sofá más amplio, no quería quedar en medio de nadie. Los tres terapeutas se sentaron después de mí. Dos a mi lado en el mismo sofá y el otro en el sofá de dos plazas. Luego la psicoterapeuta de grupo se sentó en el sillón que, al parecer, era reclinable… pero no se reclinó. Siempre me ha parecido impráctico tener un sillón de esos sin hacer uso de su principal característica, sobre…

—Buenas tardes a todos. Soy Carolina Lacquer. No sé si habían estado antes en terapia de grupo, pero mi forma de trabajo es la siguiente: para romper el hielo, nos vamos a presentar uno por uno. Van a decir algo sobre sí mismos. Lo que ustedes decidan, sin limitaciones ni restricciones. La intención es que los demás sepamos algo sobre ustedes. No toquen la razón que los trajo aquí todavía, ya habrá tiempo para eso.

Todos asintieron. Yo fui el último en hacerlo.

—Muy bien. Como siempre que pido algo, yo empiezo: Ya les dije que me llamo Carolina, psicóloga clínica y especialista en terapia dialéctica conductual.

Cuando dijo esto, los otros tres se presentaron por turnos y yo quedé al final. Uno de ellos era un psicoterapeuta Gestalt, el otro era una especie de trabajador social (no me quedó muy claro lo que quiso decir sobre sí mismo), y el tercero era otro psicoanalista. Cuando tocó mi turno dije que era psicoanalista y que el juzgado me obligó a considerar ese apoyo.

—Todos estamos aquí porque nos envió el juzgado —dijo el otro psicoanalista—. No es como que yo necesite terapia de grupo.

—Ni yo —dijo el Gestalt.

—A ver, a ver —dijo Carolina a la vez que tomaba de la mesa de centro cuatro fólderes—, eso es verdad, todos están aquí por instrucciones del juzgado. Pero no podemos quedarnos ahí. Estas reuniones son para ayudarlos a resolver aquello que los llevó al juzgado en primera instancia.

Hizo una pausa. Se nos quedó viendo a todos y esperó a que asintiéramos. Se puso de pie y sacó de un gabinete una pequeña caja. Me la dio a mí. Estaba llena de unos diez o doce objetos diferentes.

—Gregorio, toma uno y pasa la caja a los demás.

Metí la mano y tomé una especie de cuarzo. No era un cuarzo, porque era de plástico, pero parecía uno. Le pasé la caja al siguiente y él tomó otro objeto. Y el siguiente y el siguiente. Finalmente, ella recibió la caja de vuelta y la dejó en el piso.

—Miren el objeto que eligieron, siéntanlo, huélanlo. Quiero que utilicen los cinco sentidos. Piensen en sus características. Vean lo que tienen y descríbanmelo. No me digan qué es ni lo nombren. Descríbanlo a partir de sus sentidos.

¿En serio?

El juez me había mandado con una "psicoterapeuta de grupo" que nos estaba poniendo a hacer actividades que, al menos yo, esperaba en una clase de educación básica. ¿Qué era lo siguiente? ¿Meter los objetos en una caja a partir de su forma? Cuando preguntó quién quería describir su objeto, ninguno de los presentes levantó la mano, así que ella tomó alguna cosa de la caja y la describió según sus propias instrucciones. Al terminar, ninguno de nosotros tenía ganas de emularla.

—Gregorio, ¿quieres intentarlo?

—No encuentro la intención del ejercicio, Carolina —dije y en el momento en que terminé de decir su nombre me di cuenta de que dibujaba en su rostro la sonrisa más fingida del universo.

—Quiero que pongamos nuestra atención en el presente. La mente suele irse hacia atrás, todo aquello que no nos perdonamos… o hacia adelante, todo aquello que nos da miedo y que ni siquiera sabemos si va a pasar. Sólo en el presente podemos controlar nuestras emociones y estar atentos a ellas.

—¿Y necesito describir este pedazo de plástico para ello?

—Es una técnica para traerte al presente, sí.

—No es buena técnica. Digo, es innecesaria —dije con el gesto serio, mientras que por dentro no podía dejar de reírme de la forma en la que la pobre de Carolina se enfrentaba a algo tan poco común como un "paciente" que cuestionaba sus instrucciones.

—¿Innecesaria?

—Estoy aquí, Carolina. Estoy en tu consultorio, sentado en un sofá cómodo, aunque no muy cómodo. A mi lado, dos hombres y, por allá, un tercero. Todos enviados por el juzgado. No veo en qué sentido describirte un pedazo de plástico me va a traer al presente más de lo que ya estoy aquí.

Ella iba a decir algo, pero interrumpí.

—Créeme, Carolina, nunca he estado en el presente más que en este momento. Con "este momento" no me refiero a esta sesión, sino al presente. ¿Sabes por qué estoy aquí? No me refiero a lo que escribió el juzgado en cualquier archivo que te hayan enviado. No. Me refiero a por qué realmente estoy aquí. Un hijo de puta que se llama Jonathan Campos experimentó conmigo la aplicación de un nuevo tipo de terapia. "Terapia Reflexiva", le llama. ¿Sabes en qué consiste?

Carolina negó con la cabeza.

—Me metieron en una pequeña alberca durante días. El agua tenía una especie de líquido que no me permitía moverme. Horas. Horas sin pausa. El desgraciado quería que yo reflexionara. Según él, esa es la forma perfecta de reflexionar y, con ello, llegaría el encuentro con la verdad y la cura. ¿Qué crees que estuve haciendo en mis horas interminables flotando ahí? Pensar, Carolina, pensar. Pensar en el futuro. Pensar en salir de ahí. Pensar en abandonar ese lugar maldito para volver a mi vida. Pero él no me quería dejar salir. Vi a través de sus mentiras y la crueldad del tratamiento. Cuando supo que iba a denunciarlo me metió ahí. Uno de sus enfermeros me… me…

—Sigue, Gregorio —pidió ella—. Está bien que nos digas lo que sientes.

—No. No voy a jugar este juego. Ya le dije al juez todo lo que sucedía. No sirvió de nada. Ya viví esta experiencia, Carolina, ya jugué a decirle la verdad a quien no me cree una sola palabra. Ya descartó la verdad el juez, ya descartó la verdad una trabajadora social que no se dignaba ni a mirarme a los ojos. Ya descartó la verdad un terapeuta Gestalt. Ya descartó la verdad medio mundo. Y ahora la estás descartando tú, porque desde antes de que cruzáramos esa puerta ya habías leído nuestro archivo, la versión que te contaron los que nos pusieron aquí, los que nos juzgaron, los que nos señalaron. ¿Qué posibilidades tenían de escapar del maltrato los pacientes de John Rosen cuando cada grito de auxilio demostraba con más fuerza el supuesto diagnóstico? —hice una pausa—. Sé que todo lo que diga en esta sala va a pasar por el filtro de esas hojas, pero no voy a describir un pedazo de plástico para convencerte de que estoy en el presente.

Entonces se me escapó una pequeña risita, como aquella que se me salía muy de vez en vez cuando estaba delante de una ironía que sólo yo encontraba graciosa, de esas que no podía compartir con nadie y tenía que conformarme con disfrutar en soledad.

Carolina se me quedó viendo con un gesto extraño. Luego se cambió de posición en el asiento.

—Gracias, Gregorio —me dijo mientras pintaba una sonrisa falsa debajo de su nariz—. ¿Ven? Lo importante es que se abran y hablen de lo que ustedes consideren valioso y necesario. Estoy aquí para ayudarlos y apoyarlos con…

Ya no escuché más. No quería. Era ridículo. Toda la sesión escuché las palabras de los otros tres terapeutas como un sonsonete que era interrumpido de vez en cuando por la voz de ella. Tenía la voz chillona, insoportable. Cada vez que uno de los otros terminaba de hablar, la mujer sonreía como si estuviera premiando a niños de seis años por hacer el esfuerzo. Esa sonrisa… Esa maldita sonrisa que pretendía esconder tanto sin lograrlo. Para mí era una máscara de cristal. Detrás, una mujer que no entendía nada, que estaba muerta de miedo por estar en ese espacio reducido con cuatro hombres enviados por el juzgado, todos nosotros con un dolor que escapaba de sus consejos de libro de texto y sus estrategias ridículas para intentar traer al piso algo que requería de la comprensión profunda del alma.

Aunque no escuchaba sus palabras llenas de sonrisas, podía leer el rostro de la falsedad, de la "comprensión" deshonesta. ¿Por qué estaba convencida de que su sonrisa era necesaria? ¿No había escuchado lo que dije? En el pasado fui tratado injustamente. Desde siempre. Desde que recuerdo. No había sido un discurso de éxito, las malditas albercas de Campos no eran una historia de comprensión o de *insight*. No hablé sobre nada que pudiera hacerla sonreír. ¿Pensaba que su sonrisa me haría sonreír? Que burdo su pensar y que simplona su posición. Y estaba con la mirada fija, atento en mis pensamientos, cuando ella y los otros tres se pusieron de pie. Miré mi reloj de pulsera… la maldita cosa ya se había terminado. Fui el último en salir. Me estrechó la mano con otra enorme sonrisa y alcancé a escuchar algo así como un agradecimiento por mi apertura, por ser honesto ante los demás y no sé qué tanto. En el pasado le habría respondido con una sonrisa tan falsa como las de ella. Pero ya no quería sonreír sin sentirlo. Ya no volvería a sonreír nunca más por agradarle a alguien, por regalarle comodidad al otro, por evitarle el engorro, el dolor o la vergüenza a aquel que, frente a mí, esperaba todo eso a cambio de absolutamente nada.

Si alguien tenía que estar incómodo, que fuera el otro. Que fuera Carolina.

No le solté la mano, se la estreché sin dejar de mirarla a los ojos. Quería que dejara de sonreír, quería ver cuánto tardaba en quitarse esa maldita máscara de mierda.

Sentí cómo aflojó el apretón. Ella ya había terminado. Yo no.

La solté hasta que cambió la sonrisa por un gesto de desagrado. De preocupación. ¿De miedo? Que rápido empiezan a cambiar las cosas cuando uno se niega a estar incómodo en nombre de los demás, cuando dejas que sean los otros los que hagan el trabajo emocional. Cuando no estás dispuesto a ser el que miente y se miente para pasar por bueno ante ojos desgraciados. Ya no. No sería yo quien se tragaría el dolor, la culpa o el miedo…

Que fuera Campos, que fuera su hijo Jonathan, que fuera Rodríguez, que fuera Sandra. Que fuera Sal.

Tantas molestias que le evité a Sal… Tanto que me tragué para que él estuviera contento, para que él estuviera orgulloso, para qué él tuviera una buena opinión de mí. Y acabó muriendo frente a mí. Yo lo maté. Si pudiera volver del más allá seguramente protestaría. Diría que él nunca me exigió nada, que él nunca esperó de mí algún comportamiento que lo hiciera sentir orgulloso. Me diría que no debí aguantar tanto para que él tuviera una buena opinión de mí. Diría, sin chistar, que lo maté por todo el rencor que construí hacia él por exigencias que nunca existieron.

Tendría razón. Serían quejas válidas.

Pero estaba muerto.

No pude evitar reírme.

Mi primera risa real y honesta en mucho tiempo.

Capítulo 11

LAS COSAS CAMINARON TRANQUILAS DURANTE unas semanas. Me sentí contento. Los pensamientos funestos dejaron mi mente. Sal desapareció de mi cabeza y no volvió a invadirme la necesidad de meterme a casa de los vecinos. Mis participaciones en la terapia de grupo eran cada vez menos, pero Carolina ya no decía nada. No insistió ni una sola vez con hacerme hablar. Yo me contentaba con escuchar las historias de mis otros dos colegas y estar fuera de ahí en cuanto el reloj marcaba la salida.

Con Federico Moya las cosas fueron diferentes. Hablaba y hablaba sin que me pudiera detener. El tipo sonreía de vez en vez y buscaba algún hueco para mencionar algo. Lo interesante es que le contaba puras mentiras. Estaba recreando mi vida en sus orejas. Mi intención era que viera lo dolorosa que había sido mi existencia. O no. Lo tenía mareado con historias que cuadraban en la superficie, pero eran contradictorias de fondo. Durante minutos hacía gala de mi fortaleza para luego saltar a un gesto de compunción con el que narraba mis momentos de debilidad extrema. En ocasiones era la víctima del poderoso caballero andante, en ocasiones el mismísimo caballero que no se dejaba tumbar a pesar de los embates de la vida. Pero todo cuadraba maravillosamente… y no. Lo veía hacer anotaciones en su cuadernillo con gesto confuso. Por momentos yo me preguntaba si debía atemperar mi narración. Pero no, porque le estaba arrancando la capacidad de reportarme de forma negativa ante el juzgado, el Gregorio de mi terapia era el hombre más bueno del mundo. ¡Además era tan divertido!

Pero no todo es tan bonito en este maldito mundo olvidado de Dios y, al poco, esas semanas que caminaron tranquilas llegaron a su fin. Me acuerdo perfectamente del día. Estaba desayunando con Gloria. Ella iba a llevarse el carro al trabajo y yo me quedaría en casa haciendo quién sabe qué. Le prometí que saldría a caminar, que quizá iría al cine o algo. Es lamentable cuando uno no tiene mayor profesión que perder el tiempo. Estábamos hablando de eso cuando sonó el timbre. La verdad es que me sorprendió, pues no era común para mí recibir visitas a esa hora.

No era común para mí recibir visitas.

Abrí la puerta y me encontré detrás a un tipo de uno noventa, con la espalda tan ancha que pareciera que traía cosidas a los huesos unas hombreras de fútbol americano. Se me quedó mirando durante unos segundos.

—¿El doctor Gregorio Sankiesh?

—Sí, soy yo.

—Soy del cuerpo nacional de policía. ¿Me permite pasar?

En cuanto escuché la palabra "policía" se me heló el cuerpo. La lengua se me pegó al paladar y mis piernas amenazaban con perder toda su fuerza a pesar de mis ruegos. Sin embargo, asentí y me hice a un lado. El fulano llegó a mi sala con dos grandes zancadas y se dejó caer en el sillón. Gloria se acercó con mirada preocupada.

—Buenos días, señora. Soy Jaime Yames, inspector del cuerpo nacional de policía —dijo y luego se dirigió a mí—: Por favor, tome asiento.

Yo hice lo que se me pidió. Gloria se sentó junto a mí y me tomó la mano.

—Doctor Sankiesh, usted fue paciente del doctor Sal Abramson, ¿sabe usted lo que le sucedió?

—Sí, leí que había muerto.

—Así es. Fue asesinado en su casa. Su esposa encontró el cadáver.

Yames se abrió el saco y sacó varias fotografías instantáneas que mostraban el cadáver de Sal con más detalle del que me hubiera gustado para Gloria, que retiró la mirada en cuanto sus ojos lograron entender qué estaba viendo.

—Mi personal buscó por toda la casa del doctor Abramson los datos de sus pacientes, pero sus agendas desaparecieron. Su esposa nos indicó dónde podíamos encontrar nombres y teléfonos, pero nada. Es posible que el asesino se llevara esos documentos.

Esperó como para ver qué hacía o qué decía, pero me mantuve en silencio.

—Usted es el único de sus pacientes a quien pudimos contactar gracias a un proceso que se encuentra todavía abierto en el juzgado. Es importante que sepa que no es de mi incumbencia dicho proceso, pero he hablado con algunas personas que me dirigieron hacia usted.

En el momento en que dijo eso quise meterme las agendas de Sal por la garganta. ¿Cómo era posible? Todas mis precauciones, el tiempo que me tomé para que no hubiera forma de que nadie me vinculara con el asesinato, el robo de las agendas, la camisa regalada... y ni por un segundo pensé en el maldito proceso en el juzgado, la forma en que argumenté con insistencia que mi salud mental había estado en las manos de Sal, lo mucho que me pareció conveniente decirle a Acres sobre mi proceso analítico. Le había tomado a Yames dos semanas vincular a Sal con Acres y a Acres conmigo.

—¿Puedo saber quiénes fueron esas personas? —pregunté.

—No son importantes. Lo único que interesa aquí es que tengo a un psicoanalista muerto, un hombre que al parecer no tenía enemigos y que era un estimado miembro de la comunidad. La única persona que puede darme información es usted.

—¿Qué tipo de información puedo darle?

—Empecemos por la última vez que vio a Abramson, ¿le parece?

Gloria me dio un poco de espacio cuando le ofreció al policía un vaso de agua. El tipo lo aceptó de buena gana y los dos nos mantuvimos en silencio mientras Gloria iba y venía. Al final trajo tres vasos, uno para cada uno. Yames le dio dos tragos largos al suyo y lo dejó de nuevo en la mesa de centro.

Le dije que había estado mucho tiempo en análisis con Sal, que dejé el proceso y que intenté retomarlo al volver de las costas del sur. No mencioné ni siquiera a Campos ni a sus esbirros malditos. De hecho, hice un gran esfuerzo por sacar a "Nueva Vida" de la narrativa. Hablé de la sesión de emergencia en la que Sal no dio respuestas a mi problema. Luego de que terminó el juicio, era mi intención retomar el proceso de forma continua varias veces por semana, como dictan los cánones del análisis, sobre todo del análisis didáctico. Supuse que tendría que explicarle qué es eso, pero no movió ni una pestaña.

—El día que Sal murió tenía sesión con él. Llegué al consultorio y estuve un rato tocando el timbre, pero nada. Luego golpeé la puerta con los nudillos. Fue raro, nunca me había dejado esperando afuera. Me senté en la banqueta y esperé veinte minutos. Luego volví a tocar el timbre, esperé poco más y me fui.

—¿Por qué no lo reportó a la policía?

—Pensé que había sido un *acting* —dije y ahora sí hizo gesto de que no sabía a qué diablos me refería, así que expliqué—: Es cuando una persona actúa una emoción sin darse cuenta. Por ejemplo, imagine que usted está muy enojado con su jefe, pero tiene que aguantarse el enojo. Es posible que llegue a su casa y se lastime con el cuchillo intentando cortar una cebolla. Está actuando ese enojo, pero sin darse cuenta.

Hizo un gesto de incredulidad y emitió un "ajá" que tenía la obvia traducción de "sí, cómo no". Yo me vi forzado a agregar:

—Lo estoy simplificando mucho.

—Entonces usted pensó que el doctor Abramson no le abrió la puerta por un *acting*. Es decir que no le abrió la puerta porque sintió… ¿qué?

—Pudo quedarse dormido. Pudo no estar en casa y olvidar que tenía una sesión conmigo. A mí esas cosas me han pasado con mis propios pacientes. Nunca me cruzó por la mente que estuviera en peligro. Esperaba que hiciera lo que hago yo las veces que me ha pasado: una llamada para aclarar las cosas, disculparse y darme otro horario en la misma semana o la semana siguiente. Ya en sesión, usaríamos su *acting* para ver qué estaba pasando.

—Dice usted que un *acting* es la expresión de una emoción sin darse cuenta. Si Sal estaba dormido u olvidó la sesión con usted, ¿qué emoción estaba expresando?

—Creo que estaba enojado conmigo. Primero dejé el análisis. Luego me fui de su consultorio inconforme cuando me dio aquella sesión de emergencia.

—¿Qué tiene de malo dejar el análisis?

—Se espera que un psicoanalista vaya a análisis. No está bien visto cuando lo abandonamos, menos cuando llevamos muchos años con el mismo analista.

Resopló y cambió la posición en el sillón. Se mantuvo en silencio algunos segundos, mirándonos a mí y a Gloria como si estuviera pensando algo. Nosotros, sensatos y respetuosos, lo emulamos.

—¿Conocía a otros pacientes del doctor Abramson?

—No. No nos gusta que nuestros pacientes conozcan a otros pacientes.

—Eso usted. ¿Abramson era igual?

—Sí. En alguna ocasión me dijo que dejaba un espacio de media hora entre un paciente y otro para que no se encontraran en la puerta.

Asintió y se bebió de un trago lo que quedaba en el vaso.

—Pues bueno —dijo finalmente y se puso de pie—. Le agradezco mucho su tiempo. Le pido que me llame cualquier cosa —me entregó una tarjeta—. Lo que sea. Si recuerda que el doctor Abramson se haya quejado de algún paciente durante su tratamiento o algo similar a ello… Ya sé, me va a decir que eso no pasa, pero hoy aprendí que entre ustedes se cuentan secretos y técnicas. ¿Cómo le llamó usted? ¿Análisis didáctico?

No supe cómo responder a eso, sólo asentí.

—Pues bueno, quizá durante el análisis didáctico se le fue alguna anécdota de cómo lidiar con un paciente problemático, con un familiar violento o con un amigo que le tenía poca estima. Haga memoria. Y, cuando haga memoria, me llama.

—Inspector —dijo Gloria—, ¿sospecha que Sal fue asesinado por alguno de sus pacientes?

Yames sonrió y se despidió. Nos extendió la mano y se fue sin decir más. Lo vimos subir a su auto y conducir lentamente hasta el fondo de la calle. Cuando volvimos a la sala nos dimos cuenta de que ninguno de los dos había tocado su vaso de agua. Gloria tomó el de Yames y lo llevó a la cocina. Pensé que volvería, pero se quedó allá durante varios minutos. Cuando su ausencia me desesperó me puse de pie y fui a su encuentro.

—¿Estás bien? —pregunté.

—Sí… es que… Me preocupa mucho todo esto, Gregorio. Desde que te fuiste a las costas todo ha sido demasiado. Tu estancia en el lugar éste, el juicio, el cierre de tu consulta, el asalto, la pierna, y ahora esto… Tu analista está muerto. ¿Por qué ahora? ¿Por qué cuando volviste?

—¿Crees que Campos tuvo algo que ver?

Gloria tomó un trapo e hizo como que limpiaba una mancha inexistente en la barra de mármol.

—No sé.

Eso yo ya lo había pensado, pero las palabras de Gloria armaron el rompecabezas de una forma mucho más clara de lo que mi mente me lo tenía permitido hasta el momento. ¿Por qué “El Quebrantahuesos” y su gente me asaltaron a mí, específicamente a mí, justo después de la demanda a Campos? El desgraciado no podía enviar a su hijo o a su enfermero a golpearme, sería ridículo. Pero podía enviar a un par de criminales a asaltarme para amedrentarme, para vengarse por lo que había hecho.

Recordé esa mirada de Campos al terminar el juicio, ese gesto que no alcancé a ver, pero que me puso los pelos de punta. Intenté forzar un recuerdo y, entonces, llegó a mí una idea, un pensamiento, una sensación. Campos me estaba mirando como el cazador que observa a su presa desde la distancia. Estaba mirándome como aquel que no queda satisfecho con la victoria. Necesitaba humillarme, necesitaba castigarme por mi osadía. Luego de escuchar a Gloria no me cabía la menor duda, "El Quebrantahuesos" había estado en mi casa por órdenes de Campos. Sí, sí, él les había pagado para darme mi merecido sin que absolutamente nada asociara ese acto a su persona, su hijo, sus empleados, su clínica o su cruel tratamiento.

Yo había matado a Sal, eso era mi completa responsabilidad. Pero fue Campos quien empezó con las desgracias en mi vida. Fue él quien desató el caos en mi existencia. Sin él no habría sufrido lo que me marcó por siempre en las costas del sur. Sin él no habría sufrido el robo, la golpiza y la humillación. Sin él mi consultorio seguiría abierto, mis pacientes en el diván buscando a través de la palabra el camino hacia la felicidad. Sin él no tendría a un inspector de policía tocando a mi puerta. Sin él, Sal seguiría vivo. Sí, yo había matado a Sal, pero fue Campos el responsable de su muerte.

Entonces me di cuenta que no podía quedarme con los brazos cruzados. Campos seguiría castigándome, seguiría haciéndome la vida imposible. Tenía que hacer algo, era urgente tomar medidas. Con Sal aprendí que matar no es tan complicado, incluso puede ser divertido.

Pero es peligroso.

Si un día Campos aparecía muerto, entonces Yames vendría directamente a mi casa, con tres patrullas de apoyo, la pistola desenfundada y las esposas listas para cerrarse alrededor de mis muñecas. Si Jonathan Campos moría después de Sal Abramson, no quedaría la menor duda de que yo estaba implicado en ambas muertes. Definitivamente no quería ir a prisión. Pero tampoco me podía quedar tan tranquilo mirando televisión todo el día mientras mi enemigo urdía nuevas formas de lastimarme. Tenía que hacer algo. Tenía que pensar. Alguna forma debía haber para terminar con la amenaza sin que tuviera que pagar un precio tan alto. No. Me negaba. No después de todo lo que ya había pagado durante toda mi vida.

Capítulo III

ESTABA TRANQUILO COCINANDO, UNOS DÍAS después de la visita del inspector, cuando vino a mi mente algo que había podido mantener alejado durante semanas… desde lo de Sal. Todo este tiempo había evitado pensar en el asesinato, no quería que me pasara como a ese famoso autor que, por abrir insistentemente su novela terminada, seguía encontrando formas de reescribirla. Mientras más revisitaba mis recuerdos, cada vez más oscuros y ensombrecidos, del día de mi última sesión con Sal, más me venían a la mente detalles que dejé sin revisar y a los que les debí prestar atención.

¿O no?

Ese era el problema.

De todo lo que venía a mi cabeza de esa noche fatídica, ¿qué era real y qué era creado por mi mente turbada? No era como si pudiera volver en el tiempo y ver las cosas desde lejos, o resolver aquello que no dejé resuelto. Las malditas agendas ya estaban hechas trizas, quemadas y repartidas en varios botes de basura por un montón de calles alejadas de la mía… De todos modos eso no evitó que Yames se sentara en mi sala y se tomara mi agua.

Debía dejar de pensar en esa noche. Ya estaba hecho y no podía cambiarlo. Pero sí podía cambiar… otras cosas. Como detener a Campos en su deseo de humillación y castigo. Yo ya no era el que se dejaba de todos todo el tiempo. Ya no era el hombre pisoteado con una falsa sonrisa de oreja a oreja, Sal era testigo de eso… o había sido testigo unos segundos antes de que su cabeza se estampara contra aquellas repisas que tantas veces conté, medí y dibujé con la mente mientras estaba recostado en el diván.

"¡Tu padre te amaba!"

¡Mentiroso! Sal se había muerto por mentiroso. ¿Qué le costaba decirme la verdad? Claro, a mí nunca me la diría, a su paciente bueno, a su paciente simpático, al paciente que siempre tenía un espacio para mover la sesión, al que siempre quiso ser su favorito. Yo podía quedarme contento con su silencio, con sus mierdas. ¡Pues no! Sal pagó años y años de maltrato disfrazado de psicoanálisis. Por eso nunca le hice a mis pacientes nada similar. Yo era el analista más transparente de la ciudad. Nada de estarle haciendo a mis pacientes lo que Sal me hacía a mí. No lo vio venir, no de mí, no de su paciente el bueno, el amigable, el que siempre pagaba a tiempo y con cambio.

"Lo que tu madre hizo para quebrarte la vida".

Sus palabras, sus últimas palabras, se negaban a dejar mi mente. Podía incluso escuchar su voz con claridad prístina. Cada vez que repasaba esa noche en mis recuerdos me llenaba de dudas y encontraba detalles (mal recordados o no) que me atascaban de inseguridades. Pero sus palabras... sus malditas palabras se me habían pegado sin edición y sin dilema. ¿Qué había pasado en aquella última sesión con Sal, aquella en la que, desde su punto de vista, había yo azotado la puerta? ¿Qué dije, qué dijo, qué se habló?

"Lo que tu madre hizo para quebrarte la vida".

¿Qué había hecho mi madre para quebrarme la vida? Era una mujer libre. Se volvió a casar y Rodrigo era la persona más aburrida y sin gracia del planeta, pero nunca me lastimó su relación con él. De hecho, la aplaudí en su momento. ¿Quién no querría tener una mejor relación luego de haber vivido con mi padre de mierda?

"¡Tu padre te amaba!"

Mi padre me quería frustrado y jodido, estudiando administración de empresas para quedarme con el negocio que siempre había sido su sueño, pero no el mío. Había dejado a Villegas para hacer todo lo que yo odiaba hacer. Todo lo que yo no sabía hacer. Y Villegas, como un perrito faldero, me llamaba siempre que necesitaba mi punto de vista sobre algo. ¡Mi punto de vista! Solía devolverle con otras palabras lo que él me decía... y el pendejo colgaba el teléfono muy contento porque yo le había resuelto. Yo le había resuelto... por decirle con otras palabras lo mismo que él ponía sobre la mesa.

"Lo que tu madre hizo para quebrarte la vida".

¿Qué había sido? ¿Por qué lo maté antes de preguntarle?

Ahora no sabría nunca a qué se refería el maldito.

Al menos que llamara a mi madre. ¿Pero qué le preguntaría? "Mamá, ¿qué hiciste para quebrarme la vida? Es que mi psicoanalista, antes de que lo matara, me dijo que tú me habías quebrado la vida". Sonreí. Me encantaría decirle eso. Antes de que lo matara... y a ti también puedo matarte, ¿eh? Si no me dices la verdad. Si no arrojas luz sobre lo que el desgraciado quiso decirme. Anda, maldita vieja bruja, dime a qué se refería mi psicoanalista. Ya no tengo miedo a matar. Ya lo hice una vez y, al terminar, no sólo no me temblaron las piernas, sino que bailoteé en mi carro al ritmo de Lenny Kravitz.

Por alguna razón comencé a reírme.

Estaría increíble decirle a mi madre, a los ojos, lo fantástico que se siente dejar de tener miedo, lo libre que se puede sentir una persona cuando maneja por la ciudad sabiendo que se acaba de cargar la vida de un desgraciado mentiroso. Ay, Sal, tanto que te esforzaste durante tanto tiempo por parecer de piedra tan sólo para volverte una cosa pálida y temblorosa cuando me viste de pie y lejos del diván. Decía Fairbairn que los impulsos buscaban no sólo la descarga, sino la descarga en el objeto adecuado. Pues vaya que Sal fue el objeto adecuado. ¿Fue el objeto adecuado? No lo sé. Quizá. No… el objeto adecuado era Campos. Quizá esa sangre que tanto me emocionó ver brotar de la cabeza de Sal debía ser de Campos. Uf, ¡qué gusto me iba a dar verla brotar de la cabeza de ese desgraciado! Esa vez, en el juzgado, no me quedó más que sentir miedo de aquel gesto que apenas pude imaginar a la distancia.

Debía ser él quien me tuviera miedo a mí.

¡Sería él quien me tendría miedo a mí!

Se había terminado esa vida de mierda en donde yo me quedaba sentado, esperando con el cuerpo temblando la venganza del otro, el beneplácito del otro, la sonrisa de aquel otro que me miraba hacia abajo, perdonándome por mis desplantes que no eran nada. Siempre menos que los demás. Mis desplantes eran desvíos, pequeños desvíos que, sin embargo, se encontraban siempre con el señalamiento más cruel y el castigo más severo. ¿De mi padre?

No. De mi madre.

"Lo que tu madre hizo para quebrarte la vida".

Nada, nada. Mi madre no me quebró la vida. Me la quebró Jonathan Campos y su maldita terapia reflexiva. Tenía que buscarlo. Tenía que ahogarlo en sus malditas piscinas del infierno. No podía morirse como Sal. No. Tenía que ser más lento. Tenía que hacerlo sentir que moría diez veces, cincuenta veces. Dios perdona siete veces setenta. Yo tenía que matarlo siete veces setenta. Dios perdona… ¡Mentira! No perdona nada. Menos a quien no merece el mal. "No hagas a otros lo que no quieres que te hagan a ti". Pues yo me harté de hacer el bien y recibir mal a cambio. El dharma era mentira, plantar cosas buenas para cosechar cosas buenas eran simulaciones de mimo. La verdad es que uno cosecha cosas buenas cuando el otro tiene miedo. Yo quería que Campos me tuviera miedo. ¿Por qué debía tener miedo yo? ¿Por qué no el otro? ¿Por qué no Campos?

Caminé lentamente hasta el teléfono y levanté la bocina. Marqué el teléfono de mi madre. Esperé. Llamó y llamó. Esperé y esperé mucho. Pero, al final, me contestó su voz grabada en un maldito casete de cromo que me informó que no se encontraba en casa y que, por favor, dejara un mensaje. ¿Dónde estaba? Seguramente de viaje, siempre estaba de viaje. Esperé a que ese aparato infernal me diera la señal y, luego del "beeep", grabé un mensaje. Intenté sonar plano, sin afecto alguno, hablé con sensatez y prudencia. Cuando llegara de París o de Angkor o de dónde estuviera, escucharía mi voz pidiéndole que se comunicara conmigo.

Qué bueno que no estaba yo quemándome dentro de un auto en llamas, porque mi madre valía para las emergencias como un maldito martillo para servir sopa. Qué bueno que mis órganos no se estaban ahogando en sangre por el gas que escapaba a través de una fuga del calentador, porque primero llenaba la tarja con mi hemorragia antes de que mi madre levantara el teléfono.

Me quedé pensando en mi grabación. Mi madre me llamaría en cuanto pusiera un pie en su casa.

¿Y luego?

¿Sería honesta? No. En lo absoluto. No podía confiar en su palabra. Era capaz de inventar el cuento más complicado del mundo siempre y cuando ella fuera la heroína. Si la llamada se trataba de cómo ella hizo guapo al feo, le entregó al ignorante el camino al éxito y salvó al mundo con su sabiduría, entonces estaría abierta a hablar durante horas. No había historia en que fuera la villana. Nunca en mis años como psicoanalista había visto a un victimario que se considerara una víctima en todas y cada una de las circunstancias.

Colgué. ¿De dónde había salido todo eso? Las palabras de Sal estaban influyendo más de lo que me gustaría. ¡Maldito mil veces! Estaba instalando recuerdos falsos en mi mente. Estaba convenciéndome, desde más allá de la tumba, de algo que no era verdad. Fue mi padre el que destruyó mi vida, el que me señaló y me humilló, el que no respetó mis decisiones y siempre pensó que había errado el camino en todas y cada una de sus vertientes. Fue él. Mi madre me apoyó, mi madre me abrazó y estuvo conmigo siempre. ¡Maldito Sal! ¿Qué ganaba con llenarme las neuronas de mentiras?

Ciertamente… ¿qué ganaba?

¿Qué ganaba incluso cuando se dio cuenta que eran sus últimas palabras, sus últimos segundos de vida? Pudo decirme lo que fuera para salvar el pellejo, pero decidió decirme… ¡eso! No era estúpido, pudo salvarse con palabras que me tranquilizaran. Pudo construir alguna interpretación que me dejara sentado, sin aliento. Pero, en lugar de eso, se arriesgó a encender mi ira.

Recordé lo que le decía a mis pacientes una y otra vez: vienes aquí a que te diga la verdad. La verdad es la que nos destruye o nos construye, la que nos enferma o nos sana. La mentira es sólo una careta de papel, una careta que se rasga, que se cae, que se deforma. La verdad es la que duele, la que molesta, la verdad es la que nos moldea. Uno puede juzgar el carácter de un ser humano a partir de qué tanta verdad resiste.

¿Habría sido capaz Sal de mentirme en sus últimos segundos?

"Lo que tu madre hizo para quebrarte la vida".

Nada, nada, Sal era el pasado. Sal era mentiroso. Sal fue mi experimento, mi primera víctima, la primera de muchas. Ya lo decía Fairbairn: descargar el impulso en el objeto adecuado. El "objeto adecuado" era Jonathan Campos y sus malditos esbirros. Su hijo, su enfermero y esa mujer traicionera que primero me dio la esperanza del escape para luego señalarme y enviar a los perros tras mi rastro. Con Sal había yo aprendido que matar no es tan complicado después de todo. Si pude matarlo a él sin odiarlo, fácilmente podría matar a Campos, a quien odiaba profundamente.

¿Dónde estaba Campos?

Sabía que había abierto una clínica de terapia reflexiva en la capital, pero no sabía dónde se localizaba. Necesitaba encontrarla. No, en realidad no. Lo que necesitaba era saber dónde estaba el desgraciado. ¿Estaría ahí? El maldito podía tener la audacia de delegar su clínica en la capital y quedarse cómodo y tranquilo en su maldita sucursal de las costas del sur. Necesitaba encontrarlo. Tenía que dejarle claro que el de las temblorinas debía ser él, no yo.

Transfusión de ansiedad.

La idea me hizo reírme mucho. Mucho. Me dio un ataque de risa. Transfusión de ansiedad. ¡Qué cosa tan bonita! Toda la vida había luchado por aceptar la ansiedad. Porque todos tenemos algo de ansiedad, ¿o no? Sin embargo, yo había cargado durante años la ansiedad de todos. ¡No era mi obligación! ¡Me debían! ¡Todos me debían! Por primera vez en la historia de mi vida estaba dispuesto a cobrar. Ya no quería estar ansioso, así que era tiempo de que tomara todo ese peso y se lo aventara al desgraciado que así lo mereciera.

Gloria llegó del trabajo. En cuanto entró se lanzó a mis brazos. Me encantaba tenerla en los brazos. Creo que era todo lo que tenía. Tenía tanto miedo de que se diera cuenta que yo había matado a Sal… No tenía por qué saberlo… al menos que el inspector Yames dijera o descubriera algo. No tenía por qué saber nada. Tenía miedo de que me juzgara, tenía miedo de que me abandonara. Ella era lo único que me quedaba.

—¿Cómo te fue? —le pregunté.

No necesitó nada más. Me habló largo y tendido de su día en el trabajo. Yo la escuché con atención y me le quedé mirando mientras hablaba. La pasión con la que me explicaba sus cosas, los gestos que hacía, cómo le cambiaba la cara. Era afortunado por estar con ella. ¿Cómo una mujer como ella se había fijado en un aburrido como yo, en un tipo solitario que gozaba de los libros y de estar metido todo el día en un consultorio ayudando a los demás a alcanzar la felicidad?

(A los demás, no a mí).

Cuando terminó de contarme todo lo que le había pasado en el día, me preguntó que cómo estaba. No tenía mucho que decirle. Me pasaba las mañanas en casa limpiando las telarañas. Intentaba leer o ver la televisión o cualquier cosa que me alejara de los espejos. Obviamente no le dije que me la había pasado el día completo pensando en Campos.

En matar a Campos.

La misma Gloria no sabía lo que sus palabras habían ocasionado. No sabía que me habían metido en una vorágine de pensamientos y conclusiones. Ella mencionó que el asalto podía estar vinculado a Campos. Ella lo sabía. Gloria tenía una claridad que a mí me faltaba. Campos había enviado a "El Quebrantahuesos" y a sus compinches a golpearme. Eso significaba su cara de aquel día, en el juicio. Sí, quería matarlo, pero no podía decirle eso a Gloria, no podía decirle que estaba a punto de buscarlo para acabar con su vida. La perdería.

No quería perderla.

¿Quién me quedaba si la perdía?

¿Mi madre? ¿Su esposo?

Nadie.

Nadie que valiera la pena.

"Lo que tu madre hizo para quebrarte la vida".

¿Por qué la voz de Sal no se largaba de mi cerebro? Ya no quería escucharlo. Tenía las cosas muy claras. Fue mi padre el que destruyó mi existencia. No… no mi padre. Campos. Jonathan Campos. Sus celos profesionales, la forma tan estúpida en la que se portó cuando le dije que no estaba de acuerdo con su tratamiento. ¡Qué infantil! Encerrarme y torturarme por ello.

—Amor, ¿todo bien? —preguntó ella.

—Sí, perdón, me quedé pensando en lo que me dijiste el otro día.

—¿Qué de todo?

—Lo de Campos y el asalto.

Gloria negó con la cabeza.

—No me hagas caso. No sé qué me vino a la mente. A ver… deja de pensar en eso. Termina tu terapia con Moya, termina tu terapia de grupo y ya, que te devuelvan tu consultorio —sonrió y me tomó la mano—. No te voy a decir que en un par de años nos estaremos riendo de esto, no soy tan simple, pero sí te puedo decir que vamos a verlo como una pesadilla. Una pesadilla de la que despiertas y listo, quedó en el pasado.

Abracé a Gloria y fingí una sonrisa. No, amor, no es tan fácil. No es un asunto de olvidarlo como si nada. Campos no esperaría a que terminara mi terapia con Moya. Una cosa era el gobierno y sus exigencias. Todo aquello que el juez exigió de mí quedaría en el pasado, sí. Pero la venganza de Campos continuaría, él seguiría torturándome por lo que le hice. Aun si la terapia reflexiva terminaba con más fama y aplauso que los tratamientos cognitivo-conductuales, Campos seguiría mirándome con desprecio. Para él yo sería siempre la piedra en el zapato, aquel capaz de detener su tratamiento infernal. Lo peor es que el tipo ni siquiera me quería muerto. Me quería sufriendo.

Pero no si yo podía evitarlo.

Al día siguiente, en cuanto Gloria salió de casa, salí también y caminé al teléfono público de la esquina. No quería que la llamada saliera de mi casa. Digo, no sé bien qué diferencia había entre mi casa y la esquina, pero en su momento me pareció prudente hacerlo de esa manera. Llamé a los servicios públicos y pregunté por "Nueva Vida". La señorita del otro lado de la línea me dio toda la información necesaria: la dirección, los horarios y hasta los teléfonos. Me dijo que había dos clínicas. Sí, sí, ya lo sabía yo. Las del sur y las de la capital, no necesitaba ese tipo de información.

La clínica no estaba muy lejos de mi casa. Tampoco estaba a dos cuadras, pero no estaba del otro lado de la ciudad. Además, no estaba dispuesto a matar a Campos ese mismo día. Ese es el tipo de gestas que tienen que planearse con tiempo. Pero saber dónde estaba, conocer el lugar, tentar el terreno… eso era algo que podía y debía hacer de una buena vez.

Me subí al primer taxi que se detuvo y, casi media hora después, estaba recargado en la alambrada de un parque, mirando un edificio de dos pisos que tenía, junto a su puerta principal de cristal, una placa de cobre que decía: "Centro de Cuidado Psicológico Nueva Vida". Mentiría si digo que no estaba muerto de miedo. Esa placa de cobre me oprimió el corazón con fuerza y, durante unos segundos, preferí dar media vuelta y volver a casa. Pero no podía permitirme eso. Ya no. No después de haber encontrado la terrible verdad en labios de Gloria: Campos no me dejaría en paz. Era él o yo. Uno de los dos tenía que morir para que el otro pudiera tener una vida tranquila.

¿Entonces por qué carajos no dejaba de pulsarme el corazón en la garganta?

¿Qué seguía? Ya sabía en dónde estaba el maldito lugar. Ahora necesitaba saber si Campos estaba ahí, qué días estaba ahí, en qué horario estaba ahí. Pero no podía sólo entrar a preguntar, a estas alturas seguramente tenían mi fotografía en todas las paredes. "Cuidado con este individuo". Gregorio Sankiesh debía ser el centro de todos los cursos de riesgo laboral y ese tipo de cosas. "El tipo que quería que nos cerraran, el tipo que viajó hasta el sur sólo para que nuestros servicios se vieran interrumpidos". No. No. Era muy tonto entrar ahí. Incluso si nadie sabía quién era yo, Campos sí que lo sabía y me descubriría apenas escuchara la descripción de mi persona. Entonces yo estaría en un problema grave y en dos vertientes: por un lado, fortalecería sus medios de tortura. Quizá los maleantes que entraron a mi casa me visitarían más seguido, más veces, más golpes en la pierna… no lo sé. Por el otro, no dudo que su abogado infernal corriera al juzgado a decir que yo anduve merodeando por el Centro de Cuidado Psicológico de la Capital y entonces sí, ni Moya ni Carolina Lacquer serían capaces de hacer nada por mí, a pesar del buen comportamiento y la persona tan decente que había sido en sus respectivos consultorios.

Además, ¿quién me defendería? Sería muy estúpido de mi parte regresar con Rego y volverle a pagar una fortuna a cambio de trabajo mal hecho. No, no podía arriesgarme de esa…

¡El compinche del Quebrantahuesos!

Dio la vuelta a la esquina y pasó frente a la placa de cobre y las puertas de vidrio de "Nueva Vida" como si estuviera mirando cristalerías un domingo cualquiera en una plaza comercial. Lo reconocí de golpe. Bueno, primero lo reconoció mi cuerpo con la inyección de adrenalina que invadió todo mi ser en un segundo. Lacan decía "escucha a tu cuerpo". ¡Pues mi cuerpo me estaba pegando de gritos! La memoria, tramposa y dramática como es, me hizo sentir al instante un dolor intenso en el muslo. Era el tipo que me había obligado a desempolvar el bastón que me regaló mi padre. ¡Era él! Justo frente a "Nueva Vida". ¡Gloria tenía razón! Ya no cabía más duda, fue Campos quien había mandado a "El Quebrantahuesos" y sus cómplices a mi casa. Lo importante no era robarme, no me habían visitado por ello, no, esa no era la razón, eso era sólo una fachada, una forma de esconder a Campos. En una ciudad donde los robos a casa-habitación eran lo de todos los días, ¿quién sospecharía de ese psicólogo bonachón con sus pequeñas albercas? ¿Quién pensaría que él los había enviado a golpearme? Todo lo que se robaron había sido un premio extra, una propina que complementaba lo que Campos les habría pagado.

Cuando tomé el taxi no se me habría ocurrido que me toparía con el tipo que intentó dejarme en una silla de ruedas por el resto de mis días. Era un regalo. No sabía en qué sentido era un regalo, pero me obligué a tranquilizarme y decidí seguirlo. ¿Para qué? No lo tenía claro en ese momento, pero no podía dejarlo ir, no podía simplemente dar la media vuelta y regresar a casa. Quizá esa noche dormiría sin saber si Campos se encontraba o no en la Capital, pero sabría cómo se movía ese maldito sin nombre al que estaba siguiendo desde la otra banqueta, caminando unos metros atrás de él.

Con cuidado seguí al fulano durante varias cuadras. Estaba tan atento para no perder al tipo entre las sombras que no me di cuenta cuando entré a uno de los barrios bajos de la ciudad. Nunca pasaba por ahí. Nadie pasaba por ahí. Era bien sabido que cualquiera que no viviera en esa zona no era bienvenido. Era de esos barrios en donde los nervios te comían entero si caías en él por accidente, mientras los ojos buscaban con prisa la primera callejuela que saliera de ahí y llegara de vuelta a la civilización. Pero no necesité internarme demasiado en ese lugar de oscuridad y vileza, pues el amigo de "El Quebrantahuesos" subió por una escalera de caracol que lo llevó a la segunda planta de un descuidado edificio de concreto con ventanas cuarteadas protegidas por barrotes oxidados. El tipo tocó la puerta y, unos segundos después, una chica joven abrió. Luego de darle a ella un desinteresado beso en la mejilla, se metió a casa y cerró la puerta a su espalda.

Regresé sobre mis pasos lo más rápido que pude y me sentí más tranquilo cuando volví a caminar por banquetas pintadas y el tráfico intenso de la noche.

Ya sabía dónde vivía.

Capítulo IV

GLORIA NO ENTENDÍA DEL TODO por qué amanecí tan contento al día siguiente. Me besó de lleno en los labios durante el desayuno y me hizo saber lo mucho que le alegraba verme contento. Ella pensaba que era porque me estaba adecuando a mi vida, a las terapias con Moya y a las sesiones de grupo. Pero no sabía que, en realidad, mi alegría se debía a que estaba planeando mi primer golpe en contra de Campos. Después de meses y meses del tipo teniéndome hecho un ovillo, con los dientes castañeándome de miedo, por fin me tocaría actuar a mí. Me sentiría cerca, me vería venir y, entonces, el miedo sería suyo. Eso me alegraba tanto… pensar en el miedo que sentiría Campos ante mis acciones me hacía sonreír.

—¿Cómo va a estar tu día? —me preguntó.

—Bien. Ya sabes. Tengo sesión con Moya y luego sesión de grupo —fingí una cara de "mucho que hacer" y ella sonrió.

—¿Me llevas a la universidad antes de Moya? Ya luego me regreso sola.

—¿Segura? ¿No prefieres que pase por ti?

—Ya veremos, yo te aviso, ¿sí?

Terminamos de desayunar y la llevé a su trabajo. De ahí me pasé a la sesión con Moya, que estaba igual de contento que Gloria por mis "avances". Me dijo que me veía alegre, que estaba mucho más contento que en otras sesiones. Yo le dije que estaba aprendiendo a aceptar lo inevitable. Sí, la vida me había jugado un revés muy feo, pero no podía estar quejándome todos los días. Las quejas no me regresarían mi práctica clínica, ni llevarían a que el tratamiento corrupto de la terapia reflexiva desapareciera del mapa.

—Bueno, el tratamiento que tú consideras corrupto —dijo.

Me molestó eso, pero necesitaba mantenerme en personaje. La máscara gruesa y sonriente que traía puesta sobre la faz estaba funcionando, el tipo consideraba que yo estaba "teniendo avances" y no dudo que en las tardes, cuando llegaba a casa, le presumiera a su familia lo bueno que era y lo mucho que me estaba ayudando a dejar atrás el dolor, la tristeza y la furia. ¡Y luego se quejan del psicoanálisis! Los psicoanalistas no le huimos a los sentimientos oscuros, no queremos cambiarlos por florecitas y perfumes. A nosotros no nos molesta la oscuridad, sabemos que hay que trabajar en ella. En mi práctica clínica siempre me mantuve dudoso ante las sonrisas gigantes y los logros que llegaban de un día para otro. Mientras no pudiera estar seguro de que no había máscara, siempre consideré que, debajo de la sonrisa, los "logros" y la felicidad, había un pozo oscuro y maloliente.

Mientras más gruesa la máscara, más profundas las tinieblas.

Pero Moya no podía verlo, porque mi sonrisa era amplia y mi máscara de piedra.

Terminé mi sesión lleno de halagos y de "tenemos que seguir por el mismo camino". Pasé por un café a una cafetería que estaba cerca del consultorio de Carolina Lacquer y me senté ahí a ver pasar la vida. A veces me gustaba ver caminar a la gente, esa gente que no sabía nada de nada. Qué diferente es ver a las personas cuando ellas son siempre una amenaza y volverlas a ver cuando tú eres la amenaza, cuando no te da miedo ser el que empuña la pistola, cuando eres tú el que es capaz de ver correr la sangre, sin culpa. Y, de repente, esas personas, que son las de siempre, cambian por completo. No cambian ellas, cambia uno mismo. Y al cambiar uno mismo, cambian ellas también. ¡Qué difícil es la vida cuando estamos a merced del otro!

Pero llegó la hora y tuve que entrar a mi sesión. Fui el primero en llegar. Carolina Lacquer no vio en mi sonrisa lo mismo que Moya, ella bajó la mirada. Qué interesante, al parecer ella podía ver un poco mejor bajo la máscara. O quizá era otra cosa y yo le estaba dando demasiado crédito. Los otros colegas llegaron unos minutos después. Sin esperar, ella se sentó en el lugar acostumbrado y, con los ojos puestos todavía en su libreta, preguntó:

—¿Quieres empezar hoy, Gregorio?

—No —dije tajante, pero sonriente. Ella no levantó la mirada, pero pudo escuchar la sonrisa a través de mis palabras.

—Yo tengo algo que contar —dijo uno de los otros—. Creo que… creo que ya es tiempo.

Hizo una pausa porque estaba a punto de llorar. Pero era un hombre fuerte y viril y eso está muy mal visto, así que bajó la vista y se sorbió hasta el cráneo todas las lágrimas. Respiró fuerte tres veces para "recuperar la compostura" y, luego, volvió a levantar la cabeza.

—Hace unos años recibí a un paciente adolescente. Tenía dieciocho años, casi diecinueve. Hubo *rapport* al instante. Me cayó bien desde que se sentó y creo que él sintió lo mismo por mí. Llevábamos como tres sesiones cuando su padre me llamó, me dijo que quería una sesión especial conmigo. Le dije que su hijo era mayor de edad y que cualquier encuentro entre nosotros requería de su visto bueno. Pero el tipo se puso furioso, me dijo que él pagaba las sesiones y que el chico vivía bajo su techo todavía, así que la terapia era suya.

Hizo una pausa y resopló.

—Le di cita y se tranquilizó al instante. Con tono fuerte, pero intentando ser menos impulsivo, dio las gracias y colgó. Cuando lo recibí en mi consultorio, venía del gimnasio, con ropa ajustada, playera corta, ya se imaginarán. Y sentí… sentí…

sentí un fuerte deseo de besarlo. Nunca me había pasado, no era yo… ¡No soy homosexual! No sé… y además… se parecía demasiado a su hijo. Era igual, pero no sonreía. El chico sonreía mucho. El tipo me pidió que le contara todo lo que su hijo decía de él en sesión. Yo expliqué que no podía hacer eso, que el contenido de las sesiones era secreto, sólo su hijo y yo podíamos saberlo. Firmamos un contrato de confidencialidad en la primera sesión. Pero el tipo no me quitó la vista de encima. Y yo tampoco se la quité. Él quería ser amenazante, pero yo… yo me estaba excitando.

Volvió a reprimir el llanto. Los demás nos quedamos en silencio mientras él, con la cabeza gacha, intentaba esconder lo obvio.

—Le dije todo. Le dije todo lo que su hijo decía de él. El muchacho le tenía miedo, no se sentía seguro cuando estaban solos. Él preguntó por qué y yo debí decirle que no me lo había contado todavía. Debí decirle… debí decirle que no sabía, que no habíamos llegado a eso, que él no estaba seguro. Pero no pude. Quería quedar bien con él, quería caerle bien —negó con la cabeza y sonrió con tristeza—. Quería que me quisiera.

—Continúa, nadie está juzgándote —dijo Carolina con un gesto de comprensión que me pareció honesto.

—Le dije que su hijo me había contado que él lo tocaba, en las noches. O lo había tocado en el pasado. Aunque se quedó callado, puso un gesto de enojo que me obligó a cambiar mis palabras. En lugar de considerar lo que mi paciente me contaba como si fueran hechos, empecé a tratarlos como suposiciones, como interpretaciones, como fantasías. En lugar de "usted hace esto o aquello" empecé a usar "su hijo cree que usted hace esto o aquello", "me dice que usted hace". Él pegó contra la mesa y me dijo que eso era falso, a lo que yo agregué: "bueno, eso es lo que él dice". Todo mi ser, todo mi conocimiento y mi experiencia me decían que el chico hablaba la verdad, pero no podía decirle a ese hombre, a los ojos, que estaba mal lo que hacía. Lo peor es que no fue… no fue por profesionalismo ni por neutralidad ni nada. ¡Quería caerle bien!

—¿Pero qué fue lo que el padre le hizo? —dije yo casi en un grito. No sé de dónde salió la pregunta, pero no la retiré, al contrario, busqué en la mirada de todos el acuerdo con ella.

—¿Quieres contestar? —preguntó Carolina.

El tipo asintió.

—Mi paciente me dijo que su papá lo masturbaba. Desde que era niño. Lo esperaba afuera de la regadera y, antes de vestirlo, lo masturbaba. Mi paciente le puso a su padre un límite muy fuerte, se encerró luego de salir de bañarse. El padre casi quería tirar la puerta, pero…

Ya no escuché más. Su voz se perdió entre las sombras. Mis ojos lo veían a él, pero mi mente estaba en otro lado. Me mareé de golpe y, unos segundos después, el corazón me empezó a latir con fuerza en el cuello. Angustia. Conocía la sensación, la había vivido muchas veces. Me puse de pie de un salto.

—Gregorio, no puedes irte.

—Perdóname, perdón. Me tengo que ir.

No dije más. Ni siquiera pensé si eso pondría en peligro mi proceso, si echaría a perder el reporte de Carolina ante el juzgado. Ya lo arreglaría después. La semana siguiente le inventaría cualquier cosa. Que me sentí muy mal, que salí a buscar un doctor que trabajara de entre los siete mil que seguían en huelga. Algo, lo que fuera. Ya lo arreglaría. Pero en ese momento, en ese preciso momento, tenía que salir de ahí sin importar qué.

¿Qué me había producido esa reacción?

"Lo que tu madre hizo para quebrarte la vida".

¡El padre! La historia del padre de ese paciente adolescente. ¡Hijo de puta! Igual que mi propio padre, destruyendo la vida de sus hijos por deporte. Mi padre nunca me puso un dedo encima, pero no hizo falta, me rompió la cabeza de otras mil formas. Un ser querido no necesita golpearte para lastimarte, la psicoterapia dejaba eso más que claro. El problema es que el maltrato físico siempre viene acompañado de maltrato psicológico.

¡Ningún maltrato es válido!

¿Qué hacía ese hombre tocando a su hijo?

Me subí al carro y manejé a casa a toda velocidad. Me detuve en cada luz roja que encontré porque no quería perder más tiempo con un patrullero que me tendría parado durante una hora para no darme mi multa y forzarme a ofrecerle lo que trajera en la cartera para dejarme ir. Pero cada maldita luz roja duró para mí una eternidad. Quería llegar a mi casa. ¿Qué había en mi casa? No lo sé, pero me urgía salir de esas calles y echarme en el sofá.

Pero llegué a casa y no, la respuesta no estaba en el sofá. En cuanto me tumbé, la angustia me obligó a ponerme de pie otra vez. ¿Qué podía hacer? El cuento de nunca acabar con esa maldita angustia que había invadido mi vida desde los once años, esa angustia de muerte que me enloquecía. Como el mar de las costas del sur. Ese mar ideal. El mar. ¿Por qué le tenía tanto miedo al mar y por qué el mar vino a mi mente en ese instante?

¡Que frustración! Tan divertido que la estaba pasando luego de lo de Sal, luego de encontrarme al compañero de "El Quebrantahuesos", luego de tener un plan para que fuera Campos quien me tuviese miedo a mí. Últimamente estaba sonriendo tan fácil… ¿Qué hacía yo temblando de pies a cabeza porque el paciente adolescente de un homosexual reprimido fue manoseado por su padre enfermo? ¡Mi padre, mi propio padre enfermo! El que me había juzgado, el que me había señalado, el que no me permitió dar un solo paso en la vida sin hacerme saber lo pendejo que era por dar ese paso.

Eso debía ser. No había otra salida. Mi padre me seguía llenando de angustia a pesar de haber muerto hacía tantísimo tiempo. La pequeña versión de mi padre, clavado en la corteza prefrontal ventromedial de mi cerebro, me seguía manipulando desde la tumba.

No supe en qué momento me había quedado dormido, pero desperté a las siete de la noche mal echado en el sofá. Me puse de pie de un salto. Como siempre, recordé la ansiedad de hacía unas horas, pero no volvió a mí. La ansiedad de ayer era el recuerdo de hoy… al menos hasta que volviera a tomar fuerza en otra ocasión. Desde niño esa idea me tenía ocupado y preocupado y fue una de las muchas razones por las que dediqué tanto tiempo a la mente humana. ¿Por qué lo que me angustiaba a las cinco dejaba de angustiarme a las seis? ¿Por qué lo que a las cinco me ponía a temblar de pies a cabeza a las seis se convertía en un recuerdo que no me movía ni siquiera un poquito las neuronas? ¿Y por qué esa misma angustia podía regresar, unos días después, con la misma fuerza? ¿Por qué no se quedaba como el recuerdo de las seis que no me movía ni un cabello? Hasta este momento no he encontrado la respuesta. Y ese día, que desperté en el sofá, fue un ejemplo más, una entrada nueva en el diario de lo mismo.

Me estiré para salir completamente del estado de sueño. Luego caminé a la cocina y me bebí de un trago un vaso de agua lleno hasta el ras. Lo dejé dentro de la tarja y fui a mi armario, el de las cachuchas. En el camino pasé por el espejo del pasillo. Me detuve. Ahí estaba mi reflejo. Ahí estaba la sonrisa. ¡Qué bien! Al parecer la angustia que me invadió en el consultorio de Carolina Lacquer no fue lo suficiente para borrarla, tan sólo se había ido a descansar. Pero estaba de vuelta.

Me sujeté del marco y me acerqué lo más posible al reflejo, como si pudiera olerme a mí mismo cuando mi nariz y la del otro Gregorio Sankiesh estaban casi punta con punta. Sonreí. Mi sonrisa era la perdición de mi enemigo. Campos había intentado por todos los medios borrarme la sonrisa. Tomó una vida feliz y la hizo pedazos por un asunto estúpido de ego, por una lucha de poder ridícula. Para él fue sólo quitarme de en medio, hacer a un lado una molestia. Pero mi vida estaba de cabeza. No era justo que, después de conocernos, mi vida hubiese cambiado tanto mientras la de él se había mantenido exactamente igual que como estaba antes de mi llegada a las costas del sur. Tenía que sonreír. Mi sonrisa era la principal afrenta a su crueldad.

Recordé aquella canción que me cantaba mi mamá cuando era niño. La música era de Chaplin, pero nunca supe quién le había puesto letra. "Sonríe", me cantaba, "sonríe". Y estaba sonriendo. Pero la sonrisa no sería suficiente si quería que el amigo de "El Quebrantahuesos" terminara muerto esa noche. Sí, quería matarlo, pero también quería que Campos recibiera un mensaje claro y fuerte: me estaba acercando. Me estaba acercando y ya no tenía miedo. Podía matar a Campos, sí. No importaba si estaba en la capital o en el sur, podía matarlo. Pero no quería eso. Primero quería que sintiera miedo. Quería que sintiera todo lo que yo sentía, todo lo que yo había sentido. El dolor, la traición y la injusticia.

Si quería esconderme en la noche debía vestir de negro. Si no quería preocuparme por las huellas dactilares debía usar guantes. Si no quería que se me viera el rostro… entré a mi armario lleno de cachuchas. Ahí estaba el cubrebocas negro. Me lo puse. También tomé una gorra negra lisa, de las que yo había hecho con la máquina de coser. Caminé al espejo de nuevo. Entre la visera de la gorra y el tapabocas apenas se asomaban mis ojos oscuros. El reflejo no me devolvía un rostro, pero yo sonreí. Debajo de ese tapabocas negro sonreí con toda la cara, sonreí hasta sentir cómo se estiraban los músculos del cuello.

"Sonríe aunque se te esté rompiendo el corazón", cantaba mi madre. No se me estaba rompiendo, ya estaba completamente roto. Pero dependía de mí volver a construirlo, unir las piezas. Y entonces, frente al espejo, sonreí todavía más. Tenía que sonreír a pesar del miedo y la tristeza. Tenía que sonreír para que, mañana, la vida siguiera valiendo la pena.

De mi armario saqué una camisa negra y me la cerré hasta el botón de arriba.

"Desabróchate el botón de arriba" recordé la voz de mi madre cuando tenía yo dieciocho años. "Te ves como un..."

¿Pendejo?

No. Había sido mi padre, mi madre jamás me habría dicho algo así. Fue mi padre. Mi padre me compraba la ropa. Pero sí, el botón de hasta arriba se lo abrochaban sólo los idiotas, y yo no era ningún idiota... Pero tampoco quería que me atraparan, que me vieran. Sentí que no podía tener el pecho descubierto. Así que me cerré el botón de hasta arriba de todos modos. Luego me puse mi gabardina, la más larga que tenía en el armario, la que se extendía por debajo de las rodillas hasta casi llegar a las pantorrillas.

Ahora sólo faltaba el arma. Antes de mirarme por última vez en el espejo, fui por el bastón de castaño.

"Está durísimo, puedes reventarle la cabeza a alguien".

Madera de castaño, una sola pieza. Lo miré varios segundos como si nunca lo hubiera hecho. Sería un arma eficiente, pero no quería perderla, sólo de pensar que pudiera partirse en dos se me llenaba el corazón de tristeza. Pensé en tomar uno de los cuchillos de la cocina y guardarlo en una de las enormes bolsas de la gabardina, pero sería estorboso, quizá más peligroso para mí que pera el amigo de "El Quebrantahuesos". Además, si todo salía tan bien como había salido con Sal, seguramente encontraría en esa casa un arma. Todas las casas tienen armas, pero pocas de ellas tienen balas. Hasta un inocente vaso es un arma, sólo se necesita la intención de usarla.

A diferencia de lo que pasó con Sal, no tendría que preocuparme por la sangre. Toda mi ropa era negra. Las gotas de sangre quedarían ocultas. Podría caminar media ciudad con la ropa empapada que nadie lo notaría, la luz de la luna me ayudaría a esconderme. La sangre. El rostro. La mirada. Las intenciones. El mal, la muerte, el dolor. La sonrisa. Todo estaba oculto. Había ocultado durante mi vida el dolor y la vergüenza. Ocultar era fácil. Mirándome al espejo, me empecé a reír. No pude evitarlo. Me reí y me reí mucho. Aunque la imagen del espejo sólo mostraba a un tipo inclinado sobre sí mismo, debajo de la sombra de la gorra y el tapabocas negro estaba yo, riéndome de todo. Riéndome de la circunstancia.

Sonríe para que, mañana, la vida siga valiendo la pena.

El cachuchero. El que vende gorras. Un lío, una molestia, un escándalo, una confusión, un enredo. El que viste de gorra por las noches. El cachuchero. El asesino de la gorra.

Me gustaba.

¿El mundo no me quería ayudando a los demás? Perfecto, ¡aceptado! Destruyamos, acabemos con todo. Intenté ser perfecto, intenté ser perfecto para Gloria, para mi padre, para mi madre. ¡Para Sal! Para esos hermanos de mierda en el mar ideal de muerte. Para el quehacer psicoterapéutico. Para el mundo entero. Viví mi vida entera buscando satisfacer a todos o, al menos, buscando cómo satisfacerlos, aunque nunca pude dar con la respuesta en algunos casos, como con mi padre. Viví toda mi vida buscando el amor para sólo encontrar que le caía bien a todos...

Pero nadie me quería.

Me miré de nuevo al espejo. Ahí estaba. El Caper. Un lío, una molestia, un escándalo, una confusión, un enredo. No necesitaba el amor de nadie. Toda la vida me había costado trabajo sonreír. Toda la vida me había sentido triste por dentro, aunque por fuera tenía la sonrisa que los demás exigían. El precio por ser querido. No, el precio por caer bien, por ser la buena persona, por sentirme contento de que otros (que no sentían por mí ni el mínimo cariño), me señalaran y me dijeran lo bueno que era. Lo bueno que les convenía que fuera. Era la forma perfecta de caerle bien a todos. Sonríe, no molestes, no generes problemas. Ayuda. Ayuda siempre. Ayuda aunque sepas que tendrás a cambio una bofetada. Yira, Yira.

Yo, Gregorio Sankiesh, pude reír con el corazón en la mano. No para fingir, no para agradar, no para que el otro con o minúscula se sintiera contento. No para contagiar la falsa alegría. No había nadie. Estaba solo. No compartí eso. Era mío, sólo mío. Sonreí conmigo mismo, para mí, no para otros. No para reducir la ansiedad de otros, la incomodidad de otros. Yo solo, frente al espejo. Yo solo, mirando de frente al cachuchero, al Caper, ataviado completamente de negro, con unos ojos cafés por toda faz. Ese era. En ese reflejo, en esa oscuridad nocturna, recordé que, siendo él, fue que por primera vez dejé de sentirme triste todo el tiempo.

El que salió del consultorio de Carolina fue Gregorio Sankiesh, pero el que salió esa noche de mi casa, caminando tranquilamente, fue el Caper. La luna, que poco ilumina, era incapaz de traspasar la visera de esa gorra negra. Quien me viera de frente en esa noche no encontraría sino una faz oscura. Un cuerpo completamente oscuro con un bastón de castaño.

No había una sola patrulla a la vista. Pues no... ¿por qué tendría que haber una? ¿A quién le importaba el asalto? A nadie. Unas semanas atrás, cuando visité esa atiborrada estación de policía, pensé que una patrulla yendo y viniendo sobre mi calle era lo mejor que podía pasarme. Pero no, en realidad era lo peor. Necesitaba el abrigo de la noche, la secrecía de la oscuridad. Y fue con esa secrecía que caminé hasta llegar a la zona horrible en donde vivía el amigo de "El Quebrantahuesos". Serían las nueve y media de la noche cuando subí esas escaleras horrendas y me detuve frente a su umbral.

Con el bastón toqué esa puerta de lámina un par de veces.

Esperé.

La mujer abrió. Pensé que abriría una rendija para ver quién era, pero no, abrió de par en par, como si fuera yo su hermana o un amigo de la familia. Sin esperar una reacción, le dejé caer la parte del mango del bastón con todas mis fuerzas sobre la cabeza. Se llevó las manos al lugar en donde aterrizó el golpe y se echó hacia atrás. Entré a la casa y cerré la puerta a mis espaldas.

—¡Hijo de puta! —gritó sin soltarse la cabeza.

No podía perder tiempo. Dejé caer mi bastón al piso y apreté su cuello. Apreté y apreté. A pesar de su gesto de horror y sus ojos saltones, sentí que no estaba haciendo el suficiente daño, así que apreté más. La tipa me golpeó los brazos y, con los puños, intentó alcanzar mi rostro, pero yo seguí apretando. Por primera vez me enfrenté a algo que no vi venir: no estaba haciendo suficiente daño. No el idóneo para sentirme satisfecho. Ella estaba muriéndose en mis manos, pero yo tenía ganas de lastimarla más. A ella, a esa mujer que nunca me había hecho nada. Esa mujer que veía por segunda vez en mi vida. Era inocente. ¿Era inocente? No. Era la esposa del tipo que casi me deja sin caminar por instrucciones de Campos. Tenía que pagar el precio. Pero no era justo, ¿o sí? Ella no me había hecho nada.

La solté.

Me miró y dio dos pasos hacia atrás antes de caer al piso. Intentaba jalar aire, pero el sonido que hacía era monstruoso. No sonaba como quien jalaba aire luego de escapar de la furia de las olas. Sonaba diferente. Sonaba a muerte. Y, con todo y el escándalo, el amigo de "El Quebrantahuesos" no estaba por ningún lado. Quizá no había llegado a casa todavía. Pero no iba a arriesgarme, así que dejé a la mujer jalando aire con todas sus fuerzas en la sala y di un paseo por la casa. Una casa de mierda. La pintura descarapelándose de las paredes. El techo grisáceo y sin pintar, iluminado apenas con focos que pendían de cables que salían del concreto como flores de entre las cuarteaduras de una banqueta. La cocina estaba hecha una vergüenza, con trastes acumulados de no sé cuántos días. Pero no estaba el amigo de "El Quebrantahuesos". El desgraciado que me pateó la pierna hasta cansarse no estaba en ningún lado. Casa vacía.

Como lo supuse, no tardé mucho en encontrar, entre los trastes sucios, un cuchillo que se veía bastante prometedor. Lo puse bajo el chorro del agua y lo sequé con un trapo.

Volví a la sala. La mujer seguía en el piso, con las manos en el cuello. Recuperé mi bastón y me senté en el sillón de imitación piel que ya estaba todo cuarteado por el sol y por el tiempo. Con del pulgar y el índice comencé a arrancar pedazos de hule espuma de entre las grietas. Estaba esperando. Esperé, pero no esperé mucho. El tipo llegó una media hora después. Tocó la puerta tres veces y el golpe sobre el metal llenó el silencio de la sala. O lo que se suponía que era la sala. Me puse de pie, tranquilamente, tomé el cuchillo y fui a abrir.

Le di un jalón a la puerta y quedé oculto detrás de ella. El tipo entró y se lanzó sobre su mujer, que seguía en el piso, moviéndose menos, cada vez menos. No podía esperar más, las cosas tenían que ser rápidas si pretendía tener el control de la situación. Me acerqué a él y, mientras estaba hincado junto a ella, le enterré el cuchillo en el muslo. En la misma pierna que él me había pateado. A la misma altura. Todo. Tenía que darse cuenta, tenía que verlo, tenía que entenderlo. Pero, principalmente, tenía que aceptar su destino.

El tipo se dejó caer sobre su costado y soltó un alarido. Primero me preocupó el escándalo, hasta que escuché que, a lo lejos, un vecino pedía silencio a gritos. Estaban solos. El tipejo ese y su mujer estaban solos. Nadie reportaría nada. No habría patrullas, ni policías, sólo un puñado de vecinos desinteresados que no necesitaban un problema más.

Arranqué el cuchillo de su muslo. Me le quedé mirando unos segundos. Intentó levantarse, pero cayó de lado sobre la mujer, que ya casi no se movía.

—¿Quién eres? —preguntó, pero no respondí. Esperé a que se moviera un poco más y, cuando lo tuve en una posición más cómoda, pateé su pierna, justo sobre la herida. El tipo gritó, lloró y rogó por su vida, pero yo seguí pateándolo, de la misma forma que él lo había hecho. Tenía que darse cuenta. ¡Tenía que atar los cabos!

Pensé que aceptaría el dolor con la misma entereza con la que me amenazó y me golpeó. Pero no. El valiente deja de serlo cuando está frente al cañón de la pistola. Me quedé ahí, de pie sobre él. La mujer estaba completamente quieta. ¿Estaría muerta? Si no estaba ya muerta moriría después… buena suerte para encontrar un médico que la atendiera. Él, mientras tanto, se sostenía la pierna como si pudiera detener el sangrado sólo con desearlo.

—No me mates —me dijo—. Por favor. Por favor.

Y quería hablar, quería decirle quién era, quería decirle que era yo, el tipo al que le robó media casa, el tipo al que le había reventado el muslo por órdenes de Jonathan Campos. Pero ¿para qué? ¿Qué lograría con ello? ¿Qué entendiera lo que había hecho, que entendiera por qué estaba recibiendo un castigo? No. No le importaba. Yo no era ni la primera ni la última de sus víctimas. Sabía lo que hacía. Yo podía ser cualquiera. Podía ser su primer asalto o su último robo. Podía ser el esposo de una mujer maniatada o el dueño de una casa robada. Sabía que jugaba con fuego. Sabía que el que juega con fuego, más temprano que tarde, terminaba quemándose.

Intentó acercarse a mí, así que di un paso hacia atrás, no quería estar a su alcance, no quería que me tocara. Pero no dejó de intentarlo. Mientras más pasos daba yo hacia atrás, más se arrastraba hacia mí, dejando tras de sí un camino de sangre que, bajo la luz de la luna, se veía casi negra. Sangre negra. Sangre oscura. Sangre de un desgraciado que nadie extrañaría.

Levanté mi bastón y lo dejé caer sobre su cabeza con todas mis fuerzas. Vi su gesto de dolor. Levantó las manos e intentó cubrirse la cabeza, pero yo seguí abanicando y abanicando. Lo golpeé en la cabeza, en el cuerpo, en la cabeza de nuevo. Él llevaba sus manos hacia todos lados, intentando sin éxito cubrirse de mis ataques. Mientras tanto, yo sentía lo mismo que con la mujer, pues por más que abanicaba y abanicaba no sentía la satisfacción necesaria. Cada vez me esforzaba más, cada golpe era más fuerte, cada bastonazo tenía una intención más cruel. Y, en la oscuridad, vi que sus dientes sangraban, que su nariz estaba amoratada y que su pierna ya no respondía. Pero seguí abanicando. Abaniqué y abaniqué hasta que el tipo dejó de hablar y dejó de moverse.

Entonces, con calma, caminé hacia la cocina y lavé el cuchillo. Ya que había quedado limpio, lo puse a escurrir junto a otros cuchillos, tenedores y cucharas. Luego volví a la sala. La mujer todavía respiraba, pero se movía poco. El tipo, en cambio, sangraba por todos lados. Lo tomé de los pies y lo arrastré por el piso hasta llegar a la cocina, dejando un trayecto de sangre oscura. Metí el dedo índice enguatado en la herida de su muslo y, con su sangre, dibujé sobre la puerta blanca de su minúsculo refrigerador una gorra. Lo hice con un solo movimiento, un solo trazo. No parecía una gorra, no para quien no supiera qué era. Pero yo estaba satisfecho.

El asesino de la gorra. El cachuchero. El Caper. Un lío, una molestia, un escándalo, una confusión, un enredo.

Tomé mi bastón y salí de ahí despacio, tranquilo. Cerré la puerta a mis espaldas y bajé las escaleras lentamente, como si nada. No había prisa ni amenazas. Si una patrulla de mierda se negaba a subir y bajar por mi calle, menos lo haría en ese barrio de mala muerte. Me di cuenta de que muchos me miraron, pero yo no levanté la cabeza, no permití que vieran más que sombras y oscuridad. Y, entonces, ¡otro regalo del destino! Ahí estaba el mismísimo Quebrantahuesos. Levanté la cabeza y me le quedé mirando durante varios segundos. El tipo no supo qué hacer al encontrarse con mis ojos, pero alcancé a percibir, creo… creo que alcancé a percibir miedo.

Y no puedo describir lo feliz que eso me hizo sentir.

Capítulo V

A PESAR DE QUE LOS HECHOS sucedieron en aquel barrio de mala muerte, pude ver en las noticias una pequeñísima nota sobre mis acciones nocturnas. Como era de esperarse, nadie entendió mi cachucha en la puerta blanca del refrigerador, ni siquiera la notaron, o no la mencionaron.

Ya me encargaría de que eso cambiara. Ver las noticias y no ver el reporte de mi gorra pintada con sangre me llenó de coraje. Era ridículo, era muy infantil, pero no estoy para decir mentiras. Me molestó. Y como no me gusta estar molesto por ese tipo de detalles, pensé que lo mejor sería seguirlo haciendo. Que se siguieran encontrando mi cachucha, que la siguieran encontrando hasta que apareciera en las noticias. Pero bueno, ¿qué esperaba? Esa pequeña nota ni siquiera mencionó a las víctimas…

Sí, ella también se murió.

Sólo dijo que la policía lo estaba investigando. Que muchas personas vieron a un sujeto "no identificado" salir del lugar. Que, al parecer, vestía una gorra negra y un abrigo largo. Aunque Gloria estaba a mi lado, desayunando, cuando se transmitió la noticia, no sentí ni la menor incomodidad. "La policía lo estaba investigando" era muy utilizado como sinónimo de "nos importa un bledo, ni quien quiera dilucidar quién mató a estos dos cretinos".

Cachucha negra y un "abrigo" largo.

Sonó el timbre.

Gloria me miró con cara de "¿quién puede ser?" y yo negué con la cabeza. Me levanté y caminé hasta la puerta. Abrí y ahí estaba otra vez el inspector Yames.

—Doctor Sankiesh, justamente a usted lo estaba buscando. ¿Puedo pasar?

Una parte de mi cerebro se sintió preocupado… ¿vendría a verme por el asunto de los asesinatos? No… el tipo estaba asignado al caso de Sal, así que seguramente me vendría a preguntar más cosas. Ahora que lo pienso, era mucho más probable que me atraparan por el asesinato de Sal que por el asesinato más reciente. Pero bueno, ¿qué podía hacer? El asesinato de Sal no lo había pensado ni planeado tanto como el otro, me tomó de sorpresa, ni siquiera tenía la intención de...

—¿Doctor?

—Ah, sí, claro, adelante —le dije y lo acompañé hasta la sala con la intención de que se sentara exactamente en el mismo lugar de la vez pasada. Y así lo hizo, como si estuviera programado. Gloria, con un gesto entre la intriga y la preocupación, se acercó a nosotros.

—Inspector, buenos días.

—Buenos días, señora —el tipo no hizo ni el menor intento en ponerse de pie—. ¿Me va a ofrecer agua de nuevo?

—Claro, deme un segundo.

Gloria se fue a la cocina y trajo dos vasos de agua. Puso uno frente a Yames y me entregó el mío en la mano.

—No quiero quitarle mucho tiempo, doctor, sólo que… bueno, pues hablé con Iliana Acres. Ella asegura que esa sesión de emergencia de la que usted habla, ¿la sesión de emergencia con su psicoanalista? Bueno, dice que nunca sucedió. Abramson le dijo que nunca sucedió.

—Lo sé —le dije con seguridad—. Acres me dijo a mí lo mismo. La verdad es que en su momento me frustré mucho, porque nunca entendí por qué Sal negó la existencia de esa sesión frente a la licenciada Acres.

Yames le dio un trago a su vaso de agua y se me quedó mirando fijamente.

—Mmhhhh… —fue todo lo que dijo.

Le dio otro trago al agua.

—No tenemos las agendas del doctor Abramson, así que es su palabra contra la de Acres. Pero es muy interesante que el asesino se haya llevado las agendas.

—No dudo que el asesino de Sal fuera uno de sus pacientes.

—Ah, ¿no? ¿Por qué no? ¿Por qué un paciente querría matar a su terapeuta?

—Los psicoanalistas lidiamos con muchos tipos de pacientes. En ocasiones podemos ponernos en peligro si un paciente responde a sus impulsos agresivos. No es imposible que un paciente haya matado a Sal en un momento así.

—¿Una especie de *acting*? Dijo usted que era… —sacó su libreta y pasó un par de páginas— la expresión de una emoción sin darse cuenta.

—No, no lo creo. Una persona no asesina sin darse cuenta. Puede no darse cuenta de las verdaderas razones por las que está cometiendo el asesinato, pero no del acto como tal. Si Sal murió a manos de uno de sus pacientes, la persona sabía bien lo que estaba haciendo. Pudo ser impulsivo, pero no inconsciente.

—Ajá… Y entonces el asesino, impulsivo como fue, se detuvo a robarse las agendas y borrar sus huellas.

—No sería raro. Una vez que se comete el acto y el impulso se ha llevado a cabo, el sujeto vuelve a la realidad. Se da cuenta de lo que hizo y se arrepiente, se llena de culpa o se llena de miedo. En este caso, el sujeto pudo darse cuenta de lo que hizo y su primera respuesta emocional fue cubrir sus huellas para no ser atrapado. Es bastante común, inspector, las personas quieren hacer lo que les viene en gana, sólo no quieren enfrentar las consecuencias.

—Veo que dice insistentemente “sujeto”. ¿Por qué?

—Porque no sé si fue un hombre o una mujer.

Yames le dio un trago al vaso de agua y lo volvió a poner sobre la mesa. Revisó rápidamente su cuadernillo de notas y volvió a mirarme, como si quisiera intimidarme.

—También visité a Humberto Rego. Si no me equivoco, él es el abogado que lo ayudó a construir la acusación contra el tal doctor —revisó sus notas— Jonathan Campos, ¿no es así?

—Bueno, no hizo mucho.

—Esa es la opinión de usted.

Se hizo un breve silencio.

—El licenciado Rego me dijo que nada sucedió. El caso estaba perdido desde el primer momento porque no había nada. No existieron los tales hermanos —miró sus notas y, sin despegar sus ojos, agregó—: Urriaga. Ni los maltratos que usted describió en el centro de apoyo "Nueva Vida". El licenciado Rego asegura que usted es… y perdóneme el atrevimiento, no es mi intención ofenderlo, pero dijo literalmente que es usted un desquiciado.

Gloria se puso de pie de un salto.

—¡Qué hijo de puta!

—Inspector —dije—, las cosas no terminaron bien con mi abogado. Le pagué una fortuna y no hizo absolutamente nada. Nada. Jamás me permitiría brindarle a un paciente el servicio que él me brindó a mí. Si me pregunta, Humberto dice eso porque no quiere lidiar con el hecho de que mi caso le interesó poco y no movió un dedo por mí. Cobró, se sentó en el juzgado durante las audiencias y listo.

—Ajá. Entonces, desde su punto de vista, el abogado dice que usted es un desquiciado porque no quiere aceptar que perdió un caso que debió haber ganado.

—No sé de esas cosas. Pero yo siempre pensé que un abogado debe acompañar a su cliente, tranquilizarlo, fortalecerlo, hacerlo sentir seguro. Quizá no prometer que se ganará el caso, pero sí hacer todo lo posible por ganar.

—¿Y ese es el servicio que le brinda usted a sus pacientes?

—Yo me comprometo con cada uno de los casos que llegan a mi consultorio. Mis pacientes se sienten acompañados, escuchados y apoyados. Es lo menos que puedo dar.

—Entiendo. Otra vez la palabra de Rego contra la suya.

Silencio.

Gloria regresó de la cocina, todavía con la cara roja de coraje, y se sentó a mi lado.

—Bueno, doctor, pues le agradezco mucho su ayuda. Espero que no le moleste que lo siga buscando si se presentan cosas nuevas. Usted es mi única pista, lo único que tengo del doctor Abramson.

—Aquí estaré.

Se puso de pie y nos extendió la mano a Gloria, primero, y a mí, después.

—¡Hijo de su puta madre! —repitió Gloria cuando el automóvil de Yames se había perdido de nuestra vista a través de la ventana. Ya no quise preguntarle nada, era obvio que se sentía molesta por varias razones. La primera, la más obvia, que el pendejo de Humberto Rego no sólo hubiera hecho tan mal trabajo, sino que, además, me culpara por ello. La segunda, que fué ella quien me lo recomendó.

Detrás de esa furia tan fuerte se asomaba, con certeza, la culpa. Rego era su amigo. Y su amigo le había quedado muy mal. Peor que mal. Yames tenía escrito en su pequeño block de notas que yo era un desquiciado. Mi propio abogado, el amigo de Gloria, le había dicho a un policía que yo era un desquiciado.

—Tranquila, amor —le dije—, no pasa nada.

Ella forzó una sonrisa y me abrazó.

—¿Qué vas a hacer?

—Dejarlo por la paz. Ya ves lo que pasó con Iliana Acres, la busqué para que me diera explicaciones y lo único que hizo fue intentar recomendarme un psiquiatra.

Le mentí. La verdad es que no la quería metida en esto. No la quería sospechando. No la quería más que a salvo. ¡Claro que haría algo! Visitaría a Humberto Rego para exigirle cuentas. Le preguntaría por qué andaba diciéndole al maldito policía que yo era un desquiciado. Una cosa era no mover un dedo para ayudarme. Otra, muy diferente, que con sus palabras buscara activamente fastidiarme.

¿Lograría algo diferente que con Iliana o con Sal? Sin duda que sí, porque las cosas habían cambiado. Cuando estuve con Iliana, en aquella cafetería, era otra persona, un tipo lisiado y asustado. Cuando estuve en el consultorio de Sal no tenía control, hice exactamente lo que le dije a Yames. Me acusé y me señalé sin decir mi nombre. El sujeto actuó, sin duda, de manera impulsiva. Pero ya tampoco era ese. La noche que visité la casa del tipo que me había obligado a usar el bastón estuve en total control. No había sentido miedo, sólo deseo y propósito.

Aunque, a diferencia de cuando visité al amigo de "El Quebrantahuesos", no podría matar a Humberto Rego. Sería gritarle a Yames que yo era culpable de ambos homicidios y no… no iba a terminar en la cárcel. No en un país en el que un montón de ladrones y asesinos de todas las clases caminan por la calle con toda la calma del mundo. Si la policía no atrapaba a los desgraciados, a los corruptos, a los matones, a los narcotraficantes, a los violadores y a los abusadores, sería injusto que me atraparan a mí, que sólo estaba buscando la justicia que el Estado no pudo brindarme.

Pasé a dejar a Gloria a su trabajo. Nos dimos un beso largo y un abrazo que casi logra hacerla llegar tarde. Cuando finalmente entró al edificio y ya no la vi más, manejé tranquilamente a las oficinas del abogado. No tenía prisa. Puse música en el estéreo del carro y subí el volumen hasta que estuve a gusto, hasta que logré sentir toda la potencia de la buena música. Comúnmente tenía las ventanas del auto arriba por temor a molestar a los autos de al lado. Pero esta vez no me importó. Bajé las ventanas para que el tímido aire de la mañana me despeinara y giré la perilla del volumen hasta que todos los instrumentos llenaran mis oídos a pesar de que el silbido del viento les hiciera competencia.

Llegué a las oficinas de Rego unos minutos después y el corazón me dio un vuelco. De nuevo esa maldita placa infernal: "Rego, Ortuño y Asociados". Recordé la esperanza con la que visité ese lugar la primera vez. Esa utópica idea de hacer justicia como era debido. La confianza en el sistema, la confianza en la justicia. Y las palabras del tipo, que me había prometido que Campos se vería metido en un problemón, que mordería el polvo, que se le lanzaría a la yugular y que le sacaría mucho dinero. Al final fue él quien me sacó mucho dinero a mí. Mucho dinero para nada. Y ahora tenía la astucia de ir por la vida diciendo que yo era un desquiciado.

Me recibió una recepcionista diferente a la de aquella vez. Me pidió que la acompañara y ahora no terminé sentado en esa enorme sala de juntas, sino en una salita medio apretada y perdida en el cruce entre pasillos. Esperé mucho más tiempo que la vez pasada. Es algo que vi venir. Si el tipo me hizo esperar cuando era un cliente nuevo con el que debía quedar bien, seguramente esta vez me haría esperar el triple. Me haría esperar hasta el hartazgo, me haría esperar hasta que me cansara y me fuera. Así podría decir que no fue culpa suya, él sí quería verme, pero yo me fui. Ese sería su argumento, al que jamás le añadiría que me dejó ahí, incómodo y abandonado con tal de no enfrentarme. Él sabría perfectamente a qué venía. Sabía que venía a reclamarle sobre lo que le dijo al policía. Y, como no tenía argumentos para defenderse, me dejaría esperando hasta que ese sillón y yo nos convirtiéramos en uno mismo.

Pero no.

Sí esperé más tiempo que la vez pasada, pero no tanto como para echar raíces, ni tampoco mandó a la recepcionista a decirme: "siento su espera, pero el licenciado se ocupó y no sé cuánto tiempo le tome" o una chorrada del estilo. La recepcionista vino por mí y me llevó a la oficina de Humberto Rego, la misma maldita oficina con ese mismo escritorio de infierno que era del tamaño de mi consultorio.

—¡Gregorio! Perdona la espera. ¿Quieres algo? ¿Café, agua o algo?

Yo negué con la cabeza y me senté en una de las dos sillas que correspondían a sus clientes. Él se dejó caer pesadamente en el sillón de cuero, en ese trono de monarca del piso dieciocho. En cuanto pudo se echó unos centímetros hacia atrás y alargó la espalda lo más que pudo. Comodidad, le podían llamar algunos. Poner más distancia, le llamaría yo. Al parecer, el escritorio gigante no era suficiente.

Fui directo al grano.

—El inspector Yames ha ido a mi casa dos veces. La segunda vez fue para reportarme que tú le dijiste que toda mi experiencia en las costas del sur fueron una mentira.

—No creo haberlo dicho de ese mo…

—Le dijiste que soy un desquiciado —aseguré con calma. Si ese encuentro hubiera tenido testigos, habrían asegurado que yo estaba tranquilo y que no transpiraba por mis poros furia alguna—. Te citó textualmente. Tenía tus palabras en su block de notas.

Pensé, otra vez de forma equivocada, que Rego se defendería, que se iría por la tangente, que yo tendría que amenazar, gritar o golpear su escritorio para que me dijera la verdad. Pero no. El tipo se abrió cual portón de catedral. Lo escupió todo como si sus palabras no cargaran con ninguna consecuencia. Y sí, lo entiendo, un tipo con su poder, con su dinero y con su prestigio podría seguramente doblar la ley como se le pegara la gana, sobre todo si las palabras que lo esclavizaban eran aquellas expresadas sobre mí, sobre el "desquiciado". El tipo habló un buen rato y, por momentos, mi mente se fue hacia otros lados. Escuchaba sus palabras como si fueran balbuceos, con un contenido lleno de recovecos y florituras innecesarias. Lo que pude sacar de esa conversación larga y aburrida fue que Campos le pagó para hacerme un mal trabajo.

¡Qué tipo sin llenadera!

Rego cobraba una pequeña fortuna por cada caso trabajado, pero, aun así, aceptó el dinero de Jonathan Campos a cambio de hacerme ver como un loc... Como un desquiciado... No sé qué gesto le habré arrojado, pero se echó más atrás todavía y negó con la cabeza en un fingido acto de contrición. Me dijo que Campos no era el primer médico que le pagaba para evitar problemas en el juzgado. Al parecer, todo tipo de profesionales de la salud lo visitaban para que los sacara de conflictos bien merecidos por mala praxis. ¡Al diablo con los pacientes que sufrían por la negligencia de esos médicos! En "Rego, Ortuño y Asociados" estaban siempre listos para sacarlos del inconveniente. Y luego dijo más cosas que ya no escuché con atención, pero que por alguna razón me hicieron hervir la sangre. En este momento no las recuerdo, pero quizá intentó justificarse idiotamente.

Yo era uno de esos pacientes que sufrió por negligencia de un supuesto profesional de la salud. Yo fui una de esas víctimas que su bufete de mierda dejó en el piso mientras recibía de un clínico corrupto sendos fajos de dinero. ¿Cuánto pudo darle Campos para superar lo que yo, como cliente, le estaba pagando? ¿Cuánto dinero generaba "Nueva Vida" para permitirse esos lujos? Bueno... no necesariamente era "Nueva Vida", quizá eran otras actividades delictivas que Campos tenía al margen, algo que no era difícil de creer si el tipo se asociaba con gente como "El Quebrantahuesos" y sus cómplices.

Aunque también podía ser "Nueva Vida". A través de los años, muchos de mis pacientes abandonaron la psicoterapia para ir a terapias alternativas o pagar fortunas a cambio de recibir los treinta y ocho preparados de Edward Bach. No me sorprendería que Campos estuviera cobrando cantidades estratosféricas por tener gente metida en sus piscinas de vómito y aroma a vinagre durante meses. Y seguramente muchos lo pagaban con gusto, sobre todo aquellos que querían deshacerse de sus "seres queridos" un rato, usando a "Nueva Vida" como una especie de guardería para adultos.

Lo que los seres humanos están dispuestos a hacer para no lidiar con la realidad supera cualquier expectativa.

Finalmente, Humberto Rego se quedó en silencio unos segundos. Al parecer, había terminado mientras mi mente estaba en otro lado. Cuando de nuevo lo miré a los ojos, sólo agregó:

—Perdón por decirte estas cosas, pero ya me cansé. Por favor no me metas en más problemas, todo lo hice por ayudarlas. Hasta puse mi nombre en riesgo... el gremio te puede fastidiar por una cosa así —esperó alguna reacción, pero me quedé en blanco—. Y tienes derecho a decir que no debí prestarme a esas cosas, pero en su momento no pude decir que no.

Salí de su oficina y caminé tranquilo, con un gesto en el que nadie pudiera leer nada. No quería que su recepcionista o los otros veinte abogados de veinte y treinta años (todos disfrazados de Humberto Rego) dijeran que me vieron salir furioso, ni iracundo, ni sonriente o contento. No quería que dijeran nada. No crucé mirada con ninguno. Avancé a paso tranquilo hasta mi automóvil.

"En su momento no pude decir que no". Vaya que la corrupción es atrevida. El tipo acababa de escudar su derecho de cobrar por defender a quien debía ser castigado, incluso en detrimento de su propio cliente. ¡Y lo había hecho en más de una ocasión! Y todavía aceptaba que no debió prestarse a esas cosas, todavía me pedía que ya no lo metiera en más problemas. ¿En qué problemas lo podía meter? ¿Acusarlo de corrupción frente a quién? ¿La justicia? ¿La misma que miró para otro lado cuando yo tuve que lidiar con el dolor, la humillación y la injusticia? No. No volvería a caer en el mismo juego. No volvería a intentar buscar justicia a través de los medios institucionales. Esos no servían. Seguramente Rego terminaría como la inocente víctima del "desquiciado" Gregorio Sankiesh, ese que lo acusaba sin razón y sin evidencia.

Como había pasado con Campos.

Ya lo había dicho Yames. Sería mi palabra contra la de Rego. Él era un abogado excelente, socio de un bufete que ocupaba todo un piso de un altísimo edificio en el centro. ¿Quién lo acusaba? Yo, un analista sin cédula profesional que llevaba ya meses sin trabajar, que había sido forzado a tomar dos diferentes tipos de terapia para intentar dejar de ser un "desquiciado" y que no hacía otra cosa que estar solo en su casa, mirándose al espejo e ideando escenarios catastróficos.

Rego pagaría lo que había hecho. Todo lo que había hecho. No sólo lo que me había hecho a mí, sino lo que le había hecho a todas aquellas víctimas de maltrato y negligencia. Si la justicia no estaba dispuesta a ponerle un dedo encima, entonces yo tendría que encargarme de eso… como lo hice con el amigo del Quebrantahuesos. Como lo haría con el Quebrantahuesos, con el enfermero, con Sandra Poleta, con Campos y con su hijo.

Tenía que ser cuidadoso. Yames sabía que estaba vinculado con todos ellos. Con todos menos los malditos que asaltaron la casa. No podía simplemente matar a Rego, a Sandra o a Campos y esperar que el tipo no tocara mi puerta dos días después para ponerme las esposas y llevarme preso.

Aunque quizá podía ofrecerle dinero. En mi país todo se manipula y se mueve con dinero. Campos se salió del problema con dinero. Mi padre doblaba voluntades y convertía furias en sonrisas con dinero. No era mala idea. El día que Yames se presentara a mi casa para preguntarme porque todos aquellos vinculados con el juicio de "Nueva Vida" estaban cayendo como moscas, yo le presentaría un portafolios lleno de billetes. Era cosa de pedírselo a Ramón Villegas y el tipo me lo traería hasta mi recámara sin hacer preguntas. ¿Con cuánto se doblaría Yames? ¿Qué cantidad podría ofrecerle para que, de golpe, mirara hacia otro lado y dijera en la central que "estaba siguiendo una pista que podía ayudar a resolver el caso"? ¿Cuánto para que le dijera a los medios de comunicación "no puedo dar información sobre investigaciones en curso"?

¿Cuánto?

Capítulo VI

MOYA SE LE QUEDÓ VIENDO a las anotaciones de su cuaderno de hojas amarillas. Luego de unos segundos escribió otra cosa, algo que, desde mi punto de vista, parecía más un rayón para dar a entender que había anotado algo, no una verdadera anotación.

—¿Quiénes te hacen cosas malas?

—En todos lados, Federico, no sé… ponle el nombre que quieras. Creo que vivimos en un país en donde todos están listos para destruir al de al lado. Y no me refiero sólo a los criminales, que ya son un problema de por sí. No, no. Ve a la persona común y corriente, al que no te deja cambiarte de carril aunque lo avises con las luces, al vecino que no te sonríe aunque lo saludes amablemente, al que podría matarte nada más porque golpeaste levemente su defensa al estacionarte. Estamos en un país que hierve con furia.

—Pero eso lo vivimos todos, todo el tiempo. Hace unos minutos hablaste de gente que te hace cosas malas a ti específicamente.

Me quedé pensando unos segundos. No podía hablar de Campos, de Yames o de Rego. No podía hablar de "El Quebrantahuesos" y su banda. No podía darle a Moya las herramientas para salir corriendo a la estación de policía y decirle a Yames todo lo que necesitaba para tener en su poder al asesino de Sal Abramson. No podía ser específico. Pero tampoco podía ser el señor de las sonrisas cuando me faltaba tanto tiempo para que mi tratamiento con él se terminara. Era un tratamiento obligatorio de un año, ni más ni menos. Tenía que ir espaciando mi "mejora". Sí, el tipo estaba satisfecho, pero no podía abusar de mi suerte. Debía tener, como todos los pacientes de psicoterapia, mis altas y mis bajas, mis logros y mis tropiezos. Esa era una sesión de tropiezos, una sesión oscura, una en la que me sentía víctima de una sociedad desgraciada. Un poco de paranoia, un poco de dependencia y todos estaríamos felices.

—Desde que me asaltaron siento que los ladrones pueden regresar. Ya salgo de mi casa con los ojos puestos en todos lados. No camino por mi cuadra sin mirar hasta el fondo de la calle, intento ver lo más lejos posible, intento encontrar carros o gestos sospechosos. Si no encuentro nada, sólo así camino, sólo así voy a la tienda, sólo así le doy una vuelta a la cuadra.

—La experiencia no fue fácil, es normal que te sientas de esa manera.

—¿A ti te han asaltado?

—Sí, sí me han asaltado. Como dos… no, tres veces. Todas lejos de mi casa, por suerte. Se llevan la cartera y ya. En una ocasión también se llevaron mi chamarra, pero nada más. No me ha pasado como a ti, lo tuyo sí estuvo terrible. No quisiera pensar lo que habría sucedido si tu novia hubiera estado en tu casa.

—¿Qué te imaginas? —pregunté.

—No lo sé —se encogió de hombros—. Pero el crimen es peor hacia las mujeres que hacia los hombres, eso sí te lo puedo decir.

—¡Justamente! Las estadísticas de violencia contra la mujer están por los cielos, Federico. Las estadísticas de violencia en general están por los cielos. Y la huelga de médicos tiene a medio país muriéndose. ¿Dónde está el gobierno? ¿Dónde está la justicia?

—Bueno, pero no venimos aquí a hablar de política —dijo con el esbozo de una sonrisa—. Este país ha estado mal con este gobierno y con el anterior. Y, personalmente, creo que estará mal con el que le siga. No podemos esperar a que el gobierno resuelva. Mejor deberías preguntarte, Gregorio, "¿qué puedo hacer yo para cambiar mi situación?" Creo que esto que estás haciendo es un gran paso adelante. Venir a tus sesiones, trabajar el problema de frente. Ir con tu otra terapeuta, desahogar con otros colegas cómo te sientes… Estás haciendo lo correcto. Las injusticias siempre estarán ahí, pero cada uno debe poner de su parte. Si cambias tú, empiezas a cambiar el sistema.

—¿Qué diablos es un grano de arena en una playa?

—Claro, ¿pero qué es la arena si no una multitud de granos?

Sonrió, encantado con su poesía de dos centavos. Hizo un silencio dramático para que la frase "calara" y, finalmente, se puso de pie. Salí de ahí con gesto de que me quedé pensando en su frase de calendario. Claro que mis acciones no eran nada junto al gran esquema de la vida. ¿Pero qué se hacía? Nada. Si yo dejaba de matar eso no borraba a los cientos o miles de asesinos, violadores, secuestradores y narcotraficantes que inundaban al país. Y si yo tenía el consultorio lleno, ¿qué diferencia hacía? Cincuenta, cien o doscientos pacientes no cambiarían el rumbo de una sociedad que se cae a pedazos.

"Todos debemos poner nuestro granito de arena" es de los consejos más ridículos, inútiles y pueriles en el arsenal los simplones, los superficiales y, sobre todo, de aquellos que se quieren parar el cuello con sus buenas acciones, aquellos que se sienten salvadores del planeta porque jalan el escusado usando el agua que sobra de lavar los trastes, mientras que una compañía de comida empaquetada usa el agua de seiscientos escusados para generar un kilo de filete.

Llegué temprano a la sesión con Carolina, pero no me dieron ganas de entrar para verla hacer todo lo posible por huir de mi mirada durante quince minutos. Cuando quedaban uno o dos minutos, finalmente me bajé del carro y caminé hasta el consultorio. Ya mis colegas estaban ahí. Como siempre, el mismo ritual de todos los días. Entramos, nos sentamos y le ofreció la palabra a quien quisiera hablar. Ninguno de nosotros levantó la mano, así que ella volvió a ofrecerme el micrófono.

Y yo volví a declinar el ofrecimiento.

—Nadie da la cara —dijo finalmente uno de ellos—. Vivimos en un país donde nadie da la cara. No hay consecuencias. Yo estoy aquí porque di la cara, porque acepté lo que hice… ¿Quién hace eso? Nadie. No hay consecuencias. Vean a los doctores, no hay uno que dé la cara, todos en grupo, todos perdidos en la masa, todos escondiéndose detrás de sus banderas y sus tapabocas negros y rojos.

—Qué curioso —dije yo como hacia mí mismo, pero en voz alta—. Hoy, durante mi sesión individual, le dije algo parecido a mi terapeuta.

—¿Quieres compartirlo, Gregorio?

—Nada importante. Le dije que estamos en un país lleno de violencia. Hablamos de la violencia de aquellos de quienes no se espera la violencia, como el vecino o el que maneja junto a ti en cualquier calle un día cualquiera. ¡La cantidad de hombres que maltratan a sus parejas en la privacidad de su casa! Esos no son criminales, son las "personas normales" —dibujé las comillas en el aire—. Creo que ahí está el problema… no son los criminales, es lo dispuestos que están a la violencia los ciudadanos comunes.

—Siempre y cuando puedan esconderse una vez cometido el crimen —dijo el terapeuta que puso el tema sobre la mesa.

—Gregorio, ¿qué te dijo tu terapeuta de esto?

—Que pusiera mi granito de arena. Que todos debemos poner nuestro granito de arena. No podemos cambiar a los demás, hay que hacerlo nosotros. A mí me está costando trabajo, pero estoy haciendo lo que es debido para dejar la oscuridad de mi pasado.

Carolina sonrió. Por primera vez me miró a los ojos y sonrió.

—Estoy de acuerdo. ¡Muy bien, Gregorio!

¡Ay, por favor!

No sé por qué, pero llegué a mi casa luego de la sesión grupal con Carolina e intenté llamar a mi madre otra vez. Nada. De nuevo me enfrenté a su voz sobreactuada respondiéndome desde la cinta de un casete. Colgué sin dejar un mensaje justo en el momento en que Gloria cruzó el umbral. Dejó la bolsa en el piso junto a la puerta y corrió hacia mí dando saltitos, emocionada como niña. Luego, saltó a mis brazos y yo la sostuve mientras le daba un beso de lleno en los labios.

—¿Cómo te fue con tus terapias? —me preguntó una vez que tuvo los pies de nuevo en la tierra.

—Creo que bien. Mi terapia individual ya cada vez es menos terapia y más plática. En mi terapia grupal platicamos sobre la huelga de doctores. A uno de mis colegas le molesta mucho.

—¿Por?

—No dijo, como que nos desviamos. Me quedé pensando en la suerte que tuvimos de encontrar esa clínica en donde me atendieron después del asalto. Si el asalto hubiera sido hoy, no tendríamos a dónde ir.

—No pienses en eso.

—No, no, no creas que lo digo mal. Creo que fui afortunado. Pero no todos tienen la misma suerte. Igual este colega tiene una mamá enferma o algo así.

—¿Lo dices por tu mamá?

¿Mi mamá? ¿Qué tenía que ver mi mamá?

—¿Cómo? —pregunté.

—¿Te imaginas si te hubiera tocado la huelga de médicos cuando tenías quince años? Ni todo el dinero de tu papá habría logrado que alguien te ayudara con tu mamá.

—Bueno, sí. Pero lo importante no es eso —no quería desviar el tema hacia allá—. Lo importante es que creo que puedo sacarle algo de bueno a las terapias que me están obligando a tomar. Moya es buena persona y los colegas con los que tomo la terapia grupal me enseñan que no estoy tan mal —fingí una risita—. Ellos cuentan unas historias que dan miedo.

A Gloria se le iluminó la mirada con el gesto que hacen aquellos ávidos de una buena historia. Me le quedé viendo con una falsa mueca que reprobaba sus deseos y le dije, actuando con seriedad:

—No debería hablar del contenido de las sesiones fuera del consultorio de la terapeuta. No es lo debido, menos si son las cosas privadas de un colega.

—Ándale, cuéntame.

—La verdad es que no llegó a nada, pero si quieres chisme, te cuento lo que contó otro en otra sesión.

Ella fingió, juguetonamente, un gesto de tristeza.

—Bueno, va.

—Uno de los otros colegas platicó que llegó con él un paciente de veinte o veintiún años que había tomado tratamiento psiquiátrico por una depresión muy fuerte como a los dieciocho. Se deprimió por una sensación muy fuerte de abandono. Mi colega amenazó al paciente varias veces con detener el tratamiento si el joven no obedecía sus reglas... pensó que era una forma de motivarlo. Pero lo que pasó es que el paciente comenzó a dudar de sus propios recuerdos y de lo que pasaba en las sesiones. Para poder determinar qué era real, el paciente finalmente recurrió a grabar en secreto sus encuentros. Por ese caso es que ese terapeuta cayó con Carolina Lacquer. Su paciente nunca volvió a terapia porque le tenía miedo. Pero lo acusó.

—Mmmh… me imaginaba una historia más horrible. No sé, más traumática.

Me encogí de hombros y me quedé en silencio unos segundos. Gloria me miró fijamente y pude ver en sus ojos que estaba dándole muchísimas vueltas a lo que traía en la mente. Se estaba alistando para decirme algo y no sabía por dónde empezar.

—Dime qué estás pensando —le pedí.

Ella se mordió un labio, como solía hacer cuando no estaba segura de decir las cosas en voz alta.

—Me llamó Humberto.

En ese instante sentí el rostro caliente de golpe. ¿Ahora qué? El desgraciado ya había hecho suficiente mal. ¿Ahora llamaba a Gloria? ¿Qué carajos quería?

—¿Qué quería? —pregunté.

—Me dijo que lo fuiste a ver. ¿Qué pasó, amor? Pensé que ya no querías ver a Humberto ni en pintura.

—No quería que lo supieras. Lo que dijo el inspector me enojó mucho.

—Pero no debiste ir a verlo. Por favor, ya no hagas esto más grande.

—Gloria… el tipo va y le dice al policía que yo soy un desquiciado, lo cual no me deja bien parado por ningún lado. Ya tenía todo resuelto. Sólo necesitaba un año de dos malditas terapias para estar fuera de esta pesadilla infernal. Un año, eso era todo. Ahora tengo a la policía encima. Y Humberto se sigue defendiendo y, en lugar de decirle que fue un caso que salió mal, le dice que yo soy un desquiciado. ¡Si él decía la verdad, si él decía que no se había esforzado lo suficiente en el caso, el policía salía de ahí para no volver! Y todos tranquilos. Humberto a lo suyo y yo a lo mío.

Me levanté de un salto y caminé hacia la cocina. Gloria fue detrás de mí. Tomé un vaso, lo llené de agua y tiré el agua en la tarja sin siquiera tocarla.

—Pero no. Ahora el maldito policía tiene anotado en su libreta que yo soy un desquiciado. Si por culpa de tu pendejo amigo me meten a la cárcel por el asesinato de Sal… ¿entonces qué?

—Gregorio, ¡no me grites!

—No te estoy gritando a ti, estoy gritando.

—¿Cuál es la diferencia?

Apreté los puños y bajé la mirada al piso.

—Perdóname —dije, aunque no tenía ganas de pedir perdón ni entendía por qué lo estaba pidiendo, no había hecho nada que requiriera pedir perdón—. No quiero que me echen la culpa.

—¿Qué le dijiste a Humberto?

—Le pedí que me explicara qué había pasado. Le pregunté por qué le dijo a Yames lo que le dijo.

Gloria empezó a darle vueltas a sus caireles. Pero no de la forma juguetona en que siempre lo hacía, no de esa forma que tanto me conquistó cuando nos conocimos. No. Estaba nerviosa.

—¿Qué pasa? —le pregunté.

—¿Qué te dijo Humberto?

—Primero dime qué pasa. Estás nerviosa.

—Me asusta cuando te pones así, cuando gritas y azotas cosas.

—No azoté nada.

—Azotaste el vaso de agua luego de vaciarlo.

Se le llenaron los ojos de lágrimas y eso me oprimió el corazón por completo. Olvidé todo lo que traía en la mente. Olvidé todo lo que me hacía enojar. De mi cabeza, en un segundo, desaparecieron Rego y Yames. Entonces me acerqué para abrazarla. Lo hice despacio, temiendo que me rechazara, pero no lo hizo. Me aceptó el abrazo con ternura.

—Perdóname —le dije, esta vez pidiendo un perdón honesto, el perdón por haberla asustado—. Es sólo que… me han pasado muchas cosas en poco tiempo. Me han pasado muchas cosas y nadie las ve. Todos me ven normal y tranquilo, como si nada. Pero la he pasado mal, carajo. Más mal de lo que parece.

—Lo sé.

—Y lo último que necesito es que me acusen de asesinato.

Ella asintió y me abrazó con fuerza. Ahora sí comenzó a llorar.

—Sólo quiero que estés bien —dijo—. Ya no quiero que estés triste o enojado todo el tiempo.

Los dos nos quedamos en silencio un buen rato, abrazados.

—Tienes cena con tus amigas, ¿no? —rompí el silencio con un cambio de tema—. ¿Quieres que te lleve?

Ella asintió, me soltó y, antes de caminar hacia la habitación por sus cosas, me dijo:

—Gracias, voy por mi bolsa y nos vamos, ¿está bien?

Yo le sonreí. No era una sonrisa honesta. Una parte de mí se sentía mejor por verla tranquila, por ver que había perdonado mi arranque de violencia. Pero en ningún momento me había respondido cuál fue el contenido de la llamada entre ella y Rego. Quería saber. ¿Qué hablaron? Mi mente estaba confundida. Ella me lo iba a decir antes de que yo me enojara… ¿no? Ella estaba a punto de contármelo cuando yo perdí el control. Entonces, ahora que ya estaba más tranquila, seguro me lo contaba. ¿Era prudente volver a sacar el tema? No. Quizá no. Quizá no esa noche. Era egoísta de mi parte sacar el tema antes de dejarla en casa de sus amigas, le podía echar a perder la reunión. Mejor al día siguiente. Concluí que lo mejor era preguntárselo al otro día, por la mañana. Así, como cualquier cosa, durante el desayuno o saliendo de la regadera.

Ella volvió con su bolso en el hombro. Era la Gloria de siempre. Sonrió y me dijo que estaba lista para irnos. Salimos de la casa y caminamos unos pasos hasta el auto. Le abrí la puerta y, al darle la vuelta al carro para meterme yo detrás del volante, no pude evitar mirar hacia todos lados. Estaba buscando la camioneta de “El Quebrantahuesos” o a cualquiera de sus compinches. No vi nada. De hecho, la calle estaba mayormente desierta. Sentí un golpe de ansiedad que me invadió de lleno. No sé por qué. Pero cuando arranqué el carro las piernas me temblaban.

—¿Todo bien? —preguntó Gloria.

—Sí, amor, todo bien —mentí yo antes de acelerar.

Estaba echado en la cama cuando desperté de un salto. Era el teléfono, que sonaba y sonaba con insistencia. Miré el reloj del buró, marcaba la una de la mañana. El teléfono dejó de sonar. Gloria no estaba en su lado de la cama.

—¿Amor? —pregunté en voz alta y esperé varios segundos su respuesta desde el baño o desde la cocina.

—¿Gloria? —intenté de nuevo, caminando hacia la sala. La casa estaba en penumbra. Apenas encendí la luz de la entrada cuando el teléfono sonó de nuevo. Yo di un salto, el corazón comenzó a latirme en el cuello. Con dos zancadas llegué hasta el aparato y contesté.

—¿Bueno?

—Gregorio, es Maribel —la voz de la gorda sonó del otro lado de la línea, quebrada y llorosa. La boca se me secó en dos segundos—. Por favor dime que Gloria está contigo.

—No —dije yo. Quería sentarme, pero la ansiedad no me lo permitió—. La dejé en la entrada de tu condominio hace…

—No, Gregorio —interrumpió— nunca llegó.

—¿Cómo que nunca llegó? ¡La vi entrar por la reja de tu condominio!

—Hemos estado…

—¿Llamaron a la policía?

—No, aún no, queríamos saber si…

Le colgué. No podía esperar a que terminara una frase que ya sabía cómo terminaría. La estúpida… todas esas estúpidas, sus amigas estúpidas, habían estado sentadas durante horas sin hacer nada. ¿Por qué no llamaron antes?

Salí de la casa hacia el carro, tenía que ir a la policía. Pude haber llamado, pero el miedo me movió los pies hacia el carro. Llamar no era suficiente, ¿qué haría en la casa? ¿Qué podría hacer mientras esperaba noticias? No, no. Tenía que ir a la policía.

Al subir al carro recordé lo que sentí unas horas antes, cuando me subí con Gloria. La calle desierta. El miedo que me invadió de golpe. "El Quebrantahuesos", que se me quedó mirando cuando maté a su compañero. Me había reconocido. ¡Me había reconocido! No había otra explicación.

¿Qué vi en la calle antes de manejar a casa de Maribel? ¿Me habían seguido? ¿Me había seguido "El Quebrantahuesos" sin que me diera cuenta?

No, no podía perderme en esos pensamientos. Tenía que enfocarme. Antes de ir a la policía manejé por el mismo camino que había utilizado antes. Di vuelta en los mismos lugares y hasta me mantuve en los mismos carriles. No venía mirando hacia el frente. Miré hacia las aceras. Estaba buscando a Gloria. Tenía la esperanza de encontrarla. De verla. Verla perdida, verla sentada en el piso, con la espalda contra la pared. No sé… mil imágenes me vinieron a la mente, pero quería verla. Llegué a aquella reja blanca en donde la había dejado horas antes y nada. Regresé por el mismo camino. Mismas curvas, mismos carriles, mismo deseo de verla caminando, de encontrarla sentada en una banqueta. Pero nada. Incluso di la vuelta a la derecha sobre la calle de mi casa con la esperanza de verla caminando por ahí. De verla abriendo la puerta. Pero nada. La fachada oscura y sin vida de mi casa fue lo único que se presentó ante mis ojos.

Bajé del carro y corrí a la casa. Abrí la puerta y todo estaba en penumbra, tal como lo había dejado. Grité su nombre y, con una esperanza sintética, me obligué a correr hasta la recámara gritando su nombre. No estaba ahí. No estaba por ningún lado.

Volví al carro y manejé hacia la estación de policía.

La misma maldita estación a donde había ido a reportar mi asalto, a pedir una patrulla que fuera y viniera arriba y abajo por mi calle para evitar que se repitiera lo que me pasó a mí. ¡Pobre iluso! No volvería a pasar porque ningún otro vecino era enemigo de Jonathan Campos. Ningún otro vecino sería la víctima de los planes de ese psicólogo maldito. Ignoré todas las luces rojas que parpadeaban exigiendo precaución. Necesitaba llegar con la policía, necesitaba reportar que Gloria no había llegado a casa. Necesitaba sentir que estaba haciendo algo. Yo, el Caper, el asesino de la gorra, el que estaba haciendo justicia por su propia mano luego de experimentar que la policía era inútil, estaba corriendo al cuartel de policía.

Necesitaba de forma tan urgente una esperanza, que me conformaba con pedirle ayuda a quienes sabía que no querrían ni podrían ayudarme.

¿Pero qué otra cosa podía hacer?

Me estacioné afuera y volví a encontrar un caos similar al de mi visita anterior. Intenté filtrarme entre la gente hasta llegar al policía más cercano a la entrada. Mientras avanzaba gritaba "ayuda, ayuda, por favor", pero nadie se hacía a un lado. Estaba solo. Solo y rodeado por decenas de personas.

Esperé al menos dos horas antes de ver al policía desocupado. Me acerqué a él con los ojos ardiéndome de sueño y el miedo todavía en la garganta. Eran muchas horas para estar asustado, la mente se quiebra con cosas como esa.

—Dígame —me dijo, desinteresado y tan cansado como yo, pero sin ansiedad ni miedo.

Entonces le conté, de forma bastante caótica, que mi novia había desaparecido. Él asintió sin interés y llenó una forma. Puso mi nombre y mi teléfono, el nombre de Gloria, su edad, su altura, peso aproximado y algunas señas que la identificaran. Luego de todo eso, puso la hoja a un lado. Yo me le quedé viendo, como esperando a que pasara cualquier cosa. Quería que se levantara, que fuera a algún lado, que le pasara la hoja a un oficial de mayor rango. Algo. Y quizá vio mi frustración, porque suspiró con exasperación y dijo:

—Váyase a su casa. Por ahora no puede hacer más. Nosotros nos encargamos, si sabemos algo, lo mantendremos informado al teléfono que me acaba de proporcionar.

Rendido, cansado y abatido, salí del lugar y manejé a casa de Maribel con los ojos atentos a las calles y las aceras. Nada. Luego volví a mi casa por exactamente el mismo camino que tomé de regreso luego de haberla dejado.

Luego de haberla abandonado.

Mismas vueltas, mismos carriles, mismos ojos en las aceras. Gloria no estaba. Cuando llegué a casa caminé a paso veloz hasta la habitación, esperando encontrarla ahí con alguna loca historia. Pero no estaba. Ni en la cocina, ni en la sala, ni en la recámara. Lo único que encontré fue el libro que estaba leyendo. Estaba en el buró, con el separador un poco más delante de lo que estaba la noche anterior.

Entonces no pude más. Comencé a llorar.

Capítulo VII

CADA VEZ QUE SONABA EL TELÉFONO el corazón se me iba a la garganta, pero solían ser llamadas del banco, de productos en venta y, en una ocasión, de Villegas, orgulloso de reportarse conmigo sobre el exitoso comportamiento de la odiosa empresa de mi padre. No probé bocado en mucho tiempo porque no quería hacer de comer, pero tampoco tenía ganas de ir a algún restaurante. De vez en vez iba a la cocina y me masticaba una rebanada de pan de caja, más por ansiedad que por hambre. La televisión no me entretenía. De hecho, estaba acabando conmigo, no había un solo programa que me distrajera del miedo y la ansiedad que me estaban comiendo por dentro. Por un lado, programas o películas de policías, guerras y ráfagas de metralla. Por el otro, noticiarios llenos de asesinatos, corrupción y muerte…

La muerte que ocasionaban los médicos al ocupar las calles y no los hospitales. La muerte que ocasionaban los pandilleros, los asaltantes y el crimen organizado al ocupar las calles y no las cárceles.

Y, mientras tanto, sobre la desaparición de Gloria, silencio.

¿Por qué nadie decía nada?

Regresé con la policía al día siguiente de haber hecho el reporte. Después de estar horas sentado esperando a alguien que me atendiera, finalmente me regresaron a mi casa y me dijeron que debía tener paciencia. Recibí llamadas de los padres de Gloria, de sus amigas y hasta de algunos familiares que ella jamás había mencionado. Todos preguntándome qué se sabía, todos colgando el teléfono con la decepción en la voz. Pero no la decepción del que no recibe información deseada, sino decepción hacia mí. Estaban decepcionados de mí. ¿Por qué? No puedo saberlo, no puedo imaginarlo. ¿Por no haberla cuidado? ¿Por qué, maldita sea? ¿Qué parte de mi comportamiento los tenía a todos tan decepcionados? Nadie fue a la policía. Nadie había conducido el mismo camino veinte veces. Nadie había manejado de ida y regreso a la universidad, a la casa de todas sus amigas y hasta a sus restaurantes y parques favoritos. Nadie había ido a su departamento con el corazón en la mano y la esperanza de encontrarla a ella o alguna pista que me guiara hacia ella. Nadie había caminado por la casa durante horas sin nada mejor que hacer con la ansiedad y el miedo. Todo eso lo había hecho yo.

Sin embargo, yo era el que los tenía decepcionados.

¿Qué podría decepcionarlos? Ellos no sabían de "El Quebrantahuesos", no sabían que quizá me había seguido... Aunque no, no era posible, miré hacia todos lados, no había nadie. ¿En qué momento del camino me distraje? ¡Era obvio! El desgraciado no me había esperado en mi calle, habría sido demasiado estúpido. Lo que hizo fue esperarme en algún otro lado, alguna otra avenida... Vio pasar mi auto y me siguió. Me siguió hasta que dejé a Gloria.

¡Estúpido de mierda!

¿Por qué me confié? Sí, sí, miré hacia atrás usando los espejos, pero no lo suficiente. "El Quebrantahuesos" no me siguió a uno o dos carros de distancia. Quizá venía cinco o seis carros atrás mientras yo traía el cerebro dividido en dos: una mitad hablando con Gloria, fingiendo que no pasaba nada; la otra mitad en los espejos, buscando aquella camioneta que conocí la noche del asalto.

Después de recorrer por centésima vez todos los canales del televisor, apagué el maldito aparato y caminé hacia la ventana. La misma calle, la misma maldita calle de siempre. Todo como si nada, todo igual. Los vecinos de enfrente, felices, llenos de risas y de sonrisas. Los odiaba con todo el corazón. Odiaba a esas personas comunes que no piensan, que aceptan las cosas como son y como se las dicen, las personas que viven sin cuestionarse, sin analizar, sin ver más allá de lo que los rodea y que son... auténticamente felices.

El teléfono sonó de repente. Estaba a punto de arrancar ese maldito aparato y aventarlo por la ventana... en los últimos meses no había sido más que fuente de voces que me habían llenado el corazón de dolor y desgracia.

—¿Bueno? —pregunté con la voz temblorosa, intentando escuchar pistas de la estación de policía en ese segundo de silencio.

—Hijo, me has estado llamando —respondió la voz de mi madre desde el otro lado. La busqué durante días y nada, pero ahora que no la necesitaba, ahora que no la quería ni escuchar, ahora era ella quien llamaba.

—Sí, ¿dónde estabas?

Un silencio corto, podía escucharla respirar del otro lado de la línea.

—Pensé que cada quién tenía su vida, Gregorio —respondió, enojada—. ¿Para eso me llamabas? ¿Para saber dónde estaba?

—No, te llamé para otra cosa, pero ahorita no estoy para eso.

—¿Qué pasó? ¿Todo bien?

—Sí, sí, es sólo... unas cosas con el juzgado —mentí—. ¿Podemos hablar en otra ocasión?

—Hijo, ya eres un adulto, no puedes estarme buscando todo el tiempo cada que surja cualquier cosita, tengo mucho que hacer. Pronto voy a salir de viaje. Ya sé, ya sé, me vas a decir que casi casi acabo de volver —sonrió, orgullosa de sí misma—, pero Rodrigo está muy emocionado, siempre ha querido conocer Camboya.

Rodrigo estaba emocionado... que alegría.

—Bueno, hijo, pues si no tienes nada más... háblame cuando te sientas mejor, pero que sea antes del día veinticinco, porque ese día nos vamos. Regresamos el —escuché el movimiento de hojas del otro lado de la línea—… no sé, Rodrigo tiene la fecha. De todos modos te llamo regresando, para que tú y Gloria vean las fotos.

—Sí.

—Bueno, ya, ya, acuérdate que todo se arregla, el único problema sin solución es la muerte. Sonríe, hijo…

"Sonríe aunque se te esté rompiendo el corazón".

—Nos vemos en unos días —dijo y colgó.

Me quedé con el teléfono en el oído, sin colgar. "Para que tú y Gloria vean las fotos". ¿Qué hubiera dicho si le informaba que Gloria estaba desaparecida? Probablemente nada. Hubiera fingido preocupación. Habría actuado voz de angustia para, luego, después de unos minutos de acto teatral, decirme que le gustaría quedarse a mi lado, pero que el viaje no podía postergarse. "Todo estará bien, por favor no dejes de avisarme cuando sepas algo", me hubiera dicho. Podía escucharla con toda claridad en mi cabeza. Luego colgaría, le contaría el chisme a su noviecito y se iría de viaje para no volver a pensar en mí. En el vuelo de regreso de Camboya quizá se acordaba y me preguntaba por Gloria con un pie en su casa. Quizá no.

¿Por qué no estaba colgando el teléfono?

La verdad es que tenía miedo, ese teléfono sólo traería malas noticias. No quería escucharlas, quería buenas noticias. Quería que sonara el timbre y que Gloria estuviera del otro lado de la puerta con una historia horrible, una historia de dolor, de miedo y de angustia, pero viva. La llevaría a la sala, le serviría una taza de café y le preguntaría qué había pasado.

El auricular seguía en mi oreja.

Lo colgué con un movimiento lento y me le quedé viendo al aparato durante unos segundos, como si estuviera seguro de que estaba a punto de sonar. Pero no sonó. Esperé y esperé frente a él, pero nada. Me serví un vaso de agua, miré el piso de la cocina a través del líquido y luego dejé el vaso, sin tocarlo, en el fregadero.

Sonó el timbre.

El corazón me dio un vuelco, pero mi fantasía de Gloria tocando me ayudó a caminar a paso rápido hasta la puerta. La abrí de par en par para dejarla entrar, pero frente a mí estaba el agente Yames acompañado de un patrullero.

—Doctor Sankiesh —dijo sin moverse—, necesito que me acompañe. Ya encontramos a la señorita Gloria.

—¿Está bien?

El maldito policía negó con la cabeza, resopló y bajó la mirada.

Hasta este momento no recuerdo con claridad qué pasó después. Supongo que Yames me introdujo en su carro patrulla y los policías me llevaron a la central.

Habré pasado por la puerta principal o quizá alguna puerta trasera. No sé. Mis recuerdos están completamente nublados hasta el momento en que entré a un cuarto de mosaicos azul claro en las paredes. El piso era blanco y sucio. No descuidado, sino sucio por el tiempo, de esa suciedad que no se limpia por más que se refriegue. Junto a la puerta, un policía desinteresado miraba hacia el piso, no queriendo encontrarse con mi mirada.

Di varios pasos cortos, como si quisiera tomarme todo el tiempo del mundo para llegar a una camilla metálica. Sobre el frío acero inoxidable, descansaba el cuerpo desnudo de Gloria.

Sabía. Sabía que el tiempo que estuve en mi casa, esperando, estaba esperando esta noticia.

Tenía los caireles enmarañados y el cuerpo lleno de terribles hematomas amarillentos. Su labio inferior estaba partido por la mitad, amoratado y cubierto de sangre seca. En la frente tenía cortes rodeados de moretones y sangre seca. No quise tocarla. En la televisión todo el mundo toca a los muertos. No quise tocarla. Ya no. La miré durante unos segundos y todo el cuerpo se me atoró en la garganta. Quería gritar, llorar y salir corriendo, pero no. Me quedé ahí, de pie, y no pude decir nada. No puede llorar. No pude nada. Sólo la miré y luego sentí una presencia a mi derecha. Era Yames.

—Doctor, ¿puede acompañarme?

Asentí. El policía con la mirada en el piso abrió la puerta y el inspector y yo salimos por ahí. Tampoco recuerdo cómo es que llegamos a su oficina, un lugar de tres por tres, atiborrado de carpetas y fólderes por todos lados. En su escritorio, un monitor color beige nos esperaba con el protector de pantalla avanzando sin parar. Eran tubos. Tubos de colores que se iban armando y, cuando llenaban la pantalla, desaparecían y volvían a comenzar. Me senté en donde me indicó y él se sentó del otro lado.

—Lo siento mucho —dijo—. Una gran persona, la señorita Gloria.

Tomó una carpeta y la abrió de par en par, como si fuera un álbum de fotos familiares que pretendía enseñarme.

—¿Se siente bien, doctor? Si quiere puedo molestarlo con esto en alguna otra ocasión.

—No —dije—. Estas cosas no desaparecen de un día para otro. Si nos vemos mañana me voy a sentir peor, mucho peor. Mejor ahora, que mi cerebro se está defendiendo del dolor con uñas y dientes. En estos días caerá en cuenta de que ella ya no está y no puedo decirle las pocas ganas que tengo de que llegue ese momento.

Se quedó serio durante unos segundos, como repasando lo que le había dicho. Luego, asintió y me dijo:

—¿No le sorprende que sea yo quien esté encargándome de la muerte de la señorita Gloria?

No había pensado en eso.

—No, supongo que no —se respondió él mismo—. Su mente debe estar en otro lado. Doctor Sankiesh, ¿tiene usted enemigos?

—No que yo sepa —mentí. Habría querido decirle "Jonathan Campos, el director de 'Nueva Vida', él fue, él la mandó matar". Pero no. No quería a Yames metido en eso.

—Es que no dejo de darle vueltas —dijo entonces el agente—, primero Abramson y luego la señorita Gloria. Siento que alguien quiere fastidiarlo, doctor.

—No tengo enemigos. Me la he pasado viviendo mi vida a lo seguro. No me meto con nadie y ayudo a todos los que puedo.

Yames me miró durante unos segundos. Conocía esa cara, la famosa "cara de póker", la cara que no comunica nada. Ese desgraciado no creía que yo fuera inocente. Algo estaba tramando. ¿Creía que yo era culpable? Pues bueno, que me esposara y me metiera a la cárcel de una maldita vez. Estuve a punto de decirle que había matado a Sal y que había matado a otros dos desgraciados en ese barrio de mala muerte. ¡Ya méteme a la cárcel, pero no me vengas con jueguitos, no hoy, no en este día! Pensando en esto y sin poder dejar de ver esa mirada que no parpadeaba, comencé a llorar.

Bajé la cabeza y la escondí entre mis manos.

El dolor había llegado mucho antes de lo que yo esperaba.

El tipo se levantó de su silla y fue a mi lado. Me ofreció un vaso de agua. ¡No tenía sed! Tenía el corazón en mil pedazos. ¿Por qué la gente estúpida cree que ante el dolor de la muerte lo que uno necesita es comer o beber? Necesitaba dejar de sentir. Necesitaba regresar a casa y encontrar a Gloria leyendo su estúpido libro sobre las Cruzadas del Norte. Necesitaba que mi casa oliera a su perfume. Necesitaba su presencia.

—Mejor váyase —me dijo y dejó el agua sobre el CPU que ocupaba medio escritorio—. Si necesito algo le aviso.

Levantó la mirada y le dijo a un policía que estaba por ahí:

—Vázquez, lleve al doctor Sankiesh de regreso a su casa, por favor.

—¿Los padres de Gloria están enterados? —pregunté.

—Sí, vienen en camino.

Me puse de pie y estaba a punto de salir de la oficina cuando di la media vuelta, me limpié las lágrimas con el dorso de la mano y le pregunté a Yames dónde habían encontrado a Gloria. La había encontrado un vecino de aquel barrio de mala muerte en donde vivían "El Quebrantahuesos" y su compinche.

Asentí como si no reconociera las calles que Yames me había leído directamente de una de las hojas sobre su escritorio. Luego, me tomó del hombro y me dijo, como quien se despide en un funeral en donde ya no quiere estar: "Le prometo que voy a dar con quien hizo esa chingadera".

Asentí de nuevo y, poco después, estaba en la sala de mi casa. Una casa que no olía a Gloria. Caminé hasta la recámara y abrí el libro de las Cruzadas del Norte. Saqué el separador que ya no avanzaría más y lo miré como si contuviera algún secreto para traerla de vuelta. Sentía las lágrimas en la garganta, atoradas sin poder salir. Quería que brotaran, quería que escaparan, quería un caos. Necesitaba un caos. Necesitaba llorar fuerte, de esas lágrimas que te rompen el pecho. Quería llorar hasta fatigarme y caer dormido.

Pero no pude.

Las lágrimas no salían. El dolor no salía. ¿Por qué pude llorar frente a un policía de mierda, pero no pude llorar frente al último libro que Gloria había dejado sin terminar?

Bajé las escaleras y caminé hasta el armario de las cachuchas. Ahí estaba el bastón, ahí estaba el tapabocas negro. Ahí estaba el Caper, el asesino de la gorra. Un lío, una molestia, un escándalo, una confusión, un enredo.

Gloria estaba muerta… ¿por mi culpa?

¿Por no haber revisado con atención que "El Quebrantahuesos" no nos estuviera siguiendo? Lo había sentido. Sentí que algo malo estaba pasando en esa calle vacía, la calle afuera de mi casa. Algo estaba pasando. Debí obedecer a mi intuición, debí escuchar al cuerpo. Pero no.

Fue mi culpa.

Sin nada mejor que hacer, me dejé caer en el sillón de la sala y reconstruí los hechos en mi mente de la mejor forma que pude. Gloria y yo salimos de casa y no había nadie en la calle. No estaba la odiosa camioneta de "El Quebrantahuesos". Pero él ya sabía quién era yo. Sabía que yo había matado a su compinche, sabía que Campos recibiría castigo, así que fue a verlo y Campos dio la orden de pararme de una vez por todas. Pero no a mí, no podían matarme a mí sin levantar sospechas luego del juicio. No. Había que pararme sin hacerme daño. Entonces "El Quebrantahuesos" me esperó en alguna avenida cercana a mi casa. Nos siguió a Gloria y a mí durante todo el camino.

Llegamos a casa de Maribel, Gloria se bajó del carro y me despedí de ella en aquella reja blanca. Aceleré y, poco después, mientras ella caminaba hacia la casa de la gorda, "El Quebrantahuesos" salió de algún lado y se la llevó en la camioneta. Seguramente se la llevó a su casa.

No, no a su casa.

No podía arriesgarse a ser visto. Quizá la mató dentro de la misma camioneta. Luego, la tumbó en alguna de las calles aledañas a su casa. No, no la tumbó. La escondió. ¿Dónde la escondió? Nadie tarda tanto en encontrar un cadáver a simple vista. La escondió. ¿Por qué la escondió? ¿Por qué esconder un cadáver en uno de los barrios más peligrosos de la ciudad? En ese lugar había violencia, pandillas, venta de drogas. Cualquiera hubiera matado a una mujer como Gloria si tenía la mala idea de caminar por ahí en un horario equivocado. ¿Por qué la escondió?

Yo esperé hasta que Gloria cruzó esa reja, la reja que daba acceso al condominio en donde estaba la casa de Maribel. Esa reja blanca sin policía ni seguridad alguna. Esa reja blanca que permitió la entrada del asesino de Gloria. Nadie escuchó nada. Nadie vio nada. Nadie vio a un tipo golpearla y llevársela a rastras, igual que nadie vio una camioneta estacionada frente a mi casa con varios tipos llenándola de mis pertenencias. En este maldito país nadie ve nada, menos cuando ver algo puede significar la muerte. Mejor en silencio y con la salud íntegra que jugarle al muerto solidario.

No fue mi culpa nada más. La gorda debió salir por ella hasta la reja blanca. La gorda debió estarla esperando. ¡Pero no! Seguramente estaba en su casa tomando vino y masticando frituras, contando sus últimas aventuras sexuales inventadas, esperando a que Gloria llegara caminando hasta su puerta y tocara el timbre.

¿Cuánto espacio había entre la reja blanca y la casa de Maribel? ¿Cuánto espacio tuvo "El Quebrantahuesos" para detenerla y llevársela?

Me puse de pie de un salto. Estaba sudando. Qué odioso y doloroso es intentar reconstruir los hechos sin la información necesaria, sin la información completa. ¿Y para qué? Había tenido muchísimos pacientes a lo largo de los años intentando reconstruir la muerte de sus padres en mi consultorio, conectando la poca información que tenían, haciendo hipótesis sobre cada ventana abierta, cada cepillo de dientes sin usar y cada gota desperdiciada de un grifo abierto.

¿Y para qué? Los hechos eran imposibles de reconstruir y, si lograban reconstruirlos, ¿qué se ganaba? Nada. El dolor no se iba y el muerto no regresaba.

Pero yo sí necesité reconstruir los hechos, porque sólo así alcancé a darme cuenta de la verdad de lo que había pasado. Yo dejé a Gloria en la reja blanca que delimitaba el condominio en donde estaba la casa de Maribel. La dejé sana y salva. No era mi culpa.

¿Quién era culpable entonces?

Campos.

Le había escupido en la cara a Jonathan Campos al asesinar al desgraciado que me golpeó el muslo. Le había declarado una guerra directa, sucia y cruenta. Él había respondido igual.

No esperaba que Gloria fuera víctima de esa guerra, no vi más allá de mi nariz, ni siquiera lo había pensado, no me había pasado por la cabeza que Campos contraatacara lastimando a quién más quería.

Pero se le habían acabado las opciones. Mi madre estaría en Camboya y mi casa podría dejarla hecha cenizas… no me importaba. Ya no tenía nada con qué lastimarme, nada con qué amenazarme, nada con qué vencerme.

¿Pensó que la muerte de Gloria iba a darme miedo? No. Y la ley desde hace mucho había dejado de ser el vehículo de nuestras batallas. Ahora lucharíamos con el dolor y la sangre. Campos todavía tenía mucho que perder.

En cambio, él ya había jugado su última carta.

Capítulo VIII

DIJO ERICH FROMM QUE EL individuo que es productivo no siente la necesidad de venganza. Que, aunque sea lastimado, dañado e insultado, el proceso de vivir productivamente le hace olvidar el daño del pasado.

Por este tipo de cosas Fromm siempre me había parecido un idealista. ¿De verdad la productividad nos hace olvidar la venganza? ¡Mentiras! Pero no podía esperar otra cosa de un tipo como él, cariñoso, amable, lindo, con una visión de la humanidad de lo más amorosa. Basta leer "El Arte de Amar" para ver hasta donde podía llegar para cerrar los ojos a lo podrida y desagradable que podía ser la humanidad.

De cualquier modo, yo ni siquiera vivía de forma productiva. Sabía que Fromm mentía porque toda mi vida había estado furioso, toda mi vida había albergado en mi corazón una fuerte necesidad de venganza. Las horas de trabajo interminables no hacían que esos deseos oscuros se fueran, al contrario, fortalecían la necesidad de desahogo. Pero ahora, que Campos me había dejado encadenado en mi casa, sin oficio ni beneficio más allá de leer y ver la televisión todo el día… ¿dónde quedaba la productividad? Sin Gloria, que era la única oreja que me escuchaba, los únicos brazos que me sostenían, los únicos ojos que me miraban, ¿qué me quedaba? Fromm habló de productividad, pero en su frase no habló del sentimiento de soledad.

No de soledad en el sentido literal, pues no creo que ningún ser humano esté realmente solo… el sentimiento de soledad es peor. El tener una agenda de teléfonos llena y no saber a quién llamar. Llamar y no obtener respuesta. Obtener respuesta para encontrar solamente gente ocupada del otro lado de la línea. Siempre ocupada. Siempre con algo importante que hacer. Quizá no muy importante, pero más importante que tú.

¿Qué se hace si no se es productivo y, a la vez, hay que enfrentar la soledad? Pero hay que sumarle algo peor… ¿qué se hace si, además, estás destruido? La visión de Gloria muerta se negaba a dejar mi memoria. Durante días encendí las luces de cada habitación por la que pasaba porque cualquier resquicio oscuro me devolvía la imagen de Gloria en esa plancha fría.

Siempre me ha destruido el cerebro que los crímenes del cuerpo se castiguen y los de la mente no. Si el colega de "El Quebrantahuesos" entra a mi casa con la pistola en alto y lo mato, no voy a prisión porque asesiné en legítima defensa. Pero si alguien me lastima el corazón, si alguien me lo parte en mil pedazos y yo lo mato, esa persona es inocente. Las palabras asesinan a más personas que las armas. Yo lo sé mejor que nadie. Por eso me entregaba a mis pacientes. Pero ya no. Ya no podía. No tenía permiso para ejercer, para atender esos corazones hechos pedazos que se mantendrían rotos. No podía hacer nada.

Gloria estaba muerta y tampoco podía hacer nada.

Recordé la canción que me cantaba mi madre. "Si sonríes, a pesar de tu miedo y tu tristeza; sonríe y, quizá, mañana verás el sol salir brillando".

¿Por qué tenía que sonreír? ¿Por qué tenía que sonreír a fuerza a pesar del miedo y la tristeza? Siempre seguí adelante a pesar de todo. Siempre hacia adelante sin importar el dolor. Nadie puede reclamarme por no intentarlo, por no buscar justicia, por no tender la mano al que la necesitaba. Siempre puse la vida de los demás por encima de la mía.

Sin importar la traición, el dolor y la injusticia, aun así intenté salir adelante. Buscar caminos buenos, caminos rectos, los que la ley marca. Intenté hacer todo como hacen los hombres de bien, creyéndome el cuento aquel de que si hacía yo el bien, éste llegaría a mi vida. Ante mi comportamiento justo recibí injusticia. Ante la extensión de mi mano no hubo sino traición y espaldas cuando necesitaba una palabra de apoyo. Ante mi entrega constante y mi oído atento hubo oídos sordos, hubo dolor, hubo embestidas contra un corazón que estaba abierto. Y, sin embargo, seguí adelante. Seguí buscando el buen camino, continué entregando mi mano y dándolo todo.

Cuando no me quedaba mucho, lo único que iluminaba un poco la oscuridad de mi mente era Gloria. Intenté dejar todo aquello atrás siempre y cuando pudiera ver al amor a los ojos. Pero la vida también me la quitó. Perdí el amor. Lo tuve que ver caer entre las sombras y por más que me esforcé por alcanzarlo lo vi desaparecer entre esa negrura infinita.

¿Por qué ante todo eso tenía que quedarme tranquilo? ¿Por qué tenía que despertarme todas las mañanas pensando que la tenía a mi lado para encontrar mis brazos vacíos? ¿Por qué tenía que soñar con besar sus labios para despertar y hallarme solo y frío?

Si el mundo entero no había mostrado sino su furia, si el mundo entero me había expuesto su crueldad, ¿por qué tenía que devolverle algo que no fuera la misma cosa? ¿Cómo podía un extraño en la calle inspirarme algo que no fuese un profundo odio? Si había perdido para siempre al amor de mi vida, ¿qué podía causarme placer ya si no provocar profundo dolor a otros? Y si no podía perdonarme mis errores y omisiones, ¿por qué se los tenía que perdonar a los demás?

Salí de mi casa con cuidado para que nadie me viera, completamente vestido de negro, tapabocas, cachucha, gabardina y mi bastón de castaño. Caminé y caminé hasta perderme en la oscuridad de la noche. Quería estar lejos de mi casa, pero en esta ocasión evité aquel barrio de mala muerte en donde asesiné al compinche de “El Quebrantahuesos” y a su mujer, aquel barrio oscuro en donde habían encontrado a Gloria. No quería ir por ahí en mucho tiempo, no quería que esperaran más ataques del “asesino de la gorra” en ese sitio. Así que busqué otros caminos. Pensé en matar a Maribel, esa cerda maldita que no había salido por Gloria a la reja blanca, esa desgraciada mentirosa y lengualarga que fue culpable de la muerte de Gloria por omisión y pereza. Pero no… la forma más fácil de que te atrapen es cuando matas a alguien a quien conoces, y yo ya tenía la muerte de Sal encima.

No sé cuánto tiempo caminé, siempre con la cabeza gacha, siempre escondiendo mi mirada de los extraños, a pesar de que mi cachucha y mi tapabocas hacían un buen trabajo cubriendo mi rostro… vale la pena ser cuidadoso en exceso. Ya eran las once y media de la noche cuando me encontré caminando por una calle cuidada, sin baches ni topes, pero con banquetas pintadas y pasto bien cortado. Llegó a mí, desde algún lugar, el sonido de regadores. Casas de ricos. Casas hermosas, todas de dos pisos, todas iguales, el mismo proyecto arquitectónico, lo único que cambiaba eran los colores. Unas eran rosa pálido, otras azul pastel o verde pistache. La mayoría de ellas tenían luces encendidas en el piso de arriba.

Recordé aquella vez que pensé en meterme a casa de mis vecinos. Esto sería algo similar. ¿Pero a qué casa debería entrar? ¿A cuál de todas? Empecé a ver los números, ¿qué número me gustaba? Luego, preferí poner mi atención en las puertas. ¿Cuántas chapas, cuantos elementos de seguridad? Luego fijé mi atención en las ventanas… ¿qué casa sería la elegida? Dejé la banqueta e ingresé en el jardín de una de ellas. Caminé hasta el costado y me asomé por la ventana y, entre tanta oscuridad, alcancé a ver la sala. Una sala de buena calidad, de esas como para diez personas o más. Al centro, una mesa de piedra y, alrededor, un montón de juguetes.

Niños.

No, no podía meterme a una casa con niños. Los niños hacen ruido, lloran, gritan, llaman la atención. Esa casa no.

Seguí mi camino y entré al jardín de la casa siguiente. Era ridículo ver la nula seguridad que había en esa maldita calle, ricos sintiéndose intocables, a ellos no podía pasarles nada. Menos si no tenían la venganza de un desgraciado rencoroso como Campos encima de ellos. Miré hacia adentro por una ventana y vi pasar a una chica vestida con una pijama ligera. Entró a lo que, supuse, era la cocina. Salió de ahí limpiándose la boca con el dorso de la mano y apagó la luz.

Le di la vuelta a la casa, buscando pistas de más personas que pudieran estar ahí con ella, necesitaba calcular cuánta gente vivía ahí. Nada. Todo el piso de abajo estaba desierto, al menos lo que podía verse desde afuera. Arriba había una sola luz encendida. Mi corazón me decía que esa casa era la correcta, la adecuada, la elegida.

Encontré en el jardín trasero un montón de cajas de madera con plantas pequeñas saliendo de entre la tierra. Al parecer tenían su propio huerto. No soy bueno con las plantas, pero creo que distinguí perejil y romero. Caminé hasta la casa y me encontré con una puerta corrediza de cristal, de esas que te revientan la nariz cuando tienes prisa y caminas sin cuidado. Intenté moverla, pero no cedió. Después de intentar tres ventanas, encontré una que no estaba cerrada con seguro. Sería mucho más incómodo que entrar por la puerta del jardín, pero no me quedaba otra opción.

Abrí la puerta lo más lento que pude y dejé mi bastón colgando en el marco. Metí primero las piernas y terminé aterrizando de nalgas en un sofá. Mis zapatos sucios dejaron un rayón en toda esa blancura. Cuando logré reponerme, jalé el bastón y cerré la ventana con sumo cuidado. Me encontré solo en aquella sala enorme. Escuché ruido arriba, así que, despacio, subí aquellas escaleras alfombradas que hicieron el favor de silenciar mis movimientos. Era una llamada telefónica eso que llegaba a mis oídos.

—Voy a estar bien, tómense una cerveza a mi salud… No, no, te prometo que no, por eso los estoy mandando a ustedes —dijo y se rio con una risita aguda—. Sí, claro… en cuanto sepa te aviso… Sí… Sí… Yo también los amo.

Escuché que colgó el teléfono y empecé a caminar por el pasillo.

Me asomé a la única habitación encendida. Ahí estaba ella, con una botella de cerveza en una mano y una revista sobre las piernas. Creo que se sintió observada, porque miró hacia la puerta e hizo un gesto de terror. Por instinto, soltó la cerveza y su mano se dirigió al teléfono. Con una zancada entré y, también por instinto, reventé mi bastón sobre el aparato, que hizo un ruido seco al mismo tiempo que la lámpara de noche cayó sobre la alfombra.

Mientras la cerveza se vaciaba sobre las sábanas, ella intentó salir, pero yo me interpuse en su camino.

—¡Por favor no me hagas nada! —dijo ya con lágrimas escurriéndole.

Yo me quedé en silencio. ¿Qué podía decirle? El silencio, en ocasiones, es mucho más doloroso que las palabras. En mi caso, si he de confesarlo, siempre preferí las palabras por sobre el silencio. No importa qué tan dolorosas sean, están llenas de posibilidades. El silencio es definitivo. El silencio es la muerte.

La goma de mi bastón ya estaba en el piso y yo era una estatua. Ella no sabía qué hacer, miraba hacia la puerta, hacia la ventana y luego hacia mí. Yo me mantuve erguido, firme, callado. Me di cuenta que necesitaba disfrutar ese momento de poder absoluto. Con Sal estaba demasiado enojado, con el tipo que me asaltó fui demasiado rápido. Pero con esta mujer, verla sufriendo, hincándose, rogando por su vida… y yo, el Caper, no estaba haciendo nada. No le estaba apuntando con una pistola ni blandía un cuchillo, sólo estaba ahí, de pie, una figura oscura que no se movía, un extraño quieto. Eso era todo lo que hacía falta para que ella estuviera muerta de miedo. Y ese miedo era intoxicante. Me sentí tan completo… No quería que se terminara. Tantos años teniendo miedo y ahora sólo necesitaba existir para generar terror en otro.

—Por favor, por favor —decía ella mientras los mocos y las lágrimas cortaban sus palabras—. Llévate lo que quieras, no le llamo a la policía, no digo nada.

Empezó a sollozar, impotente. Ni siquiera había intentado salir al pasillo. Pensé que podría pasar por encima de mí, intentar empujarme o escabullirse, pero nada. Sólo daba vueltas y se tiraba al piso, se levantaba, se sentaba en la cama y luego se volvía a tirar al piso. El espectáculo era vergonzoso. Así quería ver a Campos. Así como a esta mujer que frente a mí se había convertido en una piltrafa.

Si no me hubieras acusado no estarías donde estás.

¡Qué atrevimiento! Después de todo lo que me había hecho, Campos insistía en ponerse por encima de mí. Igual que en las costas. Siempre superior, siempre con teorías que funcionaban mejor, siempre más sensato y prudente. Después de todo lo que había pasado, después de que me mandó golpear, después de que me quitó a Gloria, todavía se atrevía a sentir que era la víctima.

La chica estaba hincada frente a mí, decía cosas a las que no atendía y sus manos estaban unidas en lo que parecía una oración.

¡Sonríe, carajo! No es para tanto.

Sabía que esa mujer no era Campos. No voy a decir que en ese momento vi el rostro de Campos sobre su cara o algo así. No. Sabía que era alguien más. Pero hice lo que me hubiera gustado hacer con mi enemigo, así que le puse un puntapié en el rostro, un golpe rápido que la tiró de espaldas. Se llevó las manos a la nariz y, casi al instante, se le pintaron de rojo. Se quedó unos segundos así, de espaldas, con las manos sobre la nariz chorreando sangre.

Me acerqué a ella y me senté sobre su estómago de golpe, su cabeza latigueó hacia adelante.

—¡Por favor, por favor! —siguió diciendo.

Dejé mi bastón sobre la alfombra y la miré directo a esos ojos inundados en lágrimas. Llevé mis manos a su cuello y apreté y apreté. Volví a ver en sus ojos el mismo terror que vi en aquel barrio de mala muerte, antes de que llegara el marido de aquella desgraciada. Así podía matar a Campos cuando llegara el momento… Pero no, era rápido y quería ver cómo sufría, quería que su muerte fuera lenta y dolorosa.

Pero no con esta chica.

Esta chica sólo estaba ahí como víctima de mi desahogo, como un trabajo más del asesino de la gorra. Quería que finalmente asociaran los dos asesinatos, quería que me voltearan a ver. No quería que esa ciudad maloliente y desgraciada me olvidara. Quería unirme a ese grupo de criminales en una ciudad sin ley, una ciudad que no busca al asesino, que no castiga al culpable.

Me puse de pie. Ella tosió y se llevó las manos al cuello.

¡Sonríe, carajo! No es para tanto.

—Sonríe aunque se te esté rompiendo el corazón —dije en voz alta. Ella hizo un gesto de no entender justo en el momento en que dejé caer mi bastón con todas mis fuerzas sobre su cráneo. Se llevó las manos a la cabeza y, entonces, blandí y le di con la madera de castaño de lleno en el rostro. Cayó de espaldas, desmayada. Volví a golpear su cabeza una y otra vez hasta que la alfombra quedó tinta en sangre. Una mancha negra se empezó a extender por debajo de su cabeza.

Metí uno de mis dedos enguantados en aquel charco que se estaba perdiendo entre las fibras de la alfombra y dibujé el símbolo de la gorra sobre una de las puertas del tocador. Quedó bastante parecida a la que dejé en aquella casa del barrio de mala muerte.

Una ojeada en su armario me bastó para encontrar una gorra verde. Era de un equipo deportivo, pero yo no sé de esas cosas, así que no lo reconocí por completo. Regresé a donde estaba su cadáver y le puse la cachucha, cubriendo parte de la herida sangrante. Esperaba que esa pista le ayudara a los policías a comprender el símbolo en el tocador.

Entré a su baño y dejé el agua correr sobre el mango curvo de mi bastón y los guantes de piel. Durante algunos segundos vi el líquido rosado desaparecer por el agujero del desagüe. Sin secar ni escurrir, apagué la luz y salí de la casa del mismo modo en que había entrado.

Al día siguiente estuve tirado en mi cama todo el día viendo televisión. Sin trabajo, sin Gloria, sin tener que ir a ver a Moya o a Lacquer, no tenía la necesidad de levantarme. Pero, además, estaba buscando noticias sobre mí. Entiendo que el asesinato en un barrio de mala muerte no aparezca en las noticias, pero seguramente el asesinato de una chica en una colonia bien acomodada tenía que ser parte de alguno de esos programas, sobre todo de aquellos que persiguen las notas más sangrientas y escandalosas.

Tuve que esperar todo el día. Pero, finalmente, durante la noche, en el noticiario de las diez, apareció la nota. La chica sin vida se llamaba Gabriela algo, no alcancé a escuchar su apellido. La habían encontrado sus padres. En la pantalla de la televisión vi la casa durante el día, seguida de imágenes de policías y médicos, patrullas y una ambulancia. Luego de eso, imágenes que, como pornografía barata, muestran algunos detalles, pero no lo más interesante; lo suficiente para atrapar al espectador, pero sin revelar lo que el espectador realmente quiere ver. En este caso, imágenes de la recámara vacía, de la mancha de sangre en la alfombra, de mi símbolo con sangre seca sobre la madera pintada de blanco. Mientras la voz de la reportera narraba los detalles, la imagen mostraba las manchas que mis zapatos dejaron en el sillón blanco y a los padres de Gabriela llorando, desconsolados, al lado de un carro grande y elegante. Finalmente, lo que esperaba: la voz que narraba se convirtió en un ser humano frente a cámara, con el micrófono del noticiario frente a la cara. Detrás de ella, la casa con los policías y los médicos, la ambulancia y las patrullas. Y ahí, cerrando su reporte, dijo que era el mismo símbolo del otro asesinato, dijo que el asesino había dejado una gorra en la escena del crimen. Y, finalmente, me nombró: el asesino de la gorra.

No dijeron que era el Caper, porque eso ya era demasiado específico. No mencionaron el símbolo, ni dijeron lo que podía significar, pero sí apareció a cuadro. El asesino de la gorra. El cachuchero. El Caper. Un lío, una molestia, un escándalo, una confusión, un enredo.

Lo que más me ponía contento era que el día entero estuve echado en mi cama. Sin culpa, sin que me temblaran las manos, sin miedo a la policía. No había dejado evidencia alguna. Los zapatos podían ser los de cualquiera, no había nada que pudiera delatarme. Y, sobre todo, verme en la televisión, ver tanto movimiento por mi causa… eso levanta el ego. Quizá ahora me parezca ridículo pensar así, pero en ese momento estaba lleno de orgullo.

Pude enseñarle a mil generaciones de universitarios y pude sacar adelante a cientos de neuróticos y ni quien me volteara a ver. Pero maté a un par de personas y ahí estaban los noticiarios, hablando de mí y mostrando mi obra.

Y así queremos que la humanidad salga adelante...

Nos encanta el maltrato. Y digo "nos" porque yo mismo me forcé a vivir años y años soportando el dolor, la traición y la injusticia. La tristeza. La tristeza.

Aunque me moría de ganas de salir a matar esa misma noche, aunque moría de ganas de ver una nueva noticia sobre el Caper, supe que tenía que ser prudente. Tenía que esperar. No quería a la policía atenta, menos ahora que el maldito Yames tenía la lupa encima de mí por lo de Sal y lo de Gloria.

Dos días después de eso, en otro programa de noticias, un supuesto experto en psicología criminal hizo la hipótesis de que probablemente yo era un médico. ¿De dónde sacó una conclusión de ese tamaño? Por el tapabocas negro. Ese era el "experto". Los médicos dejaban sus tapabocas negros y rojos tirados en la calle después de cada una de sus marchas y su griterío, pero este fulano se llenaba la boca con el argumento sólo porque un par de personas me habían visto y habían reportado que usaba una gorra y un tapabocas negro. Lo peor es que nadie en la televisión contradecía sus palabras, nadie le decía al "experto" que el asesino podía ser cualquiera que se hubiera encontrado un tapabocas, o que hubiese pintado el propio. Es más, para lo que la gente había visto, que era poco más que nada, quizá ni era un tapabocas, podía ser un pasamontañas, una bandana, una bufanda o un triste pedazo de tela sobre el rostro.

Estaba a salvo.

Capítulo IX

MI MADRE SIEMPRE ME DECÍA que yo podía ser bueno en lo que emprendiera, que todo lo que necesitaba era confiar en mí. Jamás le creí. Luego, estudié psicología y le creí aún menos. No todos los seres humanos tenemos las mismas capacidades, ni podemos dedicarnos a lo que sea si nos esforzamos lo suficiente. Yo jamás hubiera podido ser bailarín porque, sencillamente, no tenía la habilidad suficiente para moverme como se requiere. Ella misma lo decía, con tono de queja: "tienes dos pies izquierdos". Así que no, no cualquiera puede dedicarse a lo que sea, hace falta talento. En ocasiones amamos aquello para lo que tenemos talento, pero no siempre. A mi consultorio llegaban un día sí y otro también seres humanos frustrados hasta la médula porque amaban aquello para lo que no tenían talento. Sin importar cuánto estudiaban o ensayaban, cuánto tiempo le invertían a su pasión... nada. Otros, en cambio, eran muy buenos en algo que ni les interesaba.

Eso puede matar de rencor a un ser humano.

A mí me llegó a pasar muchas veces con la felicidad.

Veía a otros felices, fácilmente felices. No sabía cómo lo lograban. Sí, claro, para algunos era muy sencillo, porque no tenían problemas y su vida era una película de príncipes y princesas. Pero no me refiero a esos, me refiero a aquellos que eran capaces de sonreír y ser felices sin importar qué les cayera encima. ¿Cómo lo hacían? Nunca lo supe. Nunca lo supe hasta que salí de casa de Sal Abramson aquella noche que cambió mi vida. Me había vuelto bueno en algo que me eludió durante décadas: ponerme a mí por encima de los demás. ¿Tenía dos pies izquierdos? Sí, pero me gustaba bailar. Lo dejé de hacer porque no soportaba siempre la misma queja, el mismo señalamiento, la misma burla: "mira, mira, tiene dos pies izquierdos" decía mi madre y me señalaba. Sin importar quién estuviera junto a ella, familiar o extraño, esa persona tenía que verme, así que ella le tocaba el hombro y me señalaba. "Mira, mira, tiene dos pies izquierdos".

Entonces dejé de bailar.

Luego, empezó a señalarme de la misma forma, pero por quedarme sentado en las fiestas. "No baila ni los ojos", decía entonces. Mal si bailaba, mal si no. La burla era inevitable y, a pesar de su insistente presencia, nunca terminé de acostumbrarme. La vergüenza y el juicio a mí mismo llegaban sin tardanza una y otra vez, siempre más crueles.

Pero esa noche, luego de matar a Sal, cuando le regalé mi camisa ensangrentada a ese desgraciado psicótico callejero, me di cuenta que todo lo que debí haber hecho desde niño era no escuchar. Ni a mi padre, ni a mi madre. Tenía que bailar, a pesar de lo que ella dijera. Fue un error quedarme sentado. No debí temer el juicio del otro. Perdí muchos años temiendo el juicio del otro. El de Sal, el de los Urriaga, el de Campos, el de Iliana Acres... Nunca hubiera mirado hacia otro lado con tal de evitar un juicio negativo.

Sólo no quería que me dejaran de querer y el precio a pagar fue quedarme solo, con el constante deseo de dejar de estar triste todo el tiempo.

Porque esa era la respuesta, ¿no? Bastaba con dejar de escuchar a los demás para darse cuenta lo bueno que se es en ciertas cosas. Confiar en uno mismo, aunque suene a libro de superación personal.

A dos meses del asesinato de aquella chica de la revista y la cerveza, yo ya me había vuelto muy bueno en mi nueva actividad lúdica. Por un lado, me preparaba para asesinar a Campos cuando llegara el momento. Por el otro, me intoxicaba el poder del asesinato, me sentía completo al verme reflejado en los ojos de terror de mis víctimas. En las noches, dejaba mi automóvil lejos, en una calle oscura, y caminaba cuadras y cuadras hasta encontrar una casa que me hiciera sentir cómodo. Siempre en diferentes rumbos, siempre en diferentes zonas de la ciudad. Barrios pobres, barrios ricos, barrios de clase media. Lo importante era dejar una gorra en la escena del crimen y mi símbolo dibujado con sangre en algún lado.

Para cuando decidí a matar a "El Quebrantahuesos" ya había asesinado a otros cinco desgraciados. Nada personal. Todo al azar. Todo por diversión. Todo porque me estaba volviendo adicto a ello. Y, desde luego, para que nadie me volteara a ver a mí cuando el símbolo del Caper apareciera en el Centro de Cuidado Psicológico "Nueva Vida". Sería una nueva víctima de aquel asesino en serie que estaba aterrorizando a la ciudad.

Y vaya que la ciudad estaba aterrorizada. Ya había dibujos del asesino. La gorra, el tapabocas, el bastón y la gabardina negra, pero no había nada más. Nada ligaba los asesinatos, ninguna de las víctimas estaba vinculada. La policía no tenía forma de encontrarme… y los noticiarios estaban de acuerdo con eso. Un joven metalero un día; un viejo actuario días después; un desgraciado que venía viajando en el tren subterráneo… ese me había encantado. Dejé mi símbolo pintado en una de las sillas del vagón y mi víctima fue elegida porque era el único que traía gorra a esa hora de la madrugada. Sólo tuve que dejar que el tren se vaciara por completo. Me gustan esos trenes que no tienen divisiones entre los vagones, porque pude caminar a lo largo de todo el tren y elegir a la víctima sin levantar sospechas. Lo asesiné, pinté mi símbolo y seguí andando, tranquilo, hasta llegar al vagón de hasta adelante y, de ahí, salir caminando. Sí, sí, el conductor me vio y seguramente reportó lo de siempre: todo vestido de negro, con cachucha, tapabocas y bastón. Nada más.

Ahora los noticiarios se peleaban la noticia, ya no tenía siquiera que esperar acostado todo el día. Ahí estaba, en el primer programa de la mañana: "El asesino de la gorra". En los periódicos encontré titulares de lo más escandalosos: "¡El siguiente puede ser usted!" y cosas del estilo. No les faltaba razón. Pero cada vez me sentía más seguro de acabar con Campos y todos aquellos que me hicieron daño en las costas del sur. Cada vez me sentía más a salvo. Las sesiones con Carolina Lacquer seguían siendo igual de aburridas que siempre. En una de ellas hablé de la adicción. Hablé largo y tendido sobre ella sin dar detalles y todos los presentes me miraron con gesto de comprensión, cada uno de ellos llenando los espacios en blanco con la adicción de su preferencia: alcohol, drogas, juegos de azar, sexo… yo asentía, pero no concedía. Carolina ni se enteraba, la pobre me miró con gesto de comprensiva compunción toda la sesión y, al final, me felicitó por abrirme tanto y luchar contra mi adicción. Pero yo ni siquiera mencioné que estaba luchando contra ella. No estaba luchando para nada, al contrario, la estaba abrazando con todas mis fuerzas.

Con Moya fue diferente. Con Moya trabajé la muerte de Gloria y tengo que decir, aunque aceptarlo no termina de gustarme, que el tipo me ayudó con el duelo. Sobre la muerte podía ser honesto y abrir mi corazón. Hablé de mi sentimiento de culpa por haberla dejado en la reunión sin quedarme a verla entrar a la casa. Hablé de cómo culpé a la gorda por no haber salido por ella a aquella reja blanca. Hablé de mi camino toda la noche de ida y venida, con la esperanza de encontrarla. Moya estuvo ahí para mí y eso es algo por lo que le estoy agradecido. De hecho… creo que sentí que Moya tenía más ganas de ayudarme que Sal Abramson. Moya estaba interesado en mi tristeza y en mi dolor. Con Sal, en cambio, siempre sentí que lo que más le preocupaba era poder vincular mi contenido a las cosas que estaba leyendo en el momento y que más lo tenían interesado, las teorías más modernas, las publicaciones más novedosas.

La única persona de la que no supe nada en todo ese tiempo fue el agente Yames. No se había parado por mi casa desde la muerte de Gloria. Siempre pensé que eso era bueno. No había encontrado nada para incriminarme por la muerte de Sal y adiós. O quizá estaba demasiado ocupado lidiando con el Caper, el cachuchero, el asesino de la gorra… media policía estaba en ello no por interés, sino porque los medios de comunicación los tenían ahí de los cabellos. Hasta el presidente habló de mí en televisión. En una conferencia de prensa en donde aseguró que las conversaciones con el gremio de médicos estaban llegando a su fin, fue cuestionado sobre mí. La prensa lo señaló por todas las muertes ocasionadas en su gobierno. Primero, la gente enferma que moría por decenas debido a la ausencia de servicios médicos. Segundo, la gente que era asesinada por uno de esos médicos, convertido en un asesino en serie que dejaba una cachucha pintada en las escenas del crimen. Sí, ya habían dado con que mi símbolo era una cachucha y sí, ya se decía en todos lados con certeza incuestionable que el asesino era uno de los médicos en huelga. Mientras los noticieros se llenaban la boca con certezas mentirosas, la ciudad se llenaba más y más de cadáveres y el gobierno se llenaba más y más de sonrisas, pretextos y argumentos de lo más burdo para sacudirse la responsabilidad.

—Condeno con toda mi fuerza los asesinatos de este desgraciado. Les doy mi palabra de que la policía de la capital va a llevar a ese malviviente a la justicia, sea quien sea —dijo finalmente el presidente antes de salir huyendo de las cámaras, dejando a cinco o seis periodistas con la mano levantada y otros tantos pidiéndole atención a gritos.

Jamás me habría imaginado que me convertiría en una figura famosa, que aparecería en los noticiarios y que estaría en los labios de la máxima autoridad del país. Por un lado me engordaba el ego, por el otro mi mente me pedía a gritos tener cuidado, no quería terminar delante de la pistola de Yames o alguno de sus colegas. Por eso decidí esperar antes de mi siguiente visita, que no debía ser ya a un desconocido. Necesitaba mandarle un mensaje a Campos, que seguramente veía al asesino de la gorra como lo veía cualquier otro fulano, un asesino que no se vinculaba a él para nada. Quizá pensaba que su esbirro, aquel al que maté en ese barrio maldito, había sido una víctima más de este psicópata que tenía espantada a media ciudad. No quería que se quedara con esa idea, quería que tuviera miedo. Que sintiera verdadero miedo. Que supiera que él era el siguiente. Y, para eso, necesitaba asesinar a otro de sus compinches. Al único al que tenía bien localizado… a "El Quebrantahuesos".

Por eso fue por lo que, esa noche, volví al barrio de mala muerte en donde cometí mi primer asesinato como el Caper. Evité la zona en donde habían encontrado a Gloria, no quería ni pasar por ahí. A las dos de la mañana caminé hasta ese barrio espantoso. Mi gorra y el tapabocas negro estaban en una de las bolsas de la gabardina y esta vez, por prudencia, dejé el bastón en casa. ¿Qué podían reportar los alcohólicos o adictos al trabajo que manejaran por las avenidas importantes a las dos de la mañana? ¿Qué vieron a un tipo de gabardina caminando? Sin gorra, bastón y tapabocas seguramente nadie diría nada, ni siquiera me prestarían atención.

Que graciosa es la vida. Meses atrás jamás me habría atrevido a caminar por ahí a esa hora de la madrugada. Es más, para mí ya era peligroso alejarme de mi casa luego de las once de la noche. Sin embargo, ahí estaba yo, caminando con calma, sin la menor preocupación nublándome la razón. ¿Por qué?

Porque ya no tenía miedo.

La única diferencia entre el Gregorio del pasado y el que iba caminando esa noche hacia la casa de "El Quebrantahuesos" era que uno tenía miedo a matar y podría morir con tal de no lastimar a su enemigo. El otro no.

Finalmente llegué a la casa frente a la que vi a "El Quebrantahuesos" esa fatídica noche, la noche que el Caper inició su labor nocturna. Fue hasta tener de frente su puerta que me coloqué el tapabocas y la gorra. Ahora necesitaba una forma de entrar… Caminé un par de metros y tomé un pedazo de ladrillo que estaba abandonado en la banqueta. No era más grande que mi mano.

Toqué la puerta, pero no sucedió nada.

Volví a tocarla.

La toqué de nuevo, ahora con más violencia. El tipo debía estar dormido, necesitaba despertarlo. Golpeé con más fuerza y luego me detuve para mirar a las casas que estaban a los lados y cruzando la calle. Me quedé de pie frente a la puerta, esperando a que algo pasara. Lo que fuera.

Y entonces abrió.

Era el mismísimo Quebrantahuesos en persona. Traía una playera deportiva y un bóxer azul claro. En la mano, una pistola preparada y, en el rostro, el gesto más furioso que hubiera visto yo en una persona. Cuando me vio abrió los ojos muy grandes y, antes de que pudiera usar su pistola, le reventé en el rostro el pedazo de ladrillo. El tipo soltó el arma y se echó hacia atrás, lo que me dejó el camino libre para tomar la pistola, entrar a la casa y cerrar la puerta a mis espaldas.

Para cuando se repuso, tenía una profunda herida bajo el ojo derecho, por donde le brotaba la sangre en forma de varios hilos que limpiaba con el dorso de su muñeca, pero que volvían a aparecer tras un par de segundos.

—¡Hijo de tu puta madre!

Yo me quedé en silencio. Sólo apunté el arma hacia donde él estaba y seguí sus movimientos con mucho cuidado, quería reaccionar a tiempo si se me venía encima o algo más estúpido. La sangre no dejaba de brotarle hasta perderse en su piocha mal cuidada, aunque ya el dorso de su mano estaba pintado con los embarrones carmesí. Entre esos ojos furiosos, enmarcados por cejas bien pobladas, sobresalía la nariz ganchuda que le daba apodo.

—¿Campos sabe que es el próximo?

—¿De qué mierdas hablas?

—Jonathan Campos… tu jefe. ¿Sabe que es el próximo?

—Vete a la mierda. Lárgate y vamos a quedar en paz.

Me quité el tapabocas y me levanté la gorra.

—¿No me recuerdas?

—Nunca en mi puta vida te he visto.

—Tu banda entró a mi casa y se robaron tanto como quisieron.

El tipo empezó a reírse. Por primera vez me sentí nervioso. Desde que me convertí en el asesino de la gorra no había tenido víctimas que se mostraran así frente al miedo a morir. Todos palidecían, imploraban, lloraban, temblaban… nadie se había reído. Había usado mis manos, mi bastón, cuchillos y navajas, pero nunca una pistola. El arma más temible. El arma más rápida. Y, sin embargo, ante la más oscura de las máquinas para matar, este tipo se reía.

—Eso lo hacemos dos veces por semana, hijo de tu puta madre. ¿Crees que eres especial? Mejor dime cómo era tu casa, qué tanto nos robamos y si violamos a alguien —sonrío.

En ese momento me llené de ira. Una ira explosiva que me inspiró a hacerlo pedazos. Quería triturarlo, meterle la mano a una licuadora y verlo retorcerse entre huesos, músculos y tendones. Deseaba meterle los dedos a esa herida del rostro y abrírsela como se raja por el medio una sábana. Entonces me di cuenta de que eso era lo que quería hacerle a Campos. No a "El Quebrantahuesos", sino a Campos, al maldito que me cambió la vida. A éste sólo quería matarlo. Sólo quería mandarle a su patrón un mensaje claro, el mensaje de que el Caper vendría y que él sería impotente para detenerlo. En ese momento, mientras apuntaba la pistola al tipo ese, que me miraba con los ojos inyectados en sangre, imaginé cuando le dijeran a mi gran enemigo que "El Quebrantahuesos" había muerto bajo el símbolo de la gorra. Se le pararían los pelos de punta. Primero su otro esbirro y luego éste. Era obvio que el Caper iba tras él, que el asesino de la gorra buscaba asesinarlo. Y tendría miedo. Tendría mucho miedo.

—¿Me vas a matar o te vas a quedar ahí como un pendejo?

Nunca había disparado una pistola. Pensé que sería suave, fácil. En realidad me descubrí apretando el gatillo con muchas ganas. El martillo se hizo hacia atrás en el tiempo que sentí como una eternidad. El tronido llenó toda la habitación y me exaltó al instante. Se pueden escuchar cientos de pistolas detonar en películas de acción, pero nada te prepara para escuchar la verdadera explosión. Miré hacia el frente y vi a "El Quebrantahuesos" doblarse sobre sí mismo. Segundos después se quedó inmóvil, como en pausa, y colapsó hacia el frente. Dio de cara contra el piso y así se quedó.

Tiré la pistola a un lado como si estuviera al rojo vivo y caminé hacia la ventana. Temí encontrarme rostros y ojos por todos lados, pero no. Nada. Todo sereno.

Me acerqué a "El Quebrantahuesos" y lo volteé. Estaba muerto. Los ojos perdidos, la sangre en su mejilla todavía brotando y, en la parte baja del plexo solar, un agujero en la playera, rodeado de una mancha de sangre que se extendía más y más. Metí mi dedo enguantado en el agujero y pinté mi símbolo con su sangre en el suelo junto al cadáver. Me quedó un poco diferente al de siempre, pero la policía y los noticieros sabrían qué era.

¿Y la gorra?

Caminé al armario y no encontré una sola cachucha.

Me saqué la cachucha de la cabeza y se la puse. Me dio miedo que pudieran encontrar mis huellas. ¿Se pueden quedar las huellas en la tela de algodón? No sabía, pero siempre he pensado que es mejor que sobre a que falte. Le quité la gorra y la llevé a la cocina. La puse bajo el chorro del agua y luego le pasé por toda la superficie un trapo sucio que olía a grasa. Cuando ya había limpiado todo por dentro y por fuera, se la volví a poner, empapada.

Salí de ahí y cerré la puerta a mis espaldas, con cuidado de no hacer mucho ruido. Pero poco importaba, el barrio estaba muerto. Había sonado un tiro, pero, al parecer, no fue suficiente para despertar a nadie.

Me sentí lleno de energía. Estaba como intoxicado. Me dieron ganas de ir a "Nueva Vida" y acabar de una vez con todo. Quizá ya era tiempo. Sí. Ya era tiempo. ¿Qué me esperaba del otro lado del amanecer? Nada. Sin Gloria, sin trabajo, sin esperanza, sin nada. ¿Ver mi símbolo en televisión una y otra vez hasta que me aburriera? ¿Para qué? Ya en mi vida no quedaba más que una sola cosa: acabar con aquel que me hizo pedazos la existencia.

En lugar de salir de ese barrio de mala muerte, preferí caminar y pensar. Pensar. A la gente no le gusta pensar, por eso se la viven en la televisión y los diarios, porque les ayudan a pensar menos. Recordé lo que me dijo un día mi padre… me lo encontré en la sala, acostado en el sofá, con música de los *Bee Gees* de fondo. No estaba leyendo, no estaba dormido. Me le quedé mirando y le pregunté qué hacía. Él sólo respondió: "estoy pensando". Desestimé sus palabras como las de un viejo con pereza. "Ahora resulta que cuando te echas a descansar estás pensando".

Tonto. Tonto de mí. Claro que mi padre estaba pensando. Y claro que no estaba perdiendo el tiempo. Estaba pensando, igual que yo mientras caminaba en el oscuro frío de ese barrio. Pensaba en Campos, pensaba en mi venganza. Pensaba en si valía la pena vivir la vida después de acabar con él. Seguramente Yames vendría por mí. Sopesé mi vida libre y mi vida en la cárcel. La verdad es que, en ese momento, me daba perfectamente igual.

Por caminar perdido en mis pensamientos llegué al lugar en donde habían encontrado el cadáver de Gloria. En cuanto lo vi lo reconocí. Un montón de tambos de basura y bolsas apestosas apiladas en una esquina, de esas a las que el estado no les pasa la mirada, de esas a donde todo el mundo viene a botar su mierda con tal de quitársela de encima. Gloria estaba entre todas esas bolsas de basura y tambos llenos de cucarachas. Allí la habían encontrado. El olor era insoportable y, aunque no podía ver bien esa esquina por culpa de la oscuridad, alcancé a escuchar a las moscas con toda claridad.

Desde que me vino a la mente la imagen de “El Quebrantahuesos” con una mano metida en la licuadora no me había sacado de la cabeza cómo torturar a Campos de forma eficiente. No quería sólo matarlo, como a su matón de la piocha. No. Quería que sufriera. Y en esa esquina sin luz, frente a esos tambos de basura malolientes, me llegó con claridad la respuesta: no sólo tenía que deshacerme de Campos, también de su hijo.

Cuando la tristeza y la culpa empezaron a ganarle a la alegre intoxicación de la sangre y la muerte, di la media vuelta. La asociación libre es una gran aliada, pero a veces es una perra maldita. Por alguna razón que no termino de entender, me vino a la mente la imagen de la doctora-enfermera. Sandra Poleta. Esa traidora que, luego de ayudarme a escapar, envió a mis enemigos a atraparme. Había pasado mucho tiempo sin pensar en ella. ¿Por qué pensé en ella justo en ese momento, al alejarme de aquella pirámide de basura en donde encontraron el cadáver de Gloria?

Si lo había asociado por algo era, pero lo pensaría más tarde. En ese momento tenía que ver cómo deshacerme del hijo de Campos, ese desgraciado que me violó mientras Rodríguez miraba hacia otro lado. No sólo acabar con su vida era lo justo, también destruiría por dentro a su padre, si es que le quedaba corazón suficiente.

El hijo de Jonathan Campos despertó de golpe, con el corazón en la garganta. Se descubrió amarrado con cinta *gaffer* a una silla. Manos atadas a la espalda, los tobillos unidos con la misma cinta y un calcetín echo bola metido en la boca. Frente a él, Caper, en toda su gloria, una figura negra en la oscuridad de la noche.

Tristemente no fue el mismo día de la muerte de “El Quebrantahuesos”, tuve que irme a mi casa, tragarme la emoción del momento y dormir muchas horas para recuperar energías. Al día siguiente me hice un desayuno tardío y me planté frente al centro para intentar comprender el movimiento de la clínica. Vi llegar a Campos y a otras personas. Luego fui a comer y regresé. Finalmente, como a las cuatro de la tarde, vi llegar al hijo de Campos. Ahí estaba. Por un momento temí que el desgraciado estuviera administrando el centro de las costas del sur o algo por el estilo. Pero no. Ahí estaba. Quizá fue un golpe de suerte, quizá no estaría ahí todos los días a las cuatro de la tarde, quizá sí administraba el centro en las costas del sur y no lo volvería a ver en mucho tiempo. Por eso aproveché la oportunidad.

Caminé de ida y de regreso sin dejar de mirar hacia la puerta de cristal y la placa de cobre, pendiente de quién entraba y quién salía. En mi ir y venir encontré una rama de árbol gruesa tirada en la banqueta, entre hojas secas y otras ramas más pequeñas. Estuve jugando con ella, pasándomela entre las manos y, ya que me aburrí, la guardé en una de las bolsas de mi larga gabardina negra.

Una vez que Campos dejó el centro, ya por ahí de las siete de la noche, lo seguí hasta su carro y le toqué el hombro. Cuando volteó le di un puñetazo en la mandíbula con todas mis fuerzas. Cayó sobre su auto y luego sobre la banqueta. Pensé que tendría que golpearlo más, nunca habría imaginado que un golpe fuera suficiente, menos yo, que jamás me había peleado con nadie. Los nudillos me ardieron y el dedo índice me dolía, pero me sentí contento de no tener que hacer más. Miré alrededor y no encontré ojos entrometidos. Lo metí en la parte de atrás de su pequeño carro sedan de dos puertas y le saqué las llaves de la bolsa. Manejé hasta la casa de aquel metalero al que había matado unas semanas atrás. Vivía solo y el día de su muerte robé sus llaves para poder torturar ahí a Campos padre… en su momento no se me había ocurrido aquello de empezar con el hijo. La casa todavía seguía acordonada con esas ridículas cintas amarillas de la policía. Antes de bajar a Campos hijo de su automóvil, abrí la puerta principal de la casa sin retirar las cintillas policiales.

Cerré todas las cortinas, no quería a ningún vecino chismoso mirando hacia dentro para encontrarse ese espectáculo.

Cuando despertó, abrió los ojos muy grandes al verme de pie frente a él, todo ataviado como el famoso asesino de la gorra. Miró hacia todos lados e hizo fuerzas para zafarse, pero sin éxito.

—¿Sabes quién soy? —pregunté, pero no respondió. No podía.

Me quité la gorra y el tapabocas y, entonces, empezó a dar saltos, como si la silla fuera a romperse bajo la presión de los intentos.

—Voy a quitarte el calcetín que tienes metido ahí —señalé juguetonamente hacia su cara—. Si gritas, te mato. Si hablas fuerte, te mato. ¿Entendiste?

El tipo se quedó inmóvil.

Saqué de una de las bolsas de mi gabardina un cuchillo de filetear que encontré en la cocina. Presioné la punta sobre su cuello y volví a preguntar.

—Asiente.

Presioné un poco más.

—Asiente.

Entonces el hijo de Campos subió y bajó la cabeza velozmente. Di un paso atrás y, de un tirón, le arranqué el calcetín que lo mantenía en silencio.

—¡Perdóname, por favor perdóname! —fue lo primero que dijo con voz quebradiza y llorosa.

—¿Por qué me estás pidiendo perdón?

—No debí haberlo hecho. ¡No lo he vuelto a hacer desde el juicio!

—¿La violación?

—Sí, sí —dijo y lloraba—. No volvió a pasar y no va a volver a pasar nunca.

Qué fácil. Una sola disculpa borraba todo lo que el fulano me había hecho.

La violación, la violencia, la persecución.

—¿Nada más por eso?

—No, también porque te perseguí, pero es que nunca nadie se había escapado, no teníamos seguridad en la clínica. No supe... no supe... mi papá no supo... Por favor. ¡Por favor!

—¿Dónde encuentro a Sandra Poleta?

Primero se me quedó mirando con un gesto de extrañeza, pero poco después como que entendió la pregunta.

—No sé de ella desde el juicio.

—Dime lo que sepas.

No tuve que preguntar de nuevo, el tipo me dijo todo lo que sabía, aunque me dejó muy claro que no garantizaba que pudiera encontrarla ahí. Yo le agradecí amablemente y volví a meterle el calcetín hasta el fondo. Escuché sus súplicas en intentos de alarido que se perdían en toda esa tela que ahora lo hacía babear. Los sonidos guturales de su garganta llegaban apagados hasta mis oídos.

—Había pensado meterte una mano en la licuadora. Luego pensé en cortártela con el hacha de cocina. No sé... ¿tú qué piensas? A ver, ¿qué prefieres? El hacha es rápida y silenciosa. La licuadora es ruidosa y va a dejar esto hecho un caos.

Mientras hablaba, el hijo de Campos negaba con la cabeza y lloraba. Gritaba con todas sus fuerzas, pero a mis oídos sólo llegaban fantasmas de esos ruegos desencajados. Eso me hizo reír. Me reí mucho. Quería hablar, pero la risa no me lo permitió. Me dio de esos ataques de risa en donde mientras más deseas parar, más te gana y más insiste. Poco a poco la risa amainó.

Jalé del comedor una silla y me senté frente a él. Saqué la gruesa rama de árbol de mi gabardina y la puse frente a sus ojos. Él la miró de forma inquisitiva.

—No. No voy a usar ni hacha ni licuadora, no tendría sentido. Tú nunca me lastimaste ni con uno ni con la otra —dije sin dejar de ver la rama de árbol, esperando a que el fulano entendiera, pero no entendió nada.

Finalmente me levanté y, con el cuchillo que lo había amenazado, corté la cinta que lo unía a la silla. Lo empujé con la planta del pie y cayó de cara al piso. Aunque me costó trabajo, aunque se retorció como babosa con sal, finalmente terminó con los pantalones y los calzones abajo. Ahora sí entendió cuál era la intención. Le pedí que se estuviera quieto.

—Te voy a meter esta rama. Tú decides si prefieres eso o que te meta este cuchillo por la nuca. ¿Te vas a estar quieto? Asiente. ¡Asiente!

El hijo de Campos asintió, otra vez con movimientos de cabeza rápidos y continuos, como para resultar más convincente. Entonces le abrí las nalgas y, con fuerza, le metí aquella rama hasta donde pude. El tipo apretó el calcetín con todas sus fuerzas, gritó y vociferó, pero no se movió. Aceptó mi venganza, aunque bajo protesta.

La rama, irregular y rugosa, se negaba a entrar hasta el fondo y tuve que hacer mucha fuerza durante un rato para lograrlo. Los gritos de Campos hijo no cesaban. Finalmente di un paso hacia atrás y lo miré de frente. Tenía la cara empapada en lágrimas y los ojos muy abiertos. Del cabello le escurría el sudor y las venas de la frente le pulsaban.

—No se siente bien, ¿verdad?

Cerró los ojos y volteó la cabeza hacia otro lado.

Yo me senté en el piso, a su costado. Tomé el cuchillo y le hice un corte profundo en el muslo derecho. Luego en el izquierdo. Las heridas comenzaron a sangrar profusamente mientras el hijo de Campos volvía a su concierto de alaridos. Metí mi dedo enguantado en la sangre que le escurría por una de las piernas y dibujé el símbolo de la gorra en el piso junto al desgraciado.

—No me voy a asegurar de que estés muerto —le expliqué con amabilidad—. Te voy a dejar aquí, quiero que te encuentren. Y ya que estés a salvo, en manos de la policía, cualquier médico podrá curarte, supongo.

Me puse de pie.

—Si es que encuentras un médico.

Me puse de nuevo todo aquello que identificaría al Caper si es que alguien alcanzaba a verlo a la distancia. Salí de la casa y cerré la puerta a mis espaldas. Me llevé el carro de mi víctima muy lejos de ahí, no quería que la policía lo encontrara frente a una casa a la que pensaba darle más uso. Luego, caminé a paso rápido hasta mi propio automóvil. En mi camino, no vi ni sentí ningún ojo que siguiera a mi oscura figura.

¿Había la posibilidad de que lo encontraran vivo? Quizá. Pero ya me preocuparía por eso en otro momento porque, en ese, la noche estaba fresca y yo me sentía contento. Recordé mi ataque de risa y de nuevo me reí.

De hecho, me reí una buena parte del camino.

Capítulo X

LLEGUÉ A "NUEVA VIDA" EN LA NOCHE. Dejé el automóvil a varias cuadras de ahí y entré al maldito edificio con paso veloz, evitando ver la placa de cobre que emulaba a aquella que tanto aprendí a temer en las costas del sur. Me topé de frente con un escritorio profundo detrás del cual se sentaba un fulano en sus veinte, vestido de bata blanca, como si fuera médico. Era uno de los que había visto entrar el día anterior. No parecía más que un recepcionista. Un enfermero-recepcionista.

—Buenas noches, ¿en qué le puedo servir? —me dijo con la sonrisa más amplia y honesta que hubiera visto yo en mucho tiempo.

—Estoy buscando al doctor Jonathan Campos.

—Claro. ¿Tiene cita?

—No, no tengo cita, sólo quiero…

—¡Gregorio Sankiesh! —alcancé a escuchar a mi derecha.

Era él.

No recuerdo bien la intención de sus palabras. No recuerdo si dijo mi nombre con sorpresa, con desagrado, con gusto… No lo sé, mentiría. El desgraciado estaba vestido con bata blanca, como si fuera un médico y no un psicólogo. ¿Qué hace un supuesto psicólogo clínico vestido con bata? Presuntuoso, falso.

—No quiero más problemas —me dijo en voz baja—. Por favor vete.

—Tenemos que hablar —dije mirándolo directamente a los ojos.

—No, de verdad que no.

Me tomó del brazo con delicadeza y me alejó del fulano que estaba sentado detrás del escritorio.

—Ya déjame en paz —me dijo en voz baja—. No hice nada para ganarme todo lo que has hecho.

—¿Todo lo que he hecho?

—Por culpa de tus mentiras tuve que gastar dinero que no tenía en un juicio que no quería —negó con la cabeza—. Si mi tratamiento no te ayudó, lo siento. No a todos les ayuda. El psicoanálisis tampoco, pero nadie te acusa ni busca cerrar tu consultorio.

—¡Mi consultorio está cerrado!

—¡Por lo que tú hiciste! —levantó la voz y, al instante, sonrió, como si nada pasara y siguió, en voz baja—: Si no me hubieras acusado no estarías donde estás.

—No es tan fácil.

Campos miró hacia todos lados, pero sólo aquel enfermero-recepcionista estaba en esa pequeña sala de bienvenida. A ambos extremos había dos puertas, que seguramente llevaban a las piscinas de infierno y al tratamiento de pesadilla. El centro de la capital era mucho más grande que el de las costas. ¿Cuánta gente? ¿Cuántas víctimas?

—¿Qué carajos quieres? —preguntó finalmente— En menos de un año estarás de vuelta en tu consultorio y todo eso. ¡Sonríe, carajo! No es para tanto.

Sonríe y, quizá, mañana verás el sol salir brillando.

—¡Hijo de tu puta madre! —grité y el enfermero-recepcionista se puso de pie, alarmado.

—Armando, por favor, danos a mí y al señor Sankiesh dos minutos.

—Claro, doctor. Permiso.

El tipo salió de detrás de ese escritorio gigante y desapareció por la puerta de la derecha. Campos dio un paso hacia atrás. Aunque su gesto se mantenía sereno, sus ojos estaban llenos de ira, eran dos lanzas afiladas, las mismas que me pareció ver aquel último día del juicio, aquellas que me llenaron de miedo.

—Ya me jodiste mucho. Se acabó. ¡Déjame en paz!

—No es tan fácil con todo lo que me hiciste...

Campos apretó los puños con fuerza.

—¿Todo lo que te hice? Sólo te ingresé en el tratamiento en el que creyó tu madre.

—¡Vete a la mierda! —interrumpí—. No metas a mi madre en esto. ¿Ya olvidaste todo?

—Sí, sí... —negó con la cabeza—. El mar ideal para locos de muerte, el hermano muerto, el secretario del alcalde. Hablaste de todo esto durante tu tratamiento. Intenté ayudarte. Hice mi trabajo, nada más. Si no crees en él me parece bien, pero eso no te da derecho a venirme a joder la vida.

—¡Mataste a Gloria!

—¿A Gloria? ¿Tu pareja?

Hizo un gesto de incredulidad demasiado bien actuado, dio la media vuelta y caminó hasta el escritorio. Tomó el teléfono que descansaba ahí, en uno de los extremos, y descolgó el auricular.

—Si no te largas llamo a la policía.

—No —dije después de un silencio largo—, no es necesario.

—Cumple con lo que te pidió el juzgado, en un año estarás de regreso. Yo no me meto con tu práctica, deja ya de meterte con la mía.

Desapareció tras la puerta y yo me quedé ahí, junto a las hojas de cristal que daban a la calle. Sentía a mis espaldas la placa de cobre, mirándome desde el otro lado, burlándose en silencio. Unos segundos después volvió el tipo de la recepción y se sentó de nuevo detrás del escritorio. Actuó como si yo no existiera. Se puso a mover unos papeles y a abrir y cerrar cajones, seguramente con instrucciones de su jefe de no interactuar conmigo.

¿Qué carajos hacía ahí? ¿Para qué fui a ver a Campos? ¿Por qué permití una charla común y sin sentido? Quería verlo asustado, quería verlo lleno de culpa. Quería ver el miedo en sus ojos. En lugar de eso vi furia, impotencia y hartazgo.

Sólo te ingresé en el tratamiento en el que creyó tu madre.

El tratamiento en el que creyó mi madre.

¿Qué quiso decir con eso? Mi madre no... mi madre estaba de viaje. Mi madre estaba de viaje cuando yo fui capturado por Campos y su terapia infernal, ella ni siquiera sabía que había ido a ver al secretario del alcalde.

No podía respirar hasta el fondo. Sentí una presión dolorosa en el pecho. Los brazos me empezaron a temblar con fuerza. Empujé el cristal y salí de ahí a toda prisa. Afuera estaba frío. ¿Por qué hacía tanto frío? En mi camino hacia la clínica no había sentido tanto frío. Llegué a mi carro lo más rápido que pude, necesitaba poner la calefacción, necesitaba quitarme de encima ese frío que me carcomía los huesos. Me sentí como cuando era niño, cuando mi mamá me metía a la tina con agua helada si no me comportaba de forma correcta. Me metía ahí y no me dejaba salir hasta que me arrepintiera y pidiera perdón por lo que había hecho.

Yo no hacía las cosas con malas intenciones. Nunca fui un hijo travieso o que quisiera molestarla deliberadamente. Sólo me gustaba explorar. Me gustaba jugar. Me gustaba divertirme. Pero ella decía que yo "no era así", que yo no era un niño que llorara, que no era un niño cobarde, que era un niño libre. Un niño que podía soportar las consecuencias de sus actos. Y entonces, obediente, yo mismo entraba a la piscina...

La tina, la tina llena de agua helada.

Sin importar cuántas veces me tocaba meterme, mi cuerpo nunca se acostumbró. Siempre me dolieron los músculos como la primera vez. Siempre me costaba trabajo contener las lágrimas. Y siempre terminaba disculpándome por lo que fuera. No importaba si lo había hecho o no. Si era malo o no. Ella quería escuchar una disculpa, así que me disculpaba. Ella quería una explicación que le diera a entender por qué yo había estado mal. Se la daba. Se la daba justo como ella quería escucharla, justo como yo sabía que quería escucharla. Entonces me dejaba unos minutos más en el agua helada para que yo reflexionara sobre lo que había hecho.

Cuando ella consideraba que ya había sido suficiente, me pasaba la bata. Cuando salía del baño, seco, tenía que sonreír, porque a ella le gustaba que yo sonriera. Si no sonreía volvía a decirme todo aquello de que yo era un niño afortunado, de que yo era esto y aquello y no lo otro... en palabras fáciles, yo era todo lo que ella creía que era y no lo que realmente era. Luego de las primeras veces prefería evitarme todo eso, así que salía sonriendo. Y a ella se le iluminaba la cara. No veía la máscara, no veía la sonrisa falsa, sólo veía su deseo, el deseo de verme sonriendo.

Luego, conmigo presente, le decía a mi padre lo mucho que me gustaba reflexionar y tener claras las razones que me habían llevado a tener ese castigo. Le decía que sonreía porque era un niño valiente, un niño grande y fuerte. Finalmente era su hijo, y el hijo de mi madre no podía ser diferente. Él escuchaba con desinterés y alejaba la mirada. No me veía a mí. No la veía a ella. Sus ojos estaban en otro lado.

Y yo, tengo que aceptarlo, me sentía contento. Me sentía orgulloso. Me sentía orgulloso porque había hecho lo que ella quería. Porque me había ganado la sonrisa, el abrazo y el amor por haber dicho lo que ella deseaba, por haber actuado como ella esperaba, por soportar el agua fría con el estoicismo que un niño de esas edades debería desconocer.

Mientras conducía, llevaba el aire caliente de mi carro a toda potencia y, aun así, no dejé de tiritar hasta llegar a casa. Necesitaba hablar con mi madre cuanto antes, necesitaba que me explicara cómo Campos la estaba usando para manipularme, para alejarme de él, para que yo me rindiera.

Llegué a mi casa y llamé a mi madre, pero nada, la misma grabadora insoportable de siempre. No recordaba cuántos días estaría en Camboya. Frustrado, golpeé el auricular contra la base varias veces, hasta que algunos pedazos de plástico salieron disparados en todas direcciones. Arranqué el maldito teléfono y lo arrojé del otro lado de la sala. El "ring" llenó mi casa cuando el aparato golpeó la pared y luego cayó al suelo.

Miré la mesa de centro de la sala. Ahí estaban todavía las llaves de la casa del metalero, aquella en donde el hijo de Campos había pagado sus crímenes. ¿Seguiría vivo? No lo sé, no sabía si mis cortes en el muslo serían fatales. Quizá se estaba arrastrando por la acera al mismo tiempo que yo miraba aquellas llaves que me imploraban volver.

Las tomé y me las guardé en la bolsa. Me eché encima la gabardina negra y guardé en sus amplios bolsillos la gorra y el tapabocas. Me subí al carro y dejé el bastón en el asiento del copiloto. Manejé rápido hasta "Nueva Vida" por segunda vez en el día, dejé el carro a varias cuadras de ahí y caminé al mismo lugar al que había caminado un día antes, cuando estuve observando el ir y venir de la clínica. Ahí estuve, sentado en una saliente rocosa del parque de enfrente. Vi salir a varias personas, casi todos hombres. El último al que vi salir fue al enfermero-recepcionista, pero Campos no salió.

Me puse de pie despacio, tranquilo, y caminé hasta la clínica. Empujé una de sus dos hojas de cristal, que me dejó pasar sin problema. La recepción estaba vacía, así que empujé la puerta de la izquierda a ver a dónde me llevaba. Ahora sí me puse el tapabocas y la gorra. Entré a la primera puerta a la derecha y entonces el aroma a vinagre y la visión frente a mis ojos me secó el paladar de golpe. Ahí estaban esas piscinas de infierno, iguales a las del sur.

Todo lo que tu madre hizo para quebrarte la vida.

Salí de ese lugar con dos pasos rápidos y volví al pasillo. Puerta tras puerta todo eran esas piscinas malditas. El aroma a vinagre era tan intenso y nauseabundo que me obligó a arquear. Pensé que dejaría la comida del día en aquel pasillo blanco inmaculado, pero no, sólo tosí un par de veces.

—¿Mauricio? —escuché la voz de Campos a unos metros de ahí.

Seguí caminando y di vuelta a derecha. "¿Mauricio?" volvió a sonar la voz de Campos, ahora más cerca. Caminé despacio y, finalmente, entré a la oficina. Estaba detrás de un escritorio gigante, un escritorio elegante, un escritorio que me recordó al que Rego había usado para escudarse de mis palabras y de mi presencia. Campos estaba de pie junto a una especie de archivero metálico que desentonaba con el resto de su oficina, una oficina que le correspondía a un médico importante, un cirujano plástico de estrellas de cine, no ese desgraciado psicólogo de poca monta.

Miró hacia la puerta y, al instante, su rostro se pintó de sorpresa y espanto. Dio dos pasos hacia atrás y levantó de detrás de su escritorio una especie de tubo metálico grueso. Lo levantó sobre su cabeza, amenazante.

—Vete o no respondo —dijo, ya con otro gesto.

Yo me quedé ahí, de pie, y lamenté no traer conmigo mi bastón para tener un arma con la cual contraatacar al demente.

—¡Vete, carajo!

Yo seguí como estatua.

—¡Que te largues!

Entonces me lancé contra él y, antes de que pudiera golpearme, ya mis dedos estaban cerrados alrededor del frío acero de aquel tubo metálico. Llevé mi otra mano a su cuello y lo empujé con todas mis fuerzas. Soltó el tubo y golpeó el pequeño librero que tenía detrás de su escritorio.

Como Sal.

Algunos tomos cayeron al piso con golpes sordos. Entonces lo golpee en el costado. Dio media vuelta para protegerse la cabeza, así que lo golpeé en la espalda. Intentó huir, pero sólo se tropezó con mis pies y cayó al piso. Y ahí, cuando sus manos intentaron sostener su caída, fue que dejó la cabeza descubierta. Un tubazo fue suficiente para que dejara de moverse.

Lo puse boca arriba para comprobar que estuviera vivo. Lo estaba y suspiré con alivio, haber matado a ese hijo de puta de un tubazo en la cabeza era lo último que quería. Verifiqué la presencia de las llaves del metalero en mi bolsillo y sonreí. Era tiempo de llevar a Campos a ver a su hijo.

Antes de llegar a casa del metalero, pasé por una tienda de conveniencia a comprar tres bolsas de hielo de esas grandes y cómodas. Dejé el automóvil de Campos estacionado afuera e hice con el fulano lo mismo que con su hijo un día antes: le inmovilicé pies y manos con cinta *gaffer*. No quería echar a perder la mejor de las sorpresas, así que lo llevé al piso de arriba y lo dejé tumbado en el pasillo mientras llenaba la bañera de hielo y agua. Cuando quedó tan llena como era de mi gusto, levanté a Campos y lo eché ahí adentro. En cuanto la cabeza se sumergió, el tipo abrió los ojos y quiso escapar de esa agua helada que le atormentaba la piel y las vías respiratorias.

Tosió un poco y fue, entonces, que descubrió que estaba inmovilizado. Cuando las aguas se calmaron, se quedó sentado en la bañera y me vio ahí, todo ataviado de negro, pero sin el tapabocas. No preguntó nada, no dijo nada, no rogó ni apeló a mi humanidad, como lo esperaba. Simple y sencillamente pegó un grito de los mil demonios. A decir verdad, no pensé que eso fuera a suceder tan pronto, pero ya tenía listo un calcetín metido adentro de otro para callarle la boca de golpe.

—No debiste hacer eso —le dije.

Intentó zafarse, intentó salirse de esa bañera helada, pero no sirvió de nada. Yo sólo lo miré, sentado en el piso del baño, a unos tres pasos de dónde él estaba sumergido.

—Deja de moverte, necesitas reflexionar —sentencié con calma, sensato y comprensivo, como un buen terapeuta centrado en la persona—. Cuando te metí al carro pensé en llenar esta tina de vinagre, pero supongo que no tienes problema alguno con ese aroma o tu maldito tratamiento no apestaría a esa mierda.

Campos tenía la vista al frente, se negaba a darme el honor y placer de su mirada, estaba soportando el frío con fortaleza estoica. Su cuerpo temblaba como una hoja enfrentando una ráfaga de viento, pero él no hacía el menor intento por hablar, escapar, nada.

A diferencia de su hijo, él sabía que todo aquello era merecido.

—¿Ya reflexionaste? —pregunté, pero él se quedó como una estatua. Lo golpeé con la mano abierta usando todas mis fuerzas, cerró los ojos por el dolor, pero no emitió el menor sonido. Ni un solo movimiento. Lo golpeé de nuevo y lo mismo. Empecé a desesperarme, no parecía estar sufriendo lo suficiente. El agua fría no era igual que esa maldita agua con olor a vinagre de su centro psicológico de infierno, pero era lo más cercano que encontraba para mi venganza, para que sintiera lo que yo sentí después de tantas horas de estar metido en tinas heladas…

En piscinas llenas de vinagre.

Dejarlo ahí mucho tiempo se me antojó aburrido, así que, una vez que ya llevaba ahí un buen rato y que no logré sacar de su cerebro nada que me hiciera sentir satisfacción, lo saqué de ahí no sin dificultad. Dejé la bañera llena y, jalándolo por los pies, lo llevé a la sala. Mi camino quedó marcado por charcos y agua rasgada sobre el piso de mosaico.

Cuando dejé a Campos frente al cuerpo muerto de su hijo (sí, estaba muerto, no lo había encontrado nadie) ahora sí comenzó a gritar. En su gesto se podían leer con claridad el dolor y el horror… dolor y horror, no por nada riman las palabras. Aunque todos esos alaridos llegaban apagados al ambiente, a mí me llenaba de alegría lo que estaba pasando dentro de mi enemigo, no tanto las expresiones externas de esas emociones tan terribles.

—El dolor, la traición y la injusticia…

Retiró la vista del cadáver, pero seguía sin verme a mí. Ah, pero escuchaba y, si podía escuchar, no necesitaba que me viera.

—¿Sabías que tu hijo violaba a los pacientes? ¿Sabías que tu hijo me violó?

Finalmente asintió.

—Voy a quitarte el calcetín para que puedas hablar. Voy a dejarte hablar con una sola intención: necesito que me expliques por qué permitiste eso en tu centro de cuidado para las enfermedades mentales. Por qué permitías que aquellos que se acercaban a ti con dolor psicológico recibieran ese tipo de trato.

Le quité el calcetín y pensé que, al instante, se pondría a gritar como un desquiciado, pero no. Se quedó en silencio un momento y, después de lo que yo sentí que era una eternidad, finalmente habló:

—Supe lo que sucedió. Hablé con él y prometió dejarlo. Tú fuiste el último.

—¿Y el enfermero Rodríguez?

—Está en la cárcel —cerró los ojos—. Él se llevó toda la culpa por lo que hacía mi hijo, no podía ver a Jonathan en la cárcel.

—Mira nada más… entonces metiste a uno de tus enfermeros a la cárcel para dejar a tu hijo afuera. Supongo que tuviste que soltar un par de billetes aquí y allá, ¿no? Como lo hiciste con mi abogado.

—¿Con tu abogado? —su rostro era de extrañeza genuina, lo cual me generó un temblor en las manos que me costó trabajo ocultar. Negó con la cabeza y continuó—: No, no. Nunca le di dinero a tu abogado, solamente le dije toda la verdad cuando me entrevistó antes del juicio.

—¿Ah, sí? ¿Y qué verdad es esa?

—Tuviste un quiebre muy profundo. No quisiste ir a ver a tu psicoanalista, así que tu madre te llevó conmigo. Había visto el centro en construcción y llamó. Yo mismo atendí el teléfono. Le dije que aquí todavía no teníamos servicio, pero que había otra clínica…

—En el sur —interrumpí.

—Sí. Llegaste al centro muy sedado y pedí esperar un par de días antes de ingresarte, no podía arriesgarme a que no estuvieras en tus cinco sentidos. Tu madre y su pareja estuvieron contigo en un hotel en la playa hasta el día en que te ingresé. Primero desayunamos, ¿no te acuerdas? Empezaste a hablar de aquellos dos hermanos que jamás existieron, una historia que, al parecer, imaginaste mientras estabas sedado, recibiendo el golpe de las olas… supongo que en esas circunstancias deben ser… ¿cómo las llamaste? El mar ideal para locos de muerte.

La cabeza me comenzó a dar vueltas. No me di cuenta de en qué momento estaba sentado en el piso, frente a mi enemigo, mi adversario, ese maldito que me estaba llenando las orejas de mentiras con tal de salvar el pellejo.

—¡Mentiras!

—¡No estoy mintiendo! Hice lo que cualquier profesional decente hace: escuché tu historia con respeto, sin decirte que era falsa, sin intentar que vieras la realidad de tus delirios. Pero luego empezaste a atacar mi clínica, diciendo que eso no era un tratamiento eficaz, que estaba fuera de toda norma y no sé cuántas cosas más. Te negabas a quedarte internado. Pero yo tenía el permiso de tu madre, así que te quedaste.

Se hizo un silencio largo en el que Campos tembló y suspiró varias veces.

—Lo de mi hijo no lo sabía. Por eso, y sólo por eso, te pido perdón. Pero mira lo que le hiciste… ¡Hijo de tu puta madre!

En ese momento me invadió una ira como la que no había sentido hasta ese momento. Todo el control que había mostrado frente a todas mis víctimas se esfumó en un santiamén. Pateé a Campos de pies a cabeza, poniendo en mis piernas toda la fuerza posible.

Pero yo tenía el permiso de tu madre, así que te quedaste.

Lo golpeé en la cara tantas veces como pude.

Todo lo que tu madre hizo para quebrarte la vida.

Seguí pateando y, aunque ya no se movía, aunque ya no intentaba cambiar de posición para defenderse, yo seguí y seguí.

Para cuando terminé estaba sudado, cansado, jalando aire con fuerza. Mi enemigo yacía en el piso. La nariz y los labios le sangraban. En esa horrenda boca abierta los dientes enrojecidos se asomaban en una especie de sonrisa maligna. Me senté en el sillón de la sala y vi los dos cadáveres lado a lado mientras intentaba recuperarme.

Metí el dedo enguantado en el charco de sangre que se estaba formando debajo de la cara de Campos y dibujé en un mosaico blanco mi símbolo, aquella gorra vista de lado, aquella señal que meses atrás no era nada pero que, ahora, tenía a la ciudad entera con los pelos de punta.

Salí de esa maldita casa con cuidado de no mover las tiras amarillas de la policía y, después de un par de horas de camino, llegué de nuevo a mi casa. Estaba vacía, fría.

Entonces extrañé a Gloria.

Pensé en Sandra Poleta, la traidora, aquella maldita que primero me tendió la mano y luego envió a mis enemigos a perseguirme. Ya con Rodríguez en la cárcel, era ella la única que quedaba en mi camino de sangre y de venganza. Tenía que buscarla. Tenía que buscarla en la dirección que el hijo de Campos me había dicho. Ahí debía estar, ahí debía seguir. O, por lo menos, era ahí donde debía buscarla. Debía al menos intentarlo. Ya si no estaba ahí, entre las bolsas de basura... Perdón, en la dirección esa... Si no estaba... Si no estaba ya vería qué hacer. Pero tenía que intentarlo, ella no podía irse limpia, no podía dejarla ir. No a ella. No después de todo el amor. De toda la traición. Pero eso sería al día siguiente. Esa noche no. No. Mañana. Más descansado. Necesitaba descansar. Tenía mucho frío. Y, a decir verdad...

Me sentía muy triste.

—Mi amor, no puedo ayudarte a escapar, este tratamiento te hace bien, lo necesitas —escuché la voz de Gloria en mis sueños y quise explicarle, quise pedirle que me ayudara a escapar. Le dije que odiaba el vinagre, que mi madre estaba llenándome de vinagre la bañera. Pero ella me explicó que no era vinagre, sino una sustancia que me ayudaría a sentirme mejor. Su gesto era extraño, parecía cariñoso, pero yo la estaba odiando por ello. Quería golpearla.

Y la golpeé.

Pero ya no estaba en las pequeñas piscinas del centro psicológico. Estaba en mi automóvil, detrás del volante. Y golpeaba a Gloria con el puño una y otra vez. El sueño me horrorizaba, pero no podía detenerme.

Entonces el sueño dio un salto.

—Me asusta cuando te pones así, cuando gritas y azotas cosas.

—No azoté nada.

—Azotaste el vaso de agua luego de vaciarlo.

—Perdóname. Es sólo que… me han pasado muchas cosas en poco tiempo. Me han pasado muchas cosas y nadie las ve. Todos me ven normal y tranquilo, como si nada. Pero la he pasado mal, carajo. Más mal de lo que parece.

—Lo sé.

—Y lo último que necesito es que me acusen de asesinato.

Ella asintió y me abrazó con fuerza. Ahora sí comenzó a llorar.

—Sólo quiero que estés bien —dijo—. Ya no quiero que estés triste o enojado todo el tiempo.

—Entonces dime qué pasa. Dime la verdad.

—Por favor comprende, luego de lo de tus papás todo se fue a la mierda.

En el sueño, su voz se escuchaba lejana, como un eco distante.

—Prométeme que si te cuento vas a estar bien —Gloria comenzó a llorar con fuerza—. No quiero que te vuelva a dar otro ataque, por favor. Ya no.

Entonces, en el sueño, me quedé en silencio, pero asentí y le tomé ambas manos con fuerza.

—Tu madre fue la que te ingresó en la clínica del doctor Campos. Se enojó muchísimo con Sal cuando te dio el ataque, dijo que en tantos años nunca te había ayudado en nada más que a ponerte en contra de ella. Siempre dijo que los psicoanalistas son unos charlatanes.

En el sueño sentí mi rostro ponerse caliente de golpe. No lo había dicho mi padre, nunca había sido mi padre. Había sido mi madre, fue ella quien me había acusado muchas veces de ser un charlatán como mi padre.

—Aunque menos —llegó a decir—, tú eres un charlatán en tu trabajo nada más. Tu padre es un charlatán en la vida, en la cama, en el matrimonio. No sirve para nada.

Luego, recordé cuando conocí a Rodrigo, el novio de mi madre. Todavía mi padre no moría, faltaban meses para su muerte, pero yo, con peor suerte que un perro callejero, me encontré a mi madre besándose con Rodrigo en un café cerca del departamento de Gloria.

—Cuando escapaste de la clínica del doctor Campos —Gloria siguió—, tu mamá y yo hablamos. A mí me daba mucho miedo que te diera otro ataque, no quería que regresaras a la clínica. Tu mamá insistía en que debías regresar. Entonces empezaste a contarme todas las experiencias horribles que tuviste. Tu madre habló con el doctor Campos, nada de lo que decías era cierto.

—¡Hijo de su puta madre!

—Amor, por favor. Por favor, me prometiste.

—Sí, sí, perdóname. ¿Entonces qué pasó?

—Tu mamá y yo hablamos con Humberto. Le explicamos cómo estaban las cosas y Humberto estuvo dispuesto a ayudarte. Nos dijo a tu madre y a mí que iba a hacer lo posible por reducir el conflicto, pero que no iba a mentir en el juzgado. Todo el juicio fue para intentar que estuvieras bien, para que no te diera otro ataque. Por eso Humberto me llamó. Ya no quiere verte, ya no quiere tener nada que ver en este asunto.

Entonces la abracé con todas mis fuerzas. Los dos nos quedamos en silencio un buen rato, abrazados.

—Tienes cena con tus amigas, ¿no? —rompí el silencio con un cambio de tema—. ¿Quieres que te lleve?

Ella asintió, me soltó y, antes de caminar hacia la habitación por sus cosas, me dijo:

—Gracias, voy por mi bolsa y nos vamos, ¿está bien?

Ella volvió con su bolso en el hombro. Era la Gloria de siempre. Sonrió y me dijo que estaba lista para irnos. Salimos de la casa y caminamos unos pasos hasta el auto. Le abrí la puerta y, al darle la vuelta al carro para meterme yo detrás del volante, no pude evitar mirar hacia todos lados. No quería que nadie me viera salir con ella.

—¿Todo bien? —preguntó Gloria.

—Sí, amor, todo bien —mentí yo antes de acelerar.

El sueño saltó hacia adelante otra vez, conmigo y Gloria en el automóvil, estacionados frente a la reja blanca de la privada de su amiga Maribel. Yo la golpeé una y otra vez por mentirosa, por traicionera, por verme la cara de imbécil. Porque abusó de mi confianza y de mi bondad, porque abusó de mi amor y de mi buen corazón. Porque usó lo mucho que la amaba para engañarme, para mentirme, para verme temblando de nervios en un juicio que nunca debió existir.

Salió del carro y corrió hacia aquella reja blanca, pero logré alcanzarla y golpee su cabeza contra el acero. Entonces colapsó. Aquel blanco quedó pintado con tres franjas rojas que limpié con la manga de mi camisa hasta que no quedó rastro de ellas. Luego, cargué a Gloria y la subí al auto, en el asiento del copiloto, así como estaba antes. Le puse el cinturón de seguridad y fue ahí que descubrí que estaba muerta.

Muerta en mi automóvil.

Conduje hasta el maldito barrio de mala muerte en donde vivían los tipos que Campos había mandado a golpearme. En dónde vivía ese maldito desgraciado al que maté junto con la mujer que vivía con él. Escondí a Gloria entre toda esa maldita basura infernal. La eché hasta abajo y la enterré en plástico, cajas de leche vacías y frutas en descomposición. No quería que la encontraran. No quería que se dieran cuenta que la había matado.

No. No la había matado yo. La había matado "El Quebrantahuesos". Ese desgraciado fue. Ese desgraciado la mató.

Yo no fui. Fue él.

El sonido del timbre me despertó. No soporto despertarme así, tan de súbito. Estaba sudando y temblando, el corazón me latía con fuerza en la garganta. No sólo esa chicharra insoportable me asustó, sino que me exigió levantarme rápido, vestirme rápido y bajar las escaleras rápido. Miré el reloj del buró: marcaba las once de la mañana. Me puse toda la ropa del día anterior y bajé a abrir sin siquiera pasarme un cepillo para poner en orden mi cabello.

Cuando abrí la puerta me encontré con el agente Yames, que me sonrió como si fuera un amigo al que no veía hace mucho tiempo.

—Buenos días, doctor Gregorio —me dijo y el cambio de mi apellido a mi nombre me pareció sospechoso—. ¿Puedo pasar?

—Claro, claro, adelante.

Le hice espacio para que pasara y lo acompañé hasta la sala. Me senté en el sofá de dos plazas mientras a él le dejaba el sillón. Se quedó en silencio unos segundos, como esperando a que dijera algo.

—Perdone, por un momento olvidé que la señorita Gloria ya no está. Siempre era ella la que me ofrecía agua.

Asentí y me puse de pie de un salto, fui a la cocina y le traje el vaso de agua que me pidió de manera tan odiosa.

—Muchas gracias —dijo y lo dejó en mesa—. Oye Gregorio…

Ahora dejó de decirme "doctor".

—¿Sabes por qué vine por ti para llevarte a ver el cadáver de la señorita Gloria? No es práctica común, de hecho a sus padres les llamamos, ¿te acuerdas?

Mi cerebro me pidió salir corriendo de ahí en ese instante, pero no me moví, me quedé quieto, escuchándolo.

—Ah, pues fíjate que necesitaba verte fresco, hijo de tu puta madre, necesitaba verte la cara, ver si podía pescarte la culpa en los ojos. Pero entonces lloriqueaste tanto en mi oficina que de verdad pensé que eras inocente… hasta hoy en la mañana que me llamaron para enseñarme los cadáveres de dos cabrones en la casa de otra de las víctimas del asesino de la gorra.

Me quedé en silencio. Las piernas no me respondían.

—No sé…

—No, no, espérate, que se pone más bueno. Abramson, Gloria, el doctor Campos y el hijo del doctor Campos. Todos ellos. Más los otros inocentes a los que te cargaste, dejando en todos lados tu rayoncito ese con sangre. Y, para acabarla de joder, habla tu madre a la policía para avisarnos que tú tienes un montón de cachuchas acá en tu casa, que hasta las fabricas como costurera.

Todo lo que tu madre hizo para quebrarte la vida.

Sonrió de forma socarrona y le dio un trago al agua.

—Pero no fue idea de ella, fue idea de su noviecito. Vio el modus operandi y pensó en ti. El señor… —sacó del saco su pequeño block de notas y buscó entre las páginas— Rodrigo Urriaga.

Volvió a guardar el block y yo miré hacia la ventana. Afuera había dos patrullas con seis policías, todos con las manos sobre las cachas de las pistolas y los ojos fijos en la puerta de mi casa.

—Una señal y todos entran, entonces, ¿cómo ves? ¿Nos vamos por las buenas? —sacó de la sobaquera un revolver plateado.

Finalmente mis pies me respondieron. No podía correr hacia la puerta, no había forma de escabullirme entre seis policías. Entonces corrí hacia el otro lado. Escuché una detonación y luego otra. Me vine abajo. Pasé junto al espejo y vi mi pierna derecha sangrando. Me arrastré un poco más y llegué al armario de las cachuchas. Mi mente me dijo que algo me tendría a salvo si lograba entrar. Con esfuerzo me puse de pie y abrí. Entré y cerré. Tomé el bastón de castaño y me mantuve de pie. No sentía la pierna, pero mi bastón hacía su trabajo. No se escuchaba nada. Silencio absoluto y, después, pasos. Muchos pasos. Finalmente la puerta se abrió de golpe y ahí estaba Yames rodeado de sus malditos patrulleros, todos apuntando hacia mí, como si estuviera armado con una bazuca.

—Tráiganselo —ordenó el maldito y dos de los policías entraron al armario. Yo blandí mi bastón y golpeé a uno de ellos, que fue a dar contra una de las repisas y dejó caer varias de las cachuchas. El otro soltó un disparo y sentí un fuerte calor en la parte baja del vientre. Entonces ya no me pude sostener y caí de cara contra las gorras. En mi intento de no caer, me traje varias conmigo.

Mi vista empezó a nublarse. Vi a Yames asomarse al armario y mirarme desde arriba, se veía enorme, gigante, como una estatua que llegaba hasta el cielo.

—¿Qué es esto? —escuché una voz a la distancia— ¿Una tienda de gorras?

—O un prostíbulo —respondió Yames y soltó una risotada.

Tengo frío. Siento frío, mucho frío, un frío que me cala los huesos. A mi alrededor todo está oscuro. Intento imaginar a Gloria sentada en un avión, volando muy por encima de esas nubes de algodón que llenan los sueños… pero no puedo, todo lo que los ojos de mi mente alcanzan a ver es el cadáver de Gloria entre bolsas de basura.

Empiezo a escuchar voces, muchas voces que son como murmullos, sólo algunas toman sentido, las demás se pierden en el fondo, en la oscuridad.

Recuerdo el día en que encontré a mi padre pensando en el sofá. Estaba llorando, escuchando a los *Bee Gees*. Ese detalle lo tenía perdido en algún rincón de mi mente. Estaba llorando.

Había empezado una broma creyendo que haría llorar al mundo entero. Pero no me di cuenta de que la broma me la hicieron a mí.

Te entiendo, papá. Te entiendo.

Escucho una ambulancia y su luz roja penetra mi mirada. Las voces me rodean. Policías, médicos. ¡Mi madre! Escucho a mi madre y escucho a Rodrigo. Escucho los pitidos de un aparato de hospital, junto al constante fluir de una mascarilla de oxígeno.

Lo que estoy sintiendo no es como el frío normal de invierno, es un frío de muerte, un frío que llama al miedo. ¿Por qué el cuerpo no me responde? ¿Por qué, a pesar de este frío que me envuelve, puedo decir que estoy ardiendo en mis propios ácidos?

En ocasiones nos encanta engañarnos.

En ocasiones está bien. El corazón merece paz de vez en cuando.

Sobre el Autor

ENRIQUE SÁNCHEZ LORES es licenciado en Ciencias de la Comunicación por la Universidad Anáhuac del Sur y Maestro en Psicoterapia Psicoanalítica por el Instituto de Investigación en Psicología Clínica y Social.

En cine, trabajó como asistente de producción en "El Crimen del Padre Amaro", "La Reina Roja: Un Misterio Maya", "El Nacimiento de una Pasión: El Fútbol" y "Daniel y Ana".

Ha impartido clases de lenguaje cinematográfico, apreciación literaria y guionismo de cine en la Universidad Simón Bolívar, el Instituto SAE y la Universidad de las Américas, así como clases de psicología y psicoanálisis en el Centro Universitario Incarnate Word y la Universidad del Desarrollo Empresarial.

Es miembro de la Asociación de Escritores Audiovisuales y Cinematográficos de México A.C. (Tinta) y hasta el momento ha escrito seis guiones de largometraje, teatro y cortometraje. Escribió "Obesidad Emocional", un libro sobre psicología y salud alimenticia. Actualmente es corrector de estilo y editor independiente, además de brindar servicio de psicoterapia individual y de pareja en su consultorio privado.

CONTENIDO

PARTE I

Capítulo I 3
Capítulo II 9
Capítulo III 13
Capítulo IV 17
Capítulo V 23

PARTE II

Capítulo I 29
Capítulo II 37
Capítulo III 47
Capítulo IV 53
Capítulo V 57
Capítulo VI 61
Capítulo VII 69
Capítulo VIII 83
Capítulo IX 93
Capítulo X 103

PARTE III

Capítulo I 117
Capítulo II 125
Capítulo III 131
Capítulo IV 139
Capítulo V 149
Capítulo VI 157
Capítulo VII 165
Capítulo VIII 173
Capítulo IX 181
Capítulo X 191

Del Mismo Autor

CLASES DE TEJIDO

René abrió una cafetería y luego una venta de wafles en un local propio, pero ambos negocios quebraron. Sin nada mejor que hacer con sus tardes y sin dinero para iniciar un nuevo emprendimiento, decidió utilizar el local vacío como salón para clases de tejido. Una vez por semana, el lugar se llena con personajes que, durante las clases presumen una vida perfecta. Pero al salir de ese local nos dejan ver que sus vidas son muy diferentes.

Esta es una historia sobre cómo el amor construye o destruye nuestro día a día, una vida de máscaras, de lo que decimos ser contra la realidad de nuestros corazones. En palabras de la actriz Julie Goodyear: "no es una sonrisa, es la tapadera de un alarido"

www.ingramcontent.com/pod-product-compliance
Lightning Source LLC
LaVergne TN
LVHW091411190726
843491LV00006B/1376

* 9 7 8 6 0 7 2 9 5 8 7 5 3 *